Milchb

Jutta Mehler, Jahrgang 1949, hängte frühzeitig das Jurastudium an den Nagel und zog wieder aufs Land, nach Niederbayern, wo sie während ihrer Kindheit gelebt hatte. Seit die beiden Töchter und der Sohn erwachsen sind, schreibt Jutta Mehler Romane und Erzählungen, die vorwiegend auf authentischen Lebensgeschichten basieren.
www.jutta-mehler.de

JUTTA MEHLER

Milchbart

KRIMINALROMAN

Fanni Rots siebter Fall

emons:

Bibliografische Information der Deutschen Nationalbibliothek
Die Deutsche Nationalbibliothek verzeichnet diese Publikation in der Deutschen Nationalbibliografie; detaillierte bibliografische Daten sind im Internet über http://dnb.d-nb.de abrufbar.

Umschlagmotiv: photocase.com/krockenmitte
Umschlaggestaltung: Tobias Doetsch
Gestaltung Innenteil: César Satz & Grafik GmbH, Köln
Druck und Bindung: CPI – Clausen & Bosse, Leck
Printed in Germany 2014
ISBN 978-3-95451-285-0
Originalausgabe

Dieser Roman wurde vermittelt durch die Aulo Literaturagentur.

Was man vergisst, hat man im Grunde nicht erlebt.

Ernst R. Hauschka

1

»Darf ich dich angrapschen?«, fragte Alexander, wie er es stets tat, wenn er in der Klinik mit Fanni zusammentraf.

Sie lächelte ihn freundlich, ja geradezu wohlwollend an, antwortete jedoch höflich und akzentuiert »Nein«. Dann eilte sie weiter den Flur hinunter, vorbei an Türen aus hellem Kiefernholz, an apricotfarbenen Wänden, an lindgrün gerahmten Aquarellen, die Landschaften in warmen Farben zeigten.

Selbst das stimmungsvollste Ambiente kann keine Wunder bewirken, dachte sie bedrückt, und ein vorwitziger Gedankensplitter fügte naseweis hinzu: *Bisher hat die offenbar maßgeschneiderte Atmosphäre jedenfalls noch nicht einmal eine Fata Morgana hervorgerufen!*

Fanni kam eine wehmütige Empfindung an, während sie den Nachklang auf sich wirken ließ. Die Gedankenstimme hatte sich also wieder gemeldet. Jene eigenständige, irritierende, aber auf seltsame Weise vertraute innere Stimme, die sie dann und wann heimsuchte, meistens im unpassendsten Moment.

Wie jedes Mal, wenn das geschah, glaubte Fanni auch jetzt wieder zu spüren, dass hinter diesem Stimmchen die einzig verbliebene intakte Schaltstelle verborgen lag – die letzte Brücke (ein schwankender, morscher, unzuverlässiger Steg vermutlich), die sie mit einem Zeitabschnitt verband, der ihr verloren gegangen war.

»Partielle Amnesie« lautete die Diagnose, die besagte, dass ein Teil von Fannis Leben aus ihrem Gedächtnis gelöscht war, und die letztendlich dazu geführt hatte, dass Fanni sich seit zwei Wochen in der Privatklinik von Professor Hornschuh befand.

»Der heftige Schlag auf den Kopf«, hatte der Neurologe in der Münchener Uniklinik erklärt, der die Diagnose stellte, »das Betäubungsmittel, das Ihnen verabreicht wurde, die vorausgegangene wochenlange Bedrohung, all das zusammen hat zu einer Reizüberflutung geführt, aufgrund derer sich Ihr Gehirn genötigt sah, gewisse Verdrahtungen aufzulösen. Diese Schutzmaßnahme hat eine Gedächtnislücke verursacht.«

»Lücke«, hatte Fanni gemurmelt, »was für eine Untertreibung. Der Hohlraum umfasst exakt sechs Jahre.« Laut hatte sie hinzugefügt: »Und wann wird all das Vergessene an seinen Platz zurückkehren?«

Neurologe Dr. Wein hatte sie bedauernd angesehen und sehr ernst geantwortet: »Erinnerungen lassen sich nicht einfach wiederherstellen. Es gibt kein Medikament, keine Therapie, die sie zurückbringen könnten. In manchen Fällen ist der Schaden sogar irreversibel. Die Erinnerungen, die Erfahrungen, die man im betroffenen Zeitraum gemacht hat, sind für immer dahin.« Er rieb sich mit den Fingerkuppen über die Stirn und fuhr müde fort: »Erzwingen lässt sich da gar nichts. Bei Dissoziationen sind sogar Elektroschocks völlig nutzlos.«

Über Dr. Weins letzten Satz war Fanni sehr erleichtert. Dem Wort »Elektroschock«, fand sie, haftete ein ganz übler Beigeschmack an. Weil sie aber wissen wollte, ob ihr Eindruck berechtigt war, hatte sie den Begriff bei Google eingegeben. Leni hatte ihr ein paar Tage zuvor ihren Laptop mitgebracht mit der Bemerkung: »Du musst schnell wieder lernen, damit umzugehen. Wie sollten wir denn sonst in Verbindung bleiben können, während ich in Südamerika bin?«

Fanni googelte also »Elektroschock« und erschrak. Offenbar hatte es Zeiten gegeben, zu denen alle möglichen psychischen Störungen – auch Amnesien – mit Elektroschocks behandelt worden waren. Erst in jüngster Vergangenheit schien man zu differenzieren.

»Aber selbst bei Psychosen, die statistisch gesehen darauf ansprechen«, hieß es in dem Artikel auf Fannis Bildschirm, »ist die Anwendung von Elektroschocks ein Lotteriespiel. Wenn man eine kaputte Uhr in die Ecke wirft«, schrieb der Verfasser, »kann es tatsächlich passieren, dass sie wieder funktioniert. Genauso verhält es sich, wenn man Elektroschocks durch ein Gehirn jagt.«

Fanni blieb vor einer Tür stehen, an der ein dezentes Schild mit der Aufschrift »Marita Bogner, Therapeutin« angebracht war. Unter dem Namen befand sich das Logo der Parkklinik, deren Leiter Professor Hornschuh aus Wien war: da Vincis Quadratur des Kreises. Fanni hob die Hand, um anzuklopfen, ließ sie jedoch unverrichteter Dinge wieder sinken.

Statt ihrer Therapeutin gegenüberzutreten, statt sich couragiert in eine neue Gesprächsrunde mit ihr zu stürzen (»Ein Wort«, hatte man Fanni erklärt, »eine Geste, ein Bild, eine noch so winzige Kleinigkeit kann die gesamte Erinnerung zurückbringen. Gespräche mit einem Therapeuten sind der beste Weg zu diesem Ziel.«), statt also zu tun, was der Terminplan vorschrieb, lehnte sich Fanni an die apricotfarbene Wand und schloss die Augen.

Wie deprimierend, dachte sie, dass dieses Wort womöglich nie fällt, die Geste nie ausgeführt, das Bild nie auftauchen wird. Der springende Punkt nämlich ist, dass es Wort, Bild und Geste überhaupt nicht geben muss. Aber was dann? Soll ich mich bis ans Ende meiner Tage in der Parkklinik einquartieren, weil ich vergessen habe, was sich in meinem Leben während der vergangenen sechs Jahre ereignet hat?

Du kannst ja hier die Fliege machen! Niemand zwingt dich, zu bleiben. Quartier dich doch bei Hans Rot ein oder bei diesem Sprudel. Beide scheinen ganz wild darauf zu sein, dich unter ihre Fittiche zu nehmen. Oder such dir ein Einzimmerapartment – in Deggendorf beispielsweise. Da kannst du dich Tag und Nacht vors Radio setzen und auf dein Schlüsselwort warten!

Fanni stöhnte laut auf. Nie, niemals hätte sie sich vorstellen können, wie es war, wenn man einen Teil seines Lebens nur aus Erzählungen anderer kannte, mochten einige der Berichterstatter – so wie ihre Tochter Leni – noch so vertrauenswürdig sein. Eigene Erfahrungen und Erinnerungen ließen sich durch nichts ersetzen.

Zusammen bilden sie das, dachte Fanni, was man Persönlichkeit nennt – Individualität, Wesensart. Das lässt sich nicht kopieren, mit bloßen Worten schon gar nicht.

Womit wir wieder auf die Elektroschocks kommen! Ein kräftiger Stromstoß durchs Hirn könnte dir womöglich eine ganz neue Persönlichkeit verschaffen!

Fanni musste grinsen. Was, wenn er ganz nebenbei einem vorlauten Gedankenstimmchen den Garaus machen würde?

Grmpf!

Fanni hob erneut die Hand, um anzuklopfen.

Elektroschocks sind passé, dachte sie. Heutzutage versucht man es – weniger schmerzhaft, aber wohl ebenso erfolglos – mit Gesprächstherapie.

»Die einzige Möglichkeit, an die Erinnerung heranzukommen«, hatte ihr Dr. Wein versichert.

Fanni hatte auf ihr Klopfen hin das gewohnte »Ja, bitte« erwartet, aber hinter der Tür blieb es still. Sie wiederholte die Prozedur und trommelte schließlich, als sich Marita Bogner noch immer nicht vernehmen ließ, mit den Fingerknöcheln ein Stakkato aufs Holz. »Frau Bogner, sind Sie da?«

Wo soll sie denn sonst sein, die Gute? Sie ist ja nicht herausgekommen, seit du dem Milchbart begegnet bist! Oder ist sie nach der Gesprächsrunde mit ihm vor lauter Frust aus dem Fenster gesprungen, weil sie endlich kapiert hat, in welcher Sackgasse er steckt?

Fanni öffnete die Tür.

Marita Bogner saß hinter ihrem Schreibtisch und starrte sie an.

»Ich wollte …«, begann Fanni, während sie ein paar Schritte in den Raum machte, »ich wollte Sie wirklich nicht stören, Frau Bogner. Natürlich brauchen Sie eine Verschnaufpause zwischen zwei Therapiestunden. Aber …« Ihre Stimme versandete, weil Marita Bogner sie noch immer unverwandt ansah.

Falsch, sie sieht durch dich hindurch!

»Ist Ihnen nicht gut, Frau Bogner?« Fanni trat noch einen Schritt näher.

Die Therapeutin rührte sich nicht. Sie saß weit zurückgelehnt in ihrem bequemen Drehstuhl und ließ die Arme baumeln. Den Kopf hatte sie in den Nacken gelegt. Er ruhte am Gestänge eines soliden Paravents aus Eisenstreben, zwischen denen bunte Kassetten mit geometrischen Motiven eingepasst waren.

Fannis Blick wanderte über Marita Bogners bleiche Stirn zu ihren ausdruckslosen Augen, über die schmale Nase zu den blau angelaufenen Lippen, die kein Hauch von Leben oder

Lippenstift rötete; er kroch über das runde Kinn und blieb an einem Muster aus Steppstichen hängen, das sich quer über den Hals der Therapeutin zog.

Sie ist tot, Fanni Rot! Du hast es hier mit einer Leiche zu tun!

Fanni wedelte mit beiden Händen, als wollte sie die Gedankenstimme wie einen schlechten Geruch aus dem Zimmer scheuchen.

Mit sinnlosem Herumfuchteln wirst du nicht ungeschehen machen können, dass Marita Bogner ermordet worden ist, erwürgt, erdrosselt, stranguliert – irgend so was in der Art. Ihr Halsschmuck besteht aus Würgemalen. Du befindest dich definitiv vor einer Toten, Fanni!

Fanni schluckte, starrte die reglose Therapeutin an, schluckte wieder.

Nein, dachte sie, nein, nein, nein. Frau Bogner kann nicht tot sein, ermordet schon gar nicht. Wann denn? Von wem denn? Ich halluziniere. Mein Gehirn rennt immer weiter in die Irre. Versucht es etwa, die Leerstelle, die es selbst verursacht hat, mit Trugbildern zu füllen?

Das angebliche Trugbild wirkt aber verdammt echt! Du könntest die Probe aufs Exempel machen. Wenn real ist, was du siehst, muss es sich auch fühlen lassen. Fass mal an!

Fanni trat einen weiteren Schritt auf Frau Bogner zu, sodass sie jetzt an der Schmalseite des Schreibtisches stand. Sie brauchte nur ihren linken Arm auszustrecken, dann konnte sie die Hand auf Maritas rechte Schulter legen. Aber sie zögerte.

Na los doch!

Plötzlich gab der Drehstuhl ein leises Knacken von sich und machte im selben Augenblick einen kleinen Ruck in Fannis Richtung. Frau Bogner schien sich ihr zuzuwenden.

»Ha!«, rief Fanni. »Das haben Sie sich aber fein ausgedacht.« Sie lehnte sich an die Schreibtischecke, schob eine Pobacke auf die Arbeitsplatte, sodass sie halb saß, und stützte sich mit den Händen auf einer der Kunststofffolien ab, die dort herumlagen und offenbar Patientendaten enthielten. »Schade«, fuhr sie fort. »Es hätte wirklich funktionieren können. Offensichtlich setzt meine Amnesie ja zu dem Zeitpunkt ein, zu dem ich die Leiche meiner Nachbarin Mirza Klein unter meinen Johannisbeerstauden entdeckt habe. Ein neuerlicher Leichenfund, dachten Sie wohl, könnte das geeignete Schlüsselerlebnis sein, um meinem Gedächtnis auf die Sprünge zu helfen.« Sie hob in einer bedauernden Geste die Hände. »Aber leider …«

Fanni unterbrach sich, weil sie das Gleichgewicht zu verlieren drohte. Haltsuchend griff sie um sich, warf einen Bücherstapel um, der mit Gepolter zu Boden fiel und eine Schale mit Stiften, Büroklammern und allerlei Krimskrams mit sich riss. Endlich bekam sie etwas zu fassen, das ihr half, sich zu stabilisieren. Sie behielt das Ding in der Hand, während sie sich aufrichtete und wieder auf die Füße kam.

Marita Bogner bewegte sich nicht, verzog keine Miene.

Fanni stand keine dreißig Zentimeter von ihr entfernt und starrte sie an. Nach einer Weile holte sie tief Luft.

Hast du es jetzt endlich kapiert, Fanni Rot?

»Aber sie kann doch unmöglich …«, stammelte Fanni.

Klar kann sie! Warum denn nicht? Hat dein Hirn nur eine Lücke, oder ist es komplett verödet? Die Frau ist tot, Fanni, vermutlich ermordet, und du tätest gut daran, endlich …

In diesem Moment ertönte ein kurzes Klopfen, dann flog die Tür auf.

»Darf ich dich angrapschen?«

Fanni wirbelte herum und sah sich Alexander Pauß gegenüber, der sie fragend ansah.

Die Antwort heißt »Nein« und soll möglichst deutlich, unpersönlich und emotionslos gesprochen werden!

Fanni brachte nur ein Krächzen heraus. Daraufhin hob Alexander die Hand bis in Brusthöhe und strich ihr sanft über den Kopf. Er überragte sie um gut fünfundzwanzig Zentimeter.

Sie schloss für einen Moment die Augen und klammerte sich an dem Ding fest, das sie noch immer in der Hand hielt. Als ihre Umgebung wieder hell wurde, bemerkte sie, dass sich Alexander von ihr ab- und der Therapeutin zugewandt hatte, die nach wie vor reglos in ihrem Drehstuhl saß.

»Darf ich dich angrapschen?«

»Nein!«, schrie Fanni.

Doch Alexander kümmerte sich nicht um sie.

Seine Konditionierung haut offenbar nur dann hin, wenn der tatsächlich Angesprochene antwortet, und zwar mit möglichst neutraler Stimme!

Alexander breitete soeben die Arme aus und beugte sich zu der Toten hinunter. Bevor Fanni auf irgendeine Weise reagieren konnte, hatte er Marita Bogner schon umfasst.

»Sie ist tot«, flüsterte Fanni.

Alexander betrachtete das Würgemal an Marita Bogners Hals. Dann ließ er von ihr ab und sagte: »Ja. Sie atmet nicht. Ihre Kehle scheint verletzt worden zu sein.«

Schau her, der verkorkste Junge hat mehr Hirn als Fanni Rot!

Fanni warf ihm einen hilfesuchenden Blick zu. »Wir müssen den Professor informieren.«

Alexander drehte sich zum Schreibtisch um und hob den Telefonhörer ab. »Wenn man Null-Null wählt, blinkt in der Zentrale ein Alarmlämpchen auf. Der Pförtner kann sehen, von wo aus angerufen wurde, und sofort jemanden vom Personal dorthin schicken.«

Warum hat Fanni Rot eigentlich nicht schon vor einer Viertelstunde Null-Null gewählt?

Fanni seufzte. Selbst ein Zwangsneurotiker war ihr haushoch überlegen.

Alexander hatte zweimal kurz hintereinander auf die Null der Telefontastatur getippt und den Hörer dann aufgelegt. Jetzt wandte er sich wieder Marita Bogner zu.

»Darf …«, begann er, unterbrach sich jedoch und blieb abwartend stehen.

Fanni krampfte ihre Hände um das Ding, das sie noch immer nicht losgelassen hatte. Plötzlich spürte sie einen scharfen Schmerz in ihrer Linken und öffnete sie reflexartig. Als ihr Blick auf den Handteller fiel, zeigte sich ein tiefer Schnitt, aus dem Blut quoll. Fanni schaute verständnislos auf die Wunde. Erst nach einer Weile nahm sie den Gegenstand in Augenschein, den sie mit der Rechten noch festhielt. Es handelte sich um eine fast dreißig Zentimeter hohe Figur aus Metall.

Fanni beförderte sie vorsichtig auf den Schreibtisch zurück. Sie kannte diese Art von kunsthandwerklichen Figuren gut, hatte selbst eine davon für Leni gekauft, die ein Faible dafür hatte. Die Besonderheit all jener Figuren aus dunklem Stahl – es gab auch Tiere, hauptsächlich aber menschliche Gestalten, die gerade irgendeiner Beschäftigung nachgingen – lag darin, dass sie so weit als möglich aus technischen Kleinteilen gefertigt waren. Köpfe bestanden aus Muttern, Kniegelenke aus Schrauben, Hüftknochen, Schuhe, Räder oder Werkzeugköpfe wiederum aus Muttern. Leni besaß beispielsweise einen Hund, der gerade einen Schraubenknochen fraß, und ein Schülerpaar, das mit Schraubengriffeln auf eine Tafel aus Muttern schrieb.

Die Figur, die nun rücklings auf der Schreibtischplatte ein wenig hin- und herschaukelte, weil sie keine glatten Flächen aufwies, die sie stabil aufliegen lassen konnten, stellte ein spielendes Mädchen dar. Das Kind stand auf einem Bein, hatte das andere angewinkelt, wie um einen Schritt zu tun, und hielt die rechte Hand in Kopfhöhe. Senkrecht darunter befand sich eine Mutter auf der Bodenplatte, die dort keinen sichtbaren Sinn erfüllte.

Die unnütze Mutter irritierte Fanni. So waren die Schraubenmännchen nicht konzipiert. An ihnen war alles funktionell, spitzfindig ausgeklügelt.

Sie richtete die Figur auf, und nun wirkte die Szenerie klarer: ein Kind, das etwas auf den Boden prallen ließ, während es lief. Aber was bloß? Sollte diese Mutter auf der Bodenplatte einen Ball darstellen?

Fanni schüttelte den Kopf. So dilettantisch waren Schraubenmännchen nicht gemacht. Und in jeder anderen Hinsicht wies gerade dieses außergewöhnlich große Exemplar enorme Sorgfalt im Detail auf: Das Mädchen trug eine Mütze mit winzigen Muttern als Troddeln, und eine Blume reckte ihre Knospen aus klitzekleinen Stummelschräubchen empor. Die Schraubenfinger der linken Hand des Kindes waren gespreizt, als wollten sie versuchen, dessen Konzentration und Balance zu unterstützen.

Fanni kniff die Augen zusammen und studierte die beziehungslose Mutter. Erst jetzt fiel ihr auf, dass sie hochkant stand, als sollte sie ein Rad darstellen (das die Bodenplatte jedoch nicht berührte, sondern durch einen schmalen Steg mit ihr verbunden war), und dass an der Lauffläche Rillen eingefräst waren. Fannis Blick eilte etliche Male zwischen der gerillten Mutter und der erhobenen Hand des Mädchens hin und her.

Das Kind spielt eindeutig mit einem Jojo!

So ist es, dachte Fanni. Dazu passt die Gebärde, und damit fügt sich die gerillte Mutter ins Bild. Aber wo befindet sich der Faden, der sich im Gehäuse des Jojos aufwickeln soll? Bei all dieser Detailtreue muss er vorhanden gewesen sein: Vermutlich als Drahtstück, das von der Hand des Kindes zu der Rillenmutter geführt hat.

»Hier ist die Null-Null gewählt worden. Was ist passiert?«

Fanni fuhr herum und presste unwillkürlich die blutende Hand auf ihre Brust. Wie hatte sie sich bloß mit einem Schraubenmännchen beschäftigen können, während …

»Um Himmels willen, Frau Bogner!«

Die Person, die in der Tür erschienen war – es handelte sich um die recht resolute Schwester Rosa –, eilte auf die tote Therapeutin zu. Sie drängte Alexander zur Seite, als wäre er ein unbrauchbares Requisit, und legte Marita Bogner zwei Finger an die Halsschlagader.

Fanni bemerkte, dass Alexander zum Reden ansetzte. Eine Frau zwischen vierzig und fünfzig hatte das Zimmer betreten. Es war nicht schwer zu erraten, was er sie fragen wollte.

Mit einem schnellen Schritt trat Fanni zu ihm und packte ihn am Arm, um ihn mit sich aus dem Zimmer zu zerren. Sie war darauf vorbereitet, ihre ganze Kraft dafür aufwenden zu müssen, stellte jedoch schon nach wenigen Schritten fest, dass er sich nachziehen ließ wie eines dieser Spielzeugtiere auf Rädern.

Hat Leni nicht als Kind eine Rollschildkröte besessen?

Fanni versuchte, die sinnlos plappernde Gedankenstimme auszublenden, während sie Alexander den Flur hinuntersteuerte. Am Fuß der Treppe, die zu den Patientenzimmern hinaufführte, blieb sie stehen und sagte in strengstmöglichem Tonfall: »Du gehst jetzt auf dein Zimmer und bleibst dort.«

Alexander nickte gehorsam und trat auf die erste Stufe.

Unversehens packte ihn Fanni erneut am Arm. »Wieso bist

du eigentlich nach deiner Sitzung mit Frau Bogner noch einmal in ihr Zimmer gekommen? Vorhin, als meine Stunde bereits angefangen gehabt hätte …« Sie verhedderte sich. »Du warst doch vor mir dran, oder?

Alexander nickte. »Ja, wir haben uns doch auf dem Gang getroffen. Ich kam gerade von Frau Bogner, und Sie wollten offenbar zu ihr.«

»Und weiter«, drängte Fanni.

»Nichts weiter«, antwortete Alexander. »Nachdem ich ein paar Minuten in meinem Zimmer war, habe ich festgestellt, dass ich meinen Talisman nicht mehr hatte. Sie wissen schon, das Engelchen, das mich daran hindert, einfach …« Seine Stimme versandete. Aber nach einem Atemzug fuhr er fort: »Ich habe eine Weile danach gesucht, bis mir eingefallen ist, dass ich ihn während der Therapiesitzung bei Frau Bogner aus der Tasche genommen haben könnte, weil …« Wieder stockte er.

»Deshalb bist du also zurückgekommen«, sagte Fanni. »Du wolltest deinen Talisman holen.«

Alexander nickte unglücklich, wandte sich von der Treppe ab und machte Anstalten, über den Flur zurückzugehen. »Ich muss meinen Schutzengel haben!«

Fanni stellte sich ihm in den Weg. »Warte. Warte, bis – bis Schwester Rosa alles geregelt hat. Dann bekommst du ihn sicher zurück. Warte einfach auf deinem Zimmer.«

Alexander schien unschlüssig.

Der Engel ist vermutlich ein wesentliches Element im Rahmen seiner Therapie! Wer weiß, was alles passieren kann, wenn Alexander solch wichtige Haltegriffe plötzlich verloren gehen?

Haltegriffe! Als ob wir uns in einem öffentlichen Verkehrsmittel befänden, dachte Fanni ärgerlich. Soll ich Alexander etwa mitten in einen Tatort platzen lassen, an dem es in wenigen Minuten von Polizei, Ärzten und so weiter wimmeln wird, um einen *Haltegriff* zu finden? Man würde ihn sowieso nicht durchlassen.

Laut sagte sie: »Alexander, bitte!«

Alexander senkte ergeben die Lider und begann die Treppe hinaufzusteigen.

Die Strapaze, dieses »Alexander, bitte« mit einem Maximum an Überzeugungskraft auszustatten, gab Fanni den Rest. Sie ließ sich gegen die apricotfarbene Mauer vis-à-vis der Treppe fallen und spürte, wie ihre Knie einknicken wollten. Warum nicht? Sollten sie doch nachgeben, sollte ihr Rücken doch an der Mauer entlang abwärtsrutschen, bis ihr Hintern auf den Boden traf. Sie würde einfach eine Weile hier in aller Stille sitzen bleiben, um nachzudenken.

In aller Stille? Horch doch mal!

Fanni stützte sich von der Mauer ab und neigte lauschend den Kopf. Von beiden Seiten des Flures waren Schritte und Stimmen zu hören, untermauert von Lagen undefinierbarer Geräusche.

Man wird dieses Plätzchen, das sich Fanni Rot zum Meditieren ausgesucht hat, wohl kaum unbeachtet lassen!

Von links kamen die Schritte und Stimmen näher.

Fanni sprintete die Treppe hinauf.

In ihrem Zimmer ließ sie sich in den Louis-quinze-Sessel fallen, der unter dem Fenster stand; eine Replik, die jedoch recht gelungen und erstaunlicherweise sehr bequem war. Fanni zog die Beine an und legte den Kopf an die gepolsterte Lehne. Als ihr Blick die idyllisch in bunte Spätherbstfarben getauchte Parklandschaft vor dem Fenster einfangen wollte, schloss sie die Augen und presste die Fäuste darauf, bis sie bunte Kreise sah.

2

»Ich glaub es nicht«, sagte Hans Rot. »Ich glaube es einfach nicht.«

Er hatte sich in den Louis-quinze-Sessel geworfen und hockte breitbeinig da, während ihm Fanni auf einem Rattanstuhl gegenübersaß, den sie sich aus der Ecke herangezogen hatte.

»Möchtest du einen Schluck Saft trinken?«, fragte sie kleinlaut. »Vera hat mir …«

»Ich will nichts trinken, sondern wissen, was hier läuft«, fuhr ihr Hans ins Wort.

»Das habe ich dir doch gerade erklärt«, erwiderte Fanni müde. »Frau Bogner, eine der Therapeutinnen, ist heute Vormittag in ihrem Sprechzimmer ermordet worden. Die Tat muss kurz vor meiner Therapiesitzung begangen worden sein, weshalb es an mir war, die Leiche zu finden. Nachdem man die Kriminalpolizei gerufen hatte, sind der Tatort untersucht und eine Menge Verhöre geführt worden. Danach hat es nicht mehr lange gedauert, bis die Hauptverdächtigen feststanden.«

»Du und dieser Grapscher«, sagte Hans Rot mit dumpfer Stimme.

»Die Beweise sind erdrückend«, antwortete Fanni so gleichgültig, als ob sie sich über einen Freitagabendkrimi im ZDF unterhielten.

Hans warf ihr einen unwilligen Blick zu. »Als da wären?«

Fanni unterdrückte das Bedürfnis, sich zurückzulehnen und einfach die Augen zu schließen. Irgendwann in den letzten Stunden hatte eine seltsame Erschöpfung von ihr Besitz ergriffen, die es ihr schwer machte, geradlinig zu denken.

Du solltest dich mal ein bisschen zusammenreißen!

Fanni versuchte es. Sie erhob sich, und während sie im Zimmer langsam auf und ab schritt, sammelte sie so gut es ging Kräfte. Nach einer Weile begann sie akribisch darzulegen: »Als Argument für Alexander Pauß' Täterschaft lässt sich Folgendes anführen: Er kam zu einem Zeitpunkt, der mit ziemlicher Sicherheit der Tatzeit entspricht, aus dem Sprechzimmer von

Frau Bogner. Alexander sagt selbst, dass er es kurz nach zehn Uhr verlassen hat, und ich kann das bezeugen, weil er mir auf dem Flur begegnet ist. Am Tatort hat man Spuren gefunden, die wenn nicht auf einen Kampf, so doch auf einige Irritationen schließen lassen. Man hat Fingerabdrücke und Gewebeproben genommen, und es steht fest, dass man Alexanders DNS nicht nur an den Armlehnen des Patientenstuhls finden wird, denn ich habe selbst miterlebt, wie er die tote Frau Bogner umarmt hat, nachdem er zurückgekehrt war.«

»Und zuvor hat er sie wahrscheinlich umgebracht«, meldete sich Hans Rot zu Wort. »Heißt es nicht, jeder Täter kehrt postwendend an den Tatort zurück?«

Jeder? Postwendend? Da läge die Aufklärungsquote ja bei 99,99 Prozent!

Hans sprach bereits weiter: »Das kommt davon, wenn man Psychopathen wie diesen Grapscher frei herumlaufen lässt. Eingesperrt gehören sie allesamt. Je tiefer hinter Gitter, desto besser. Privatklinik, Gesprächsrunden, Farbtherapie, Klangbehandlung – Humbug, Blödsinn, Verschwendung von Zeit und Geld.«

Fanni schluckte, dann fuhr sie fort, als hätte es keine Unterbrechung gegeben: »Für mich als Täterin spricht ebenfalls eine ganze Menge. Wie mir der ermittelnde Beamte akkurat vorgerechnet hat, hätte ich Frau Bogners Zimmer exakt um zehn Uhr fünf betreten müssen, denn Alexander hat auf die Uhr gesehen, nachdem er auf dem Flur an mir vorüber war – was natürlich ebenfalls im Rahmen der Tatzeit liegt. Ich hätte also eintreten, die Leiche sehen und sofort den Notruf absetzen müssen. Die Doppelnull wurde aber erst um zehn Uhr vierundzwanzig gewählt; und zwar von Alexander, der inzwischen zurückgekommen war. Nun fragt sich die Polizei: Was hat Fanni Rot diese zwanzig Minuten lang gemacht?«

»Ehrlich gesagt frage ich mich das auch«, entgegnete Hans Rot.

Fanni zögerte mit der Antwort. Sie fürchtete, dass ihr Hans genauso wenig Glauben schenken würde wie der Kriminalbeamte, wenn sie jetzt sagte, dass sie eine ganze Weile – zehn

Minuten womöglich – sinnierend vor der Tür zu Frau Bogners Sprechzimmer gestanden hatte.

Aber er brummte bloß: »Typisch Fanni.«

Sie entspannte sich ein wenig und berichtete weiter. »Nachdem ich eingetreten war, bin ich erst einmal starr vor Schreck dagestanden, bis ich auf den Gedanken kam, Frau Bogner könnte mir das alles nur vorgespielt haben, um ein Schlüsselerlebnis zu provozieren ...« Sie unterbrach sich, weil sie merkte, wie Hans Rot vor sich hin murmelte.

»Schlüsselerlebnis«, seine Stimme wurde lauter, »Flashback, Retraumatisierungseffekt! Ich kann den Schmarrn nicht mehr hören. Du hast eine Gedächtnislücke, na und? Was du von den vergangenen sechs Jahren wissen musst, kann ich dir in drei Sätzen sagen, die du getrost gleich wieder vergessen darfst. Ich hab es euch von Anfang an gesagt, dir und Leni: Wir streichen diese sechs Jahre und machen da weiter, wo deine Erinnerung abbricht. Das ist für alle das Beste, das Gescheiteste, das Gesündeste und das Einfachste. Aber nein, ihr habt ja nicht auf mich hören können. Leni mit ihrem Gefasel vom Recht auf persönliche Erinnerungen und du mit deiner Behauptung, ohne Blick in die Vergangenheit könne man keine Entscheidungen für die Zukunft treffen. Vergangenheit! Bis auf sechs Jahre – die man bedenkenlos streichen kann – steht dir deine gesamte Vergangenheit zur Verfügung. Das sollte doch wohl genügen, um dir zu zeigen, wo du hingehörst.« Er machte eine wegwerfende Handbewegung. »Aber was rede ich mir den Mund fusselig. Fakt ist, du und Leni habt euren Willen durchgesetzt, und dafür sitzt du jetzt in der Tinte.«

»Tief in der Tinte«, bestätigte Fanni. »Auf der Tatwaffe wird meine DNS zu finden sein.«

Hans Rot schoss so plötzlich von seinem Sessel hoch, dass dessen geschwungene Beine ein bedenkliches Knarzen von sich gaben.

»Vorsicht«, rief Fanni, »ich fürchte, das Ding besteht bloß aus zusammengeleimten und mit Furnier bezogenen Spanplatten.«

Hans ließ sich zurückfallen, und wieder ächzte das Holzgestell des Sessels laut. »Was sagst du da?«

»Es handelt sich bestimmt um eine Imitation, die wahrscheinlich nicht besonders stabil ist.«

Er sah sie einen Moment lang an, als hätte sie nun komplett den Verstand verloren. Dann besann er sich. »Über die Tatwaffe, meine ich. Hast du nicht erzählt, diese Bogner wäre erwürgt worden?«

»Vermutlich mit einer Drahtschlinge«, bestätigte Fanni. »Und diese Drahtschlinge hat der Täter aus einer Metallfigur gerissen. Ich hatte diese Figur in der Hand. Habe mich sogar an ihr verletzt.« Fanni hielt ihrem Mann den Handteller hin, auf dem eine unschön ausgefranste Wunde leuchtete.

Hans Rot starrte so intensiv auf das Mal, als wäre es das Denkarium aus »Harry Potter«, das Einblick in Gedanken und Erinnerungen anderer ermöglichte.

Als Fanni ihre Hand zu einer Faust schloss und gegen die Brust presste, schüttelte er den Kopf. »Wir brauchen Hilfe. Wir müssen Leni und Marco zurückrufen.«

Fannis Mund klappte auf und stieß einen Schwall Luft aus. »Aus den Flitterwochen? Bist du wahnsinnig geworden?«

Hans hob die Hand und deutete mit dem Finger auf sie. »Man wird dich anklagen, Fanni, dich einsperren. Der Einzige, der dagegen etwas tun kann, ist Marco. Als Kriminalhauptkommissar kann er die Ermittlungen leiten.«

»In Nürnberg und Umgebung«, antwortete Fanni atemlos, »wo sein Zuständigkeitsbereich liegt. Hier im Landkreis Deggendorf werden sie ihm den Marsch blasen, wenn er sich einmischt. Aber selbst wenn man sein Eingreifen tolerieren würde: WIR RUFEN DIE BEIDEN NICHT AUS IHREN FLITTERWOCHEN ZURÜCK!«

»Ist ja gut«, lenkte Hans Rot ein, weil Fanni dicht vor ihm stehen geblieben war und beide Hände auf ihre Brust presste, die sich heftig hob und senkte.

Hans Rot muss tatsächlich an sich gearbeitet haben! Wann hat er es früher schon einmal geschafft, derart über seinen Schatten zu springen und in irgendeinem Punkt nachzugeben?

Fanni musste eingestehen, dass ihr Mann versuchte, ihr entgegenzukommen.

Weil er dich zurückhaben will! Und ihm ist klar, dass er durch deine Amnesie die einmalige Chance dafür hat! Die will er nutzen – mit allen Mitteln!

Wackerer Versuch, dachte Fanni. Und, ja, ich rechne ihm sein Zurückstecken hoch an. Aber wirklich ändern wird sich Hans Rot nie. Kaum würde ich wieder in Erlenweiler wohnen, würden die alten Muster zurückkehren.

Du tust, als wären Hans Rot und Erlenweiler tatsächlich eine Option!

Fanni barg das Gesicht in den Händen und rieb sich die Stirn. So war es ja wohl auch.

Erschöpfung überkam sie mit neuer Wucht. Sie wünschte von Herzen, Hans Rot würde seinen Besuch bei ihr zu Ende bringen und in sein Haus nach Erlenweiler zurückfahren. Dann hätte sie sich in die Louis-quinze-Imitation schmiegen, die Augen schließen und sich nur den Gedanken hingeben können, die ihr willkommen waren.

»Du siehst schrecklich müde und zerschlagen aus«, sagte Hans, während er sich erhob. »Setz dich hierher, da hast du es bequemer.«

Sogar einfühlsam ist er geworden!

Fürsorglich fasste er sie um die Schultern, als sie sich in den Polstersessel sinken ließ.

Fanni schloss die Augen, schlug sie jedoch schon ein paar Sekunden später wieder auf, weil sie ein Scharren und Schleifen vernahm, das sie irritierte.

Hans ging im Zimmer umher und machte Ordnung.

Er hatte den Rattanstuhl wieder an den kleinen Ecktisch zurückgeschoben, wo ihn Fanni zuvor weggeholt hatte. Soeben rückte er ein paar Stifte gerade, die dort lagen, und arrangierte Bücher- und Zeitschriftenstapel auf einer geraden Linie. Dann nahm er Fannis Strickjacke vom Garderobenhaken und hängte sie in den Schrank. Dabei schien ihm aufzufallen, dass sich einer der Türknäufe gelockert hatte. Er drehte ihn fest.

So ist er, dachte Fanni. Immer mit Kleinkram zugange, immer bestrebt, sich mit Belanglosigkeiten abzulenken. Hans Rot, der Herrscher im Bagatellreich.

Als er nichts mehr zu tun fand, kam Hans zum Fenster herüber, unter dem Fanni saß, stützte sich mit beiden Händen am Sims ab und schaute hinaus.

»Der ganze Spaß hier muss den Hornschuh und seine Teilhaber etliche Millionen gekostet haben«, sagte er nach einer Weile. »Ich will gar nicht wissen, was allein die Außenanlagen verschlungen haben. Wie der Kerl so viel Geld zusammengebracht hat, ist mir ein Rätsel.«

Fanni zuckte die Schultern. Leni hatte über Hornschuh und seine Klinik Erkundigungen eingezogen, bevor sie ihrer Mutter dazu geraten hatte, sich hier behandeln zu lassen. »Mama«, hatte sie gesagt, »Hornschuh genießt einen recht guten Ruf. Das Geschäftsmodell seiner Klinik ähnelt dem Wellness-Resorts, aber statt Gurkenmasken oder Moorbädern werden verschiedene Formen von Psychotherapien angeboten, deren Kosten die Krankenkassen übernehmen – teilweise zumindest.«

»Und du glaubst, da kann man mich von meiner Amnesie heilen?«, hatte Fanni gefragt.

Leni hatte den Kopf geschüttelt. »Ehrlich gesagt, weiß ich nicht, ob die in Hornschuhs Klinik angebotenen Therapien wirksamer sind als Gurkenmasken und Moorbäder. Mir geht es hauptsächlich darum, dass du einen Platz hast, an dem du dich wohlfühlst. Und falls auch nur eine winzige Chance besteht, dass Hornschuhs Methode Erfolg verspricht, sollten wir sie nicht in den Wind schlagen.«

»Hornschuh könnte ein Blender sein, ein Scharlatan«, hatte Fanni eingewandt.

»Selbst wenn«, hatte Leni geantwortet. »Seine Klinik liegt herrlich im Grünen, die Küche wird gerühmt – das Gemüse kommt vom Bauernmarkt in Straubing, das Getreide aus der Pankhofener Mühle und das Fleisch von der Biometzgerei Pichler –, die Einrichtung ist wirklich ansprechend, und was kann es schaden, ein paar Gespräche zu führen, ein wenig Gymnastik zu machen, eventuell ein Bildchen zu malen oder eine Figur zu töpfern?«

Fanni hatte Lenis Drängen nachgegeben und das Zimmer belegt, das ihre Tochter in der Parkklinik von Professor Hornschuh bereits hatte reservieren lassen.

War es nicht die vernünftigste Lösung, um dein Leben wieder in halbwegs normale Bahnen zu bringen?

Was ich ja auch schnell eingesehen habe, dachte Fanni.

Nach dem letzten, beinahe erfolgreichen Anschlag auf ihr Leben in einem Nomadenzelt unter den Dünen des Erg Chebbi war Fanni in einem marokkanischen Krankenhaus aus ihrer Bewusstlosigkeit erwacht. Sie hatte sich an nichts erinnern können, hatte niemanden erkannt: Sprudel nicht, die Reiseleiterin nicht und die Gefährten aus der Trekkinggruppe erst recht nicht. Mit leerem Hirn hatte sie vor sich hin gedämmert, bis Leni – von Sprudel alarmiert und eiligst angereist – an ihr Bett trat. Von da an hatten Fannis Synapsen wieder zu arbeiten begonnen, zu einem gewissen Grad jedenfalls.

Trotz ihrer verschiedenartigen Verletzungen war sie bereits wenige Tage später in Begleitung von Leni und Sprudel nach Deutschland zurückgekehrt, wo die von Schlägen herrührenden blauen Flecken schnell zu einem fahlen Gelb wechselten und dann gänzlich verblassten; wo die aufgeplatzte Haut verheilte und ihr Körper die letzten Reste des Betäubungsmittels ausschied, das ihr in der angeblichen Eselsmilch verabreicht worden war. Die Wunden heilten, das Gehirn funktionierte wieder, nur die Erinnerung an die vergangenen sechs Jahre wollte sich nicht mehr einstellen.

Leni hatte Stunden damit verbracht, sie ins Bild zu setzen, und oft – so oft als möglich – hatte ihr Sprudel dabei geholfen.

Sprudel!

Ein liebenswerter, sympathischer Mann, der stets zusammen mit Leni in ihrem Krankenzimmer in der Münchener Uniklinik auftauchte. Fanni konnte sich nicht erinnern, ihn je zuvor gesehen zu haben.

»Du und Sprudel«, hatte Leni erzählt, »ihr habt zusammen den Mord an Mirza Klein aufgeklärt – und nicht nur diesen. Ihr seid ein tolles Team gewesen. Und seit gut einem Jahr seid ihr offiziell ein Paar. Du hast Papa verlassen, die Scheidung ist nur noch Formsache.«

So ungeheuerlich sich Lenis Worte auch anhörten, Fanni

glaubte ihr jedes einzelne. Warum hätte ihre Tochter sie belügen sollen? Das hatte sie noch nie getan, weder als Kind noch als Erwachsene. Auf Leni konnte sich Fanni verlassen wie auf niemanden sonst. Hätte sie aber dennoch leise Zweifel gehegt, dann wären die durch Sprudels Körpersprache augenblicklich fortgewischt worden. Der arme Mann wirkte derart zerrissen, dass sie ihn am liebsten in die Arme genommen und getröstet hätte.

Das solltest du auch tun, hatte ihre Gedankenstimme verkündet. *Schließlich habt ihr anscheinend mehr als ein Jahr lang zusammengelebt wie Mann und Frau! Und all die vergessenen Jahre zuvor seid ihr enge Freunde gewesen, Vertraute, Gefährten!*

Aber ich kenne ihn doch gar nicht, hatte sich Fanni gewehrt, und die Gedankenstimme hatte sie ein *»verstocktes Weibsbild«* genannt.

Erwartungsgemäß war Leni es gewesen, die Fannis Dilemma auf den Punkt brachte. »Die Situation stellt sich folgendermaßen dar«, hatte sie eines Abends erklärt, nachdem sie gerade geschildert hatte, wie Fanni (sie war drauf und dran gewesen, den Mord an einem Altenpfleger aufzuklären) von Sprudel aus dem Kühlkatafalk einer Leichenkammer gerettet worden war, in den ein Verdächtiger sie gesteckt hatte, um sie dort ihr Leben beschließen zu lassen. »Von Hans Rot, den du als deinen Ehemann betrachtest, bist du quasi geschieden. Sprudel, zu dem du inzwischen gehörst, erkennst du nicht mehr. Das wirft die heikle Frage auf: Mit wem von beiden sollst du dich zusammentun?«

»Alles, was an Wissen in mir selbst steckt«, hatte Fanni geantwortet, »ist, dass ich seit November ’74 mit Hans verheiratet bin. Die Partnerschaft mit ihm kann ich im Geist durchleben. Sie ist wirklich, real, greifbar, echt – mit all ihren Unzulänglichkeiten. Alles, was du von mir und Sprudel erzählst, klingt dagegen wie ein Traum – und Träume kann man nicht leben.«

Leni hatte begreifend genickt, doch dann hatte sie sehr ernst gefragt: »Willst du dir und Sprudel nicht eine Chance geben, bevor du dich wieder mit Haut und Haaren von Hans Rot und deinem altem Leben vereinnahmen lässt?«

Vereinnahmen, hatte Fanni gedacht. Hans tut so, als hätte ich mich nie losgerissen. Habe ich es denn überhaupt?

»Mama«, war Leni fortgefahren, »du solltest dir Zeit geben, bevor du eine Entscheidung triffst. Wer weiß, vielleicht kehren ja die Erinnerungen doch noch unbeschadet zurück.«

Auf Fannis nachdenkliches Nicken hin hatte sie dann den Vorschlag mit der Hornschuh-Klinik gemacht. »Ein Aufenthalt dort kann dir die Atempause verschaffen, die du brauchst. Außerdem liegt sie keine zehn Kilometer von Erlenweiler entfernt und keine zwölf von Birkenweiler, sodass dich Hans Rot und Sprudel täglich besuchen können.«

Fanni wusste bereits, dass Sprudel ein Haus an der ligurischen Küste besaß, wo es ihn nach seiner Pensionierung hingezogen hatte, und dass er bald darauf durch eine unerwartete Erbschaft zu einem Anwesen in Birkenweiler gekommen war.

»Sprudel wird einstweilen hierbleiben?«, fragte sie. »In diesem ererbten Haus, von dem du mir erzählt hast?«

Leni bejahte. »Inzwischen gehört es allerdings mir. Sprudel hat es mir überschrieben, weil er nicht will, dass es nach seinem Tod in fremde Hände fällt.« Sie lächelte spitzbübisch. »Aber ich lasse ihn drin wohnen – zumindest solange er die Hecke schneidet.«

Bei all der Vorarbeit, die Leni bezüglich Fannis zeitweiliger Unterbringung geleistet hatte, wäre es nicht nur töricht, sondern auch undankbar gewesen, hätte Fanni den Vorschlag ihrer Tochter als untauglich abgetan. Leni hatte sogar die Kostenfrage schon geklärt: Fanni müsse sich um gar nichts kümmern, die Geldquellen würden reichlich sprudeln. Fanni konnte sich denken, welche sie angezapft hatte, und Leni bestätigte ihre Vermutung.

Sprudel hatte sofort angeboten, sämtliche Kosten zu übernehmen, was Hans Rot natürlich nicht auf sich sitzen lassen konnte. Lenis Zwillingsbruder Leo hatte Geld angeboten, und Leni selbst hatte vorgehabt, einen Teil beizutragen, was sich letztendlich als überflüssig erwies.

»Ich wünsche mir von ganzem Herzen, dass dein Gehirn all die Erinnerungen, die es stillgelegt hat, bald wieder zulässt«, hatte Leni gesagt, während sie Fanni dabei half, das Zimmer zu beziehen, in dem sie voraussichtlich vier Wochen lang wohnen würde.

Zwei Tage später waren Leni und ihr Mann Marco endlich

in die Flitterwochen gefahren, die sie wegen der Ereignisse in Marokko hatten verschieben müssen.

»Du rechnest damit, dass *er* dich da rausboxt«, sagte Hans Rot.

Obwohl Fannis Gedanken noch bei Leni und Marco verweilten (sie sah das gut aussehende Paar sich gegenseitig die Ringe anstecken, während sich ihr Bild im Wasser des Moorsees auf dem Hochschachten spiegelte, an dessen Ufer sie sich das Jawort zu geben entschieden hatten), wusste sie sofort, was Hans meinte.

Hans bringt diesen Namen einfach nicht über die Lippen!

»Er«, sagte Fanni scharf, »heißt Sprudel, Johann Sprudel. Er war vor seiner Pensionierung Kriminalbeamter; und nicht allein deshalb kann ich dankbar dafür sein, ihn zur Seite zu haben. Professionellere Hilfe würde ich kaum finden.«

»Marco«, begann Hans Rot, doch Fannis Blick brachte ihn zum Schweigen.

Nach einer etwas lastenden Stille sagte Hans hoffnungsvoll: »Ob der Laden hier wohl dichtmacht? Dieser Mord an einer Therapeutin muss doch alles durcheinanderbringen. Die Polizei wird ständig aus und ein gehen, einen Haufen Fragen stellen, quasi ihr Hauptquartier hier aufschlagen.«

Fanni musste sich ein wissendes Lächeln verbeißen.

Hans Rot würde einen Luftsprung machen, wenn man sämtliche Patienten kurzerhand entließe!

Er würde mich eiligst in seinen Wagen schaffen und nach Erlenweiler bringen, gab Fanni der Gedankenstimme recht.

Und dort würde er alles von dir fernhalten, was dich an die vergangenen sechs Jahre erinnern könnte!

Ja, dachte Fanni, Hans möchte von einem Zeitpunkt an weitermachen, der so weit als möglich vor Sprudels erstem Erscheinen liegt. Die vergangenen sechs Jahre würde er gern ausklammern, wegräumen, aufsaugen. Er wünscht sich nichts mehr, als dass ich mich nie wieder daran erinnere.

Dann kann auch er vergessen, was sich ereignet hat. Ein kurzer Schrieb und das Scheidungsurteil wird niemals rechtskräftig!

So weit sind wir noch lange nicht.

Laut sagte Fanni zu ihrem Mann: »Während die Polizei mein Zimmer durchsucht hat, habe ich mit Professor Hornschuh …«

»Die haben dein Zimmer durchsucht?«, unterbrach sie Hans.

»Natürlich«, erwiderte Fanni. »Man sucht ja fieberhaft nach dem Drahtstück, mit dem Frau Bogner stranguliert worden ist.«

»Aber wieso denn hier bei dir?«, regte sich Hans auf. »Die konnten doch gar nicht wissen, dass deine Fingerabdrücke und deine DNS auf dem Dings sind, von dem dieser Draht entfernt wurde.«

Fanni sah ihren Mann missbilligend an. »Wäre es nicht ziemlich dumm von mir gewesen, das zu verschweigen? Ein Blick genügt ja, um festzustellen, dass ich im Handteller eine Wunde habe und an der Figur Blut klebt.«

Hans Rot taxierte sie eine Sekunde lang, dann sagte er: »Hat man den Draht etwa gefunden?«

»Bei mir?«, keuchte Fanni und hoffte, sich getäuscht zu haben.

Er kann doch nicht im Ernst glauben …

Er kann es, und er tut es auch! Du hast einen Hirnschaden, Fanni! Oder willst du das etwa abstreiten?

Hirnschaden? Ich glaube nicht, dass man eine partielle Amnesie so bezeichnen …

Jetzt komm mir nicht mit Ausreden! Das Gedächtnis sitzt im Hirn und hat Schaden genommen! Folglich hast du einen Hirnschaden – und damit basta.

Unvermittelt fragte sich Fanni, inwieweit sie sich eigentlich selbst trauen konnte. Die Verletzungen, die man ihr in dem Nomadenzelt am Rande der marokkanischen Wüste zugefügt hatte, konnten ja durchaus Schlimmeres angerichtet haben als einen zeitlich recht klar begrenzten Gedächtnisverlust.

Eben. Wer weiß, was du heute Morgen angestellt hast. Es würde womöglich nicht schaden, bei deinem Mann Schutz zu suchen!

Soll ich etwa weglaufen und mich unter Hans' Rockschößen verstecken?, fragte sich Fanni. Wer hätte daraufhin noch ein Interesse daran, zu beweisen, dass ich die Wahrheit sage? Man würde mich als Irre abstempeln – und was dann?

Die Geschlossene?

»Der Betrieb geht also weiter«, sagte Hans Rot.

»Welcher Betrieb?«, fragte Fanni verwirrt.

»Der Klinikbetrieb. Die tote Therapeutin wird schleunigst durch eine lebendige ersetzt, und schon ist nach außen alles wieder in Ordnung.«

Hans Rots Interessen laufen denen von Fritz Hornschuh diametral zuwider!

Was keine Bedeutung hat, dachte Fanni, weil ihn niemand um seine Zustimmung bitten wird.

Sie öffnete den Mund, um ihm zu erklären, dass es nicht nur sinnlos, sondern den Patienten gegenüber geradezu unverantwortlich wäre, die Klinik von einem Tag auf den andern zu schließen, überlegte es sich jedoch anders.

Wozu, dachte sie, wozu einen Disput über Entscheidungen austragen, die weder Hans noch ich zu fällen haben?

Andererseits hatte sie nicht übel Lust, ihrem Mann Paroli zu bieten.

Früher hättest du nicht im Traum daran gedacht, ihm ohne triftigen Grund zu widersprechen!

Ich weiß, dachte Fanni. Die Erkenntnis, dass ich es jetzt am liebsten tun würde, und die Tatsache, dass ich mich bei allen möglichen Gelegenheiten gegen ihn auflehne, beweisen, wie sehr ich mich in den vergessenen Jahren verändert habe.

Vor gut zwei Wochen beispielsweise hatte sie es ohne mit der Wimper zu zucken abgelehnt, ihn zur Allerheiligenandacht auf den Friedhof zu begleiten.

»Warum sollte ich? Von solchen Aufmärschen habe ich noch nie viel gehalten. Mir kommen da sofort die Militärparaden despotischer Machthaber in den Sinn.«

Hans hatte daraufhin richtig erschrocken ausgesehen, und Fanni hatte im ersten Augenblick gedacht, ihr etwas drastischer Vergleich hätte ihn so schockiert. Doch seine Entgegnung belehrte sie eines Besseren.

»Ich weiß«, hatte Hans niedergeschlagen gesagt und klein beigegeben.

Das hatte Fanni verblüfft, bis ihr klar wurde, dass Hans ihre Antwort nicht neu war. Offenbar hatte sie sich schon vergangenes Jahr und vielleicht auch das Jahr davor geweigert, dieses inszenierte Friedhofsspektakel mitzumachen.

Erst einige Zeit nach diesem Gespräch war Fanni klar geworden, welche Folgerung ihre Antwort zuließ: Zwar hatte ihr Gehirn alle bewussten Erinnerungen der letzten sechs Jahre weggesperrt, es verhinderte aber nicht, dass der aus dem Verkehr gezogene Gedächtnisabschnitt Einfluss auf ihr gegenwärtiges Verhalten nahm.

Sie sind also da, hatte Fanni gedacht. Die Erinnerungen sind noch da, sie werfen Schatten, winken mir zu. Und irgendwann kriege ich sie vielleicht wieder zu fassen.

»Aber wir werden uns doch nicht den ganzen Tag im Zimmer verschanzen.«

Fanni schrak zusammen, als sie Schwester Rosas resolute Stimme vernahm. Sie hatte gar kein Klopfen gehört.

Wetten, die hat überhaupt nicht geklopft! Die schleicht doch immer so verstohlen herum wie diese Kreatur aus »Herr der Ringe«! Gollum! Sie sieht ihm sogar ähnlich!

Das fand Fanni ungerecht. Zugegeben, Rosa hatte etwas hervortretende Augen und leicht abstehende, breitrandige Ohren. Damit endete die Ähnlichkeit mit Gollum aber auch schon. Im Gegensatz zu dem mutierten Hobbit erfreute sich Rosa einer dichten Haarpracht, kräftiger weißer Zähne und einer Größe von mindestens eins sechzig.

Aber Trommelschlegelfinger hat sie wie dieser Gollum, und ich schätze, sie ist genauso heimtückisch, obwohl sie immer so betont offen und ehrlich tut!

»Wir gehen doch jetzt in den Speisesaal hinunter«, fuhr Schwester Rosa fort. »Es ist schon fünf, das Abendessen wird gleich serviert.«

Fanni versäumte es zu antworten, weil sie wegen der Verwendung des Plurals wieder völlig irritiert war. Warum, fragte sie sich zum x-ten Mal, spricht Schwester Rosa mit den Patienten, als wäre sie mit jedem einzelnen verwachsen wie ein siamesischer Zwilling? Was will sie uns damit zu verstehen geben?

»Wir sollten uns von den Schrecknissen des heutigen Tages nicht überwältigen lassen und hinuntergehen«, insistierte Schwester Rosa angesichts der Tatsache, dass von Fanni noch immer keine Antwort kam.

Hans Rot sprang ihr bei. »Ich begleite meine Frau hinunter. Sie sollte wirklich was essen. Die Mittagsmahlzeit hat sie bestimmt ausfallen lassen.«

Schwester Rosa schenkte ihm ein Lächeln und hob den linken Trommelschlegelzeigefinger. »Auch zum Nachmittagskaffee haben wir uns nicht blicken lassen, dabei gab es so leckere Quarkschnecken.« Sie wandte sich der Tür zu und war schon halb draußen, als ihr offenbar etwas einfiel. Schwungvoll drehte sie sich um. »Wir sollten uns zu Milchbart an den Tisch setzen. Ich habe ihn im Speiseraum unten gesehen, allein und grüblerisch.« Damit eilte sie weiter.

»Milchbart?«, fragte Hans Rot.

»Alexander Pauß«, klärte ihn Fanni auf.

»Der Grapscher?«

»Er grapscht ja gar nicht.«

»Milchbart passt zu ihm«, befand Hans Rot.

Fanni musste ihm zustimmen. Soweit sie gehört hatte, war Alexander gut in den Dreißigern, und von Weitem sah er auch so aus. Er hatte einen soliden Körperbau, eine stattliche Größe und eine aufrechte Haltung. Die kurz geschnittenen Haare wirkten ebenso männlich wie die dunklen geraden Augenbrauen. Seine Haut allerdings glich der eines Babys. Nur wenn man ganz genau hinsah, konnte man ein wenig Flaum rund um die blassen Lippen erkennen.

»Bist du so weit?«

Fanni verzichtete auf Kamm und Lippenstift, denn Hans Rot hielt bereits die Tür für sie auf. Sie fuhr sich nur schnell mit den Fingern durch die Haare, um sie etwas aufzulockern.

Den Weg ins Foyer legten sie schweigend zurück. Dort verabschiedete sich Hans, indem er ihr kurz die Hand auf den Arm legte. Mehr hätte ihm Fanni auch nicht erlaubt.

Eben, solange das Gedächtnis noch nicht wieder intakt ist, bitten wir uns Abstand aus!

3

Wie stets, wenn sie den Speisesaal der Parkklinik betrat, musste Fanni staunen, wie kunstfertig er dekoriert war. Sie selbst hatte mit Dekoartikeln nie viel am Hut gehabt, besaß wenig Talent dafür, Stoffe zu drapieren oder Gestecke zu fabrizieren. Sie lehnte weihnachtliche Lichterketten ebenso ab wie österliche Eierbäume oder Zierrat aus Filz und Strohgeflecht. Seitdem die Kinder erwachsen waren (zuvor hatte sich Fanni mit zunehmendem Widerwillen weitgehend an das gängigste Brauchtum gehalten), pflegte ihr Hans Rot alljährlich vorzuwerfen, dass sie die Einzigen im ganzen Landkreis seien, die keinen Adventskranz hätten. Einmal hatte er sogar persönlich einen gekauft und jeden Adventssonntag die vorgeschriebene Zahl von Kerzen angezündet.

Der Speisesaal der Parkklinik war hell, geräumig und in einer Weise dekoriert, die Fannis Abneigung gegen Kunstblumen, Raffgardinen und Zimmerbrunnen in Frage stellte.

Beifällig nickend ging sie an der hüfthohen Vase vorbei, in der goldfarbene Schilfwedel zwischen Kiefernzweigen steckten.

Wie sich das Arrangement wohl in deinem Wohnzimmer in Erlenweiler machen würde?

Wenn ich richtig informiert bin, habe ich in Erlenweiler kein Wohnzimmer mehr, konterte Fanni, weil ich vor einiger Zeit meinen Anteil an unserem gemeinsamen Haus an Hans verkauft habe.

Sie steuerte geradewegs auf Alexander zu, der einen Ecktisch gewählt hatte und ganz allein dort saß.

Der Saal war mit einem knappen Dutzend Tischen mit je vier Stühlen bestückt. Viel zu viel Platz für dreiundzwanzig Patienten, aber Verwandte und Freunde der Patienten waren zu allen Mahlzeiten hochwillkommen, sofern sie sich bei der Hausverwaltung frühzeitig anmeldeten und Vorkasse leisteten.

»Darf ich dich angrapschen?«, fragte Alexander.

»Musst du das wirklich ständig fragen?«, gab Fanni zurück, ohne zu überlegen, was sie da tat.

Womöglich hast du jetzt zunichtegemacht, was immer die Therapierung bei Milchbart bisher erreicht haben mag!

Erschrocken legte sie beide Hände über den Mund. Wie konnte sie sich Frau Bogners Instruktionen widersetzen, die sicherlich immens wichtig waren, denn sonst hätte die Therapeutin wohl kaum zugelassen, dass Alexander sogar Patientinnen auf diese Weise belästigte. Was würde er jetzt tun?

Alexander tat, als ob er sie nicht gehört hätte, und fragte noch einmal.

Fanni atmete erleichtert aus und antwortete: »Nein.«

Da stand er auf und rückte ihr einen Stuhl zurecht.

Nachdem Fanni Platz genommen und auch er sich wieder hingesetzt hatte, sagte er: »Wahrscheinlich müsste ich die Frage gar nicht mehr stellen. Frau Bogner meinte heute Morgen, ich wäre längst so weit.«

Wurde aber auch Zeit! Heißt es nicht, er wäre schon drei Wochen hier?

»Wissen Sie, Frau Rot«, fuhr Alexander fort, »ich benutze die Frage wie ein Brückengeländer, nach dem man automatisch greift.«

»Verstehe«, antwortete Fanni. »Was ich allerdings nicht verstehe, ist, wie es dazu kam, dass du dir so ein Geländer basteln musstest.«

Alexander sah sie befangen an.

Fanni tat es bereits leid. Wie konnte sie nur eine derart persönliche Frage stellen?

Schwester Rosa servierte ihnen die Suppe.

Was hat Gollum eigentlich im Speiseraum zu suchen? Dieses Wesen taucht bevorzugt dort auf, wo sich gerade am meisten tut!

Fanni bedankte sich höflich, als Schwester Rosa den Teller vor sie hinstellte, und setzte hinzu: »Sie haben ja einen sehr ausgedehnten Arbeitsbereich.«

»Allerdings«, antwortete Schwester Rosa, die für ihren Auftritt im Speiseraum den weißen Kittel abgelegt hatte und sich in einem grauen Rock mit heller Bluse zeigte. »Man legt eben Hand an, wo es gerade nottut. Ein bisschen flexibel muss man in einem solchen Haus schon sein.«

Alexander aß ein paar Löffel voll Suppe, dann schaute er auf und sagte: »Flexibel! Wenn Sie mich fragen, leidet Schwester Rosa unter einem ausgeprägten Kontrollwahn. Sobald jemand furzt, will sie wissen, warum.« Auf Fannis indignierten Blick hin lächelte er entschuldigend. »Tut mir leid. Ich wollte damit nur sagen, dass sie sich so ziemlich um alles kümmert, was hier abläuft. Sie hält sich offensichtlich für den guten Geist der Klinik und für die rechte Hand des Professors.«

»Du hast sie gar nicht gefragt«, sagte Fanni.

Alexander zog ein Gesicht. »Wir haben es in der vergangenen halben Stunde schon dreimal durchgespielt, Schwester Rosa und ich.«

»Ach«, entgegnete Fanni. »Manchmal wird es dir also selbst zu viel.«

Alexander wirkte verwirrt, wusste offenbar nicht, was er darauf sagen sollte.

Schweigend löffelten sie die Teller leer.

Ist dir eigentlich klar, Fanni Rot, dass dich Alexander siezt, während du ihn duzt?

Wieso, wandte Fanni ein, er sagt doch immer: Darf ich *dich* angrapschen.

Schon, aber im normalen Gespräch siezt er dich! Du solltest wirklich darüber nachdenken, ob es angebracht ist, ihn zu duzen, als wäre er ein kleiner Junge!

Bevor Fanni das tun konnte, sagte Alexander unvermittelt: »Es begann, als ich fünf war. Meine Pflegemutter hat mich gezwungen, sie und die Damen, die sie in ihr Haus einlud, zu umarmen und zu küssen und ...« Er verstummte.

Fanni fasste schnell nach seiner Hand, die neben dem Gedeck lag. »Es tut mir leid, dass ich vorhin so indiskret war. Ihre psychische Störung geht mich nichts an.«

»Doch«, widersprach Alexander. »Wir müssen einander vertrauen können, das ist jetzt enorm wichtig, und deshalb müssen Sie wissen, woran Sie mit mir sind.«

»Nun weiß ich es«, erwiderte Fanni.

Aber Alexander schien der Ansicht zu sein, dass sie noch nicht genügend informiert war. Tapfer sagte er: »Irgendwann konnte ich nicht mehr anders, als alle Frauen zu umarmen, die ungefähr im Alter meiner Pflegemutter waren. Auf unerklärliche Weise hatte sich mir die Möglichkeit zu differenzieren entzogen. Die Folge davon war, dass ich eine Zeit lang in eine Klinik für Psychiatrie und Psychotherapie eingewiesen werden musste. Aber auch nach meiner Entlassung aus der stationären Behandlung hatte ich immer wieder Therapien nötig. Zum Glück hat mir meine Pflegemutter genügend Geld hinterlassen, sodass ich mir spezielle therapeutische Behandlungen in Privatkliniken leisten konnte, die mal mehr, mal weniger Erfolg hatten. Marita Bogner allerdings hat damit einen Durchbruch erzielt, die Zwangshandlung – als Zwischenschritt quasi – durch eine Zwangsfrage zu ersetzen.«

Alexander sah Fanni prüfend an. »Ich weiß, was Sie jetzt denken: Hätte die Frage nicht seriöser formuliert sein können? Darüber haben wir lange debattiert, Frau Bogner und ich. Aber letztendlich habe ich mich dafür entschieden, sie wie einen Witz klingen zu lassen. Vielleicht war es ja falsch. Wie auch immer, jetzt bin ich fast am Ziel. Es geht nun nur noch darum, diese beiden Krücken wegzuwerfen: die Zwangsfrage und den Talisman.«

»Den Talisman, denke ich, können Sie getrost behalten«, meinte Fanni.

»Er ist aber weg«, sagte Alexander.

»Ja, ich weiß«, erwiderte Fanni. »Deshalb sind Sie ja in Frau Bogners Sprechzimmer zurückgekommen.«

Alexander nickte. »Die Polizei wird ihn dort wohl inzwischen gefunden haben.«

Anzunehmen! Und das bringt uns wieder zurück zu der Bredouille, in der ihr beide steckt!

Ein junges Mädchen, das Fanni zuvor noch nie gesehen hatte, räumte die leeren Teller ab. Sie hatte im rechten Nasenflügel ein Piercing, und Fanni registrierte, dass ihre Fingernägel lila lackiert und mit Glitzersteinen beklebt waren.

Alexander musterte das Mädchen schweigend.

Aha, die muss er nicht fragen! Ist ja auch noch keine zwanzig, das Kind!

Am Tisch blieb es still, bis das Hauptgericht kam. Angesichts der gedünsteten Forelle auf seinem Teller sagte Alexander: »Meine DNS und Fasern von meiner Kleidung werden massenhaft auf Frau Bogners Leiche zu finden sein.«

»Sie haben sie ja auch angegrapscht«, erwiderte Fanni trocken, aber mit einer Spur Vorwurf in der Stimme.

»Ein Fehler«, gab Alexander zu. »Ein schwerer Fehler – eine Überreaktion, ein alter Reflex, ein fataler Rückfall, was weiß ich. Aber Sie können ja bezeugen, dass Frau Bogner schon tot war, als ich zurückkam.«

Und als du gegangen bist, Junge?

Fanni zuckte zusammen, weil Alexander die Worte ihrer Gedankenstimme fast nachsprach, als er fortfuhr: »Und als ich gegangen bin, hat sie noch gelebt.«

Sagst du*!*

Erneut schien Alexander zu wissen, was in Fannis Kopf vorging, denn er fügte hinzu: »Wenn wir dahinterkommen wollen, was vorgefallen ist, müssen wir uns gegenseitig vertrauen. Wir dürfen nicht den geringsten Zweifel daran hegen, dass der andere die volle Wahrheit sagt. Diejenige, die ich zu bieten habe, lautet: Um zehn Uhr drei hat Marita Bogner sehr lebendig an ihrem Schreibtisch gesessen und gesagt: ›Dann bis morgen, Herr Pauß.‹ Eine Sekunde später habe ich die Tür hinter mir zugemacht.« Er sah Fanni auffordernd an.

»Als ich die Tür wenige Minuten später aufgemacht habe, war Frau Bogner tot«, sagte Fanni.

Alexander nickte betrübt, beförderte ein Stück Fisch in seinen Mund und kaute nachdenklich darauf herum.

Fanni zerlegte ihre Forelle. Sie wollte abwarten, wollte lieber Alexander weitermachen lassen. Würde er auf die Zeitspanne zu sprechen kommen, die sie allein mit der Toten, oder – falls man ihre Aussage anzweifeln wollte – mit der noch Lebenden zugebracht hatte?

Sie musste sich nicht lange gedulden.

»Ich bin nicht vor zehn Uhr zwanzig ins Sprechzimmer zurückgekehrt«, sagte er.

Es gab keinen Grund, Alexanders Zeitangaben in Frage zu

stellen. In den Therapiezimmern, ebenso wie im Foyer und in den Übergängen von den Treppenabsätzen zu den Stockwerken, befanden sich Wanduhren in Glaskunstdesign mit Zifferblättern so groß wie Tortenplatten. Man kam gar nicht umhin, regelmäßig die genaue Uhrzeit abzulesen.

»Den Notruf habe ich um zehn Uhr vierundzwanzig abgesetzt.« Alexander legte sein Besteck beiseite.

Nun red schon! Du kommst ja eh nicht drum herum!

Fanni hörte ebenfalls auf zu essen. Sie tupfte sich mit der Serviette den Mund ab, trank einen Schluck von ihrem Mineralwasser und lehnte sich zurück. Dann begann sie zu sprechen.

Sie schilderte Alexander, wie sie sich im Flur an die Wand gelehnt und vor sich hin sinniert hatte; wie sie irgendwann an die Tür geklopft, aber keine Aufforderung zum Eintreten vernommen hatte; wie sie letztendlich einfach geöffnet und ins Zimmer gegangen war; wie sie dagestanden und Frau Bogner angestarrt hatte; wie ihr auf einmal der Gedanke gekommen war, die Therapeutin würde ihr eine Schlüsselszene vorspielen; wie sie sich an den Schreibtisch gelehnt und mit der Toten geredet hatte. »Als Sie hereingekommen sind, ist der Stuhl, in dem Frau Bogner saß, gerade ein wenig herumgeschwenkt. Es hat ganz so ausgesehen, als würde sie sich mir zuwenden.«

»Verstehe«, sagte Alexander mit betont neutraler Stimme. »Damit wäre also die Verzögerung geklärt.«

Er hält dich für meschugge, damit du es nur weißt!

Mit Recht, dachte Fanni. Mit vollem Recht.

Alexander räusperte sich: »Nachdem nun ein für alle Mal gesagt ist, dass weder Sie noch ich Frau Bogner getötet haben, muss eine dritte Person im Zimmer gewesen sein.«

Und die hatte sich einen Tarnumhang übergestülpt oder was?

»Aber wie kann diese Person ungesehen hinein- und ebenso wieder hinausgekommen sein?«, fragte er bereits. »Durchs Fenster bestimmt nicht, das ist von außen vergittert.«

»Das ist ja unser Problem«, erwiderte Fanni. »Niemand kann ungesehen hinein- und hinausgekommen sein. Der Flur verläuft schnurgerade. Als ich von der Treppe her gekommen bin, habe ich Sie aus der Tür treten sehen. Wir beide hatten uns – lange bevor wir in der Mitte des Ganges zusammengetroffen sind – schon gegenseitig im Blick, und ich hatte zudem die ganze Zeit die Tür im Blick. Nachdem Sie herausgekommen sind, Alexander, ist ganz bestimmt niemand zu Frau Bogner hineingegangen.«

Alexander machte ein bekümmertes Gesicht. »Ich weiß.«

Fanni sah ihn überrascht an. »Wie können Sie das denn wissen? Als Sie den Flur entlanggegangen sind, haben Sie doch die Tür zu Frau Bogners Zimmer im Rücken gehabt.«

Alexander verzog die Mundwinkel zu einem leicht spöttischen Lächeln. »Abgesehen davon, dass Sie längst erwähnt hätten, wenn jemand herumgestrolcht wäre, hätte ich das aller Wahrscheinlichkeit nach gemerkt. Ich hab ja nicht nur Augen, sondern auch Ohren.«

»Gut«, sagte Fanni, »Ihnen haben es die Ohren verraten, mir die Augen: Außer uns beiden war niemand auf dem Flur.«

»Logische Folgerung«, übernahm Alexander wieder, »der Täter muss von woanders her in Frau Bogners Behandlungsraum gelangt sein.«

»Wie denn?«, fragte Fanni missmutig. »Es gibt keine zweite Tür im Zimmer, und vor dem Fenster ist – wie Sie schon sagten – ein gewölbtes Gitter aus Schmiedeeisen angebracht, durch das sich gerade mal ein Eichhörnchen zwängen könnte.«

»Womit wir wieder zu dem Resultat kommen, dass nach allem Dafürhalten einer von uns beiden der Täter sein muss«, entgegnete Alexander.

»Na, na«, rief Schwester Rosa, »heute ist es aber nicht weit her mit unserem Appetit.« Geradezu bekümmert sah sie den beiden noch halb vollen Tellern nach, die das Mädchen mit dem Piercing soeben wegtrug. »Aber die Nachspeise müssen wir unbedingt essen. Es gibt Panna cotta mit Erdbeeren.« Sie leckte sich die Lippen.

Gollum hat wohl schon eine verspeist!

Die beiden Desserts kamen auf den Tisch und blieben vorerst unangetastet stehen.

Hast du vergessen, wie gern du Panna cotta magst?

Nein, dachte Fanni. Aber mit Erdbeeren schmeckt sie wie

Erdbeeren mit Quark, Erdbeeren mit Sahne, Erdbeeren mit Joghurt, Erdbeeren mit …

Fanni!

Man hat die Panna cotta um ihre Individualität gebracht.

»Sehen Sie eine andere Lösung, Frau Rot?«, fragte Alexander.

Die beste Lösung ist, die Panna cotta unverfälscht zu belassen, aber ein wenig Karamellsoße dazu zu servieren.

Fanni!!! Willst du tatsächlich für verrückt gehalten werden?

Sie nahm ihren Dessertlöffel und kratzte ein wenig von der weißen Masse ab. »Wenn wir unsere Paradigmen beibehalten, *muss* es eine Erklärung geben.«

Alexander sah ihr befremdet zu, wie sie sich um eine Erdbeere herumarbeitete.

Jetzt red mal vernünftig mit ihm!

»Schau«, sagte Fanni, »wir haben doch beschlossen, uns gegenseitig zu vertrauen. Daraufhin hat jeder von uns versichert, Frau Bogner nicht umgebracht zu haben. Also ist das die Grundlage, von der wir ausgehen.«

Hältst du es tatsächlich für eine geglückte Lösung, ihn mal zu duzen, mal zu siezen?

Fanni ignorierte die Gedankenstimme.

Alexander rieb sich sein bartloses Kinn. »Aber von dieser Grundlage aus scheint es keinen Weiterweg zu geben.«

»Was nicht heißt, dass keiner da ist«, entgegnete Fanni. »Wir müssen ihn nur finden.«

Alexanders aß schweigend seine Panna cotta und verschmähte auch die Erdbeeren nicht. Dann sagte er: »Die einzige Erklärung, die mir einfällt, ist, dass sich der Täter im Sprechzimmer irgendwo versteckt gehalten hat.«

»In dem Bauernschrank beispielsweise«, stimmte ihm Fanni zu. »Wo immer Frau Bogners Mantel und etliche weiße Kittel hängen.«

»Er hätte aber ziemlich lang dort ausharren müssen«, sagte Alexander.

»Vor der Tat mindestens eine Stunde.« Fanni nickte.

»Er hätte das Sprechzimmer nicht nur schon vor meiner Therapiestunde betreten müssen, sondern auch zu einem Zeitpunkt, zu dem Frau Bogner gerade nicht drin war«, gab Alexander zu bedenken.

»Oder noch nicht«, sagte Fanni.

Alexander ließ die Erdbeere zurückplumpsen, die er sich eben von Fannis Nachspeisenteller, den sie von sich weggeschoben hatte, angeln wollte.

»Noch nicht!«, rief er. »Ich war Frau Bogners erster Patient heute Morgen. Sie fängt ja nie vor neun an. Bevor sie kam, hat sich ihr Mörder in den Raum geschlichen und im Schrank versteckt. Vermut…«

»Wenn sich Frau Bogner nicht in ihrem Zimmer aufhält«, unterbrach ihn Fanni, »dann schließt sie immer ab.«

Alexander machte eine wegwerfende Handbewegung. »Das ist doch kein Hindernis. So ein simples Türschloss bekommt jeder auf. Der Mörder könnte sogar einen Generalschlüssel gehabt haben.« Er schaute Fanni beifallheischend an.

Sie nickte. »Das lassen wir gelten. Was wollten Sie noch sagen?«

Darauf musste sich Alexander erst besinnen. »Der Täter ist eingedrungen und hat sich versteckt«, wiederholte er dann. »Ja, richtig, vermutlich wollte er den Mord sofort nach Frau Bogners Eintreffen begehen, hatte aber keine Zeit mehr dazu, weil ich schon angeklopft habe, kaum dass sie da war. Deshalb musste er sich gedulden. Er hat stillgehalten und auf seine Chance gewartet.«

»Die gekommen ist, als die Stunde zu Ende war und Sie das Sprechzimmer verlassen hatten«, vervollständigte Fanni den möglichen Ablauf. »Er hat Frau Bogner ermordet und sich dann wieder versteckt.«

»Weil Sie angeklopft haben«, warf Alexander ein.

»Weil ich angeklopft habe«, wiederholte Fanni versonnen. »Aber bis wann hat er sich versteckt? Nachdem Schwester Rosa –«

Unser Gollum!

»– eingetreten war, ist das Zimmer bestimmt keinen Augenblick mehr leer gewesen. Und als die Polizei eingetroffen ist, hat es wohl nicht lange gedauert, bis die Beamten anfingen, alles zu durchsuchen.«

Fanni dachte eine ganze Weile nach und sagte dann entmutigt: »Diese Versteckheorie hat eine ganze Menge Löcher. Selbst wenn man davon ausgeht, dass der Täter es irgendwie geschafft hat, sich zu verdrücken, bleiben noch genug Mängel übrig, um sie zu verwerfen. Man muss sich beispielsweise fragen, warum er die Tatwaffe nicht dabeihatte. War er so vermessen, zu denken, es würde sich schon etwas finden, mit dem sich sein Vorhaben ausführen ließe? Dass er dieses Drahtstück abgerissen und als Würgeschlinge benutzt hat, lässt doch eher auf Affekt schließen.« Sie unterbrach sich, weil Alexander seit einer Weile den Kopf schüttelte, und sah ihn fragend an.

»Ich würde einiges darauf verwetten«, sagte er nun, »dass der Draht, der am Schraubenmännchen fehlt, nicht die Tatwaffe ist.«

Fannis Augen wurden groß. »Aber die Polizei sucht doch …« Alexanders spöttische Miene ließ sie verstummen.

»Die Polizei«, erklärte er, »sucht nach einer ausgewachsenen Drahtschlinge, mit der Frau Bogner erwürgt worden sein könnte, nicht nach einem Zierdrähtchen.«

»Aber dein sogenanntes Zierdrähtchen ist …«, begann Fanni, aber Alexander unterbrach sie erneut.

»Ist schon vorgestern abgerissen. Ich war dabei.«

Fanni brauchte eine Zeit lang, um sich darauf einzustellen.

Wo ist denn das Problem? Drahtschlinge bleibt Drahtschlinge. Egal, wo der Täter sie herhatte.

Eben nicht, dachte Fanni. Weil er sie mitgebracht haben muss, wenn er sie nicht von der Figur abgerissen hat.

»Na schön«, sagte sie laut, »der Täter hat also sein Werkzeug dabeigehabt. Aber überlegen Sie doch mal, was für ein großes Risiko er eingegangen wäre, wenn er nach dem Ende Ihrer Stunde sein Versteck verlassen hätte, um die Tat auszuführen. Er konnte sich doch denken, dass der nächste Patient schon im Anmarsch war, und musste davon ausgehen, überrascht zu werden.«

»Dieses Risiko hat er halt auf sich genommen«, erwiderte Alexander. »Das musste er ja, falls er nicht den halben Tag im Schrank ausharren wollte. Und er hatte ja Glück. Ihr langes Zögern hat ihm genügend Zeit ...« Alexander verstummte plötzlich und sah Fanni verblüfft an. »Sie standen die ganze Zeit vor der Tür! Frau Rot, als der Mord verübt wurde, standen Sie vor der Tür des Behandlungszimmers. Sie müssen doch etwas gehört haben.«

»Nämlich?«, fragte Fanni.

Alexander warf ihr einen scharfen Blick zu. »Lärm, Scharren, Rascheln, Stimmen, einen Schrei, irgendwas in der Art.«

Fanni schüttelte den Kopf. »Ich war in Gedanken versunken. Wissen Sie, was das Gehirn mit gewohnten Geräuschen macht, wenn es anderweitig beschäftigt ist? Es blockt sie ab, registriert sie nicht. Scharren und Rascheln hätte ich schlicht und einfach nicht wahrgenommen; nicht einmal Frau Bogners Stimme, denn irgendein Schaltkreis in meinen Hirn wäre wohl zu der Feststellung gelangt, dass Frau Bogner gerade telefoniert, und hätte die Information ad acta gelegt.«

Schau an, schau an, wie gut Fanni Rot neuerdings über die Funktionsweise des menschlichen Gehirns Bescheid weiß! Da hat sie dem Dr. Wein aber ganz genau zugehört!

Falls Alexander irgendetwas darauf antworten wollte, erhielt er keine Gelegenheit dazu.

Fanni stemmte beide Hände auf die Tischplatte und beugte sich ein wenig nach vorne, um sich Alexanders voller Aufmerksamkeit zu versichern. »Diese Versteckttheorie ist Unsinn, Alexander. Frau Bogner hätte ihren potenziellen Mörder bereits wenige Minuten nach dem Betreten ihres Zimmers entdeckt, nämlich dann, als sie ihren Mantel in den Schrank gehängt hat.«

Alexander legte verzagt die Stirn in seine aufgestützte Hand.

Fanni schaute sich um, weil der Geräuschpegel im Speisesaal plötzlich verändert wirkte. Mittlerweile waren viele Tische besetzt, viel mehr als sonst, was bedeutete, dass sich etliche Gäste eingefunden hatten.

Kein Wunder, nach so einem Nachrichtenknüller! »Mord in der Parkklinik«, wenn das kein Aufsehen erregt! Die Journaille wird sich eingeschlichen haben, und vermutlich sitzen auch ein paar Sensationslustige hier herum, die nichts Besseres zu tun haben, als jeder Unglücksmeldung nachzujagen!

Fannis Blick blieb an Professor Hornschuh hängen, der an

einem mit vier Personen besetzten Tisch stand und offenbar jede Menge Fragen zu beantworten hatte.

»Heute muss er sich mehr Zeit nehmen als sonst«, sagte Alexander, der ebenfalls auf den Professor aufmerksam geworden war.

Der Chef der Parkklinik bot abends im Speisesaal keinen ungewöhnlichen Anblick. Er pflegte aufzutauchen, nachdem das Dessert serviert war, um nickend, lächelnd und gute Laune verbreitend von Tisch zu Tisch zu gehen. Bisher hatte Fanni allerdings noch nicht erlebt, dass er irgendwo stehen geblieben war und sich auf ein Gespräch eingelassen hatte.

Nun aber befand er sich schon eine ganze Weile am Tisch jener vier Patienten, die dort zusammensaßen.

Er wird seine Schäfchen beruhigen, ihnen jedoch gleichzeitig auf den Zahn fühlen wollen. Muss er nicht zu ergründen versuchen, wie sie die Ereignisse des Tages verkraftet haben?

Fanni schreckte auf, als sie Alexander aufzählen hörte: »Irma Braun, fünfundzwanzig Jahre alt, Waschzwang. Hedwig Sauer, neunundvierzig, hört seltsame Stimmen. Rudolf Dorner, zweiundfünfzig, kann die Finger nicht von den Tippscheinen lassen. Michaela Kofler, einunddreißig, kleptomanisch. Das sind sie, die vier, die da mit Hornschuh palavern.«

Fanni klappte ihren Unterkiefer, der abwärtsgesackt war, wieder hoch. »Woher wissen Sie das alles? Wir sind doch angehalten, nicht über unsere …«

»Macken«, half Alexander aus.

Fanni nahm es an. »Über unsere Macken zu sprechen. Und vom Personal kann man doch wohl strengste Diskretion erwarten.«

Alexander lächelte schelmisch. »Ich bin ja schon eine ganze Weile hier. Und wie ich vorhin bereits erwähnt habe, besitze ich Augen und Ohren – scharfe in beiden Fällen, wenn ich das noch anmerken darf.«

Der Professor war inzwischen zum nächsten Tisch gegangen, wo eine übertrieben blondierte, mit einer Unmenge von Schmuck behängte Dame mittleren Alters und ein gut aussehender Herr Anfang fünfzig saßen.

»Franz Karg, Burn-out«, sagte Alexander. »Elvira Kübler …« Er hob die Schultern und machte ein ratloses Gesicht.

Wie, der ansonsten offenbar so blendend informierte Milchbart will uns weismachen, über Klunkerlady nicht Bescheid zu wissen?

Vor zwei Wochen schon (bei ihrem ersten Abendessen im Speiseraum bereits) war Fanni auf die Blonde aufmerksam geworden, weil sie so maßlos herausgeputzt wirkte. Auch heute trug sie wieder mehr Schmuck, als guttat, und ein tief dekolletiertes Kleid.

Scheinen aber echt zu sein, die Steinchen!

Ja, dachte Fanni. Und auch das Kleid stammt nicht von C&A.

»Sind die beiden ein Paar?«, fragte sie, denn Herr Karg und Frau Kübler wirkten recht vertraut miteinander, und Fanni erinnerte sich, sie schon mehrmals zu zweit an einem Tisch gesehen zu haben.

Alexander zog die Stirn kraus, als müsse er scharf nachdenken. »Sechs Tage, würde ich sagen. Vor sechs Tagen sind sie gemeinsam zum Frühstück erschienen.«

»Es tut mir wirklich leid.« Die Stimme gehörte Professor Hornschuh. Er war unvermittelt an ihren Tisch getreten und stand jetzt hinter dem leeren Stuhl, der sich zwischen Fanni und Alexander befand. »Für Frau Bogner, für die Klinik, für die Patienten, aber ganz besonders tut es mir leid für Sie beide. Wie fühlen Sie sich?«, fragte er an Fanni gewandt.

»Verdächtig«, antwortete sie. »Mit Fug und Recht gelte ich als verdächtig.«

Hornschuh warf ihr einen besorgten Blick zu und schaute dann zu Alexander hinüber, der trocken hinzufügte: »Nur wir beide kommen als Täter in Frage.«

Hornschuh rückte sich den Stuhl zurecht und nahm Platz. »Die Situation ist prekär, das muss ich wahrhaftig zugeben. Aber lassen Sie uns die Pferde nicht gleich scheu machen. Die Polizei steht ja erst ganz am Anfang der Ermittlungen. Man hat noch längst nicht alle Zeugenbefragungen durchgeführt, noch längst nicht alle Spuren ausgewertet …«

Bla, bla, bla!

»Glauben Sie mir, es sind äußerst fähige Kriminalbeamte, die den Fall bearbeiten, sie werden bis ins Kleinste herausfinden, was heute Morgen geschehen ist.«

»Und wenn nicht?«, fragte Fanni.

Hornschuh zog die linke Augenbraue hoch.

Das kann ich auch, dachte Fanni und ließ ebenfalls eine Braue nach oben wandern. Dann sagte sie: »Was man finden wird, sind eine Menge Hinweise, die dafür sprechen, dass Herr Pauß oder ich oder wir alle beide die Mörder sind. Wonach man aber suchen sollte, ist ein Motiv.«

Oho, Miss Marple tritt auf den Plan, macht sich daran, den Fall zu lösen, und lässt die Kriminalbeamten wieder einmal als Trottel dastehen!

Sichtlich bemüht, Fanni zu beschwichtigen und sie gleichzeitig in wünschenswerte Schranken zu verweisen, legte der Professor eine Hand auf ihren Arm. »Sie müssen sich keine Sorgen machen, Frau Rot. Entspannen Sie sich. Gehen Sie zum Qigong und zur Yogastunde und überantworten Sie es den …«

Fanni ließ ihn nicht ausreden. »In diesem Fall kann einzig und allein das Motiv zum Täter führen.«

In puncto Starrsinnigkeit kann absolut niemand Fanni Rot das Wasser reichen!

»Das wird es ja sicherlich auch«, pflichtete ihr Hornschuh rasch bei. »Und die Kommissare werden es bald aufspüren.«

»Dazu brauchen unsere Ermittler aber ausreichend Angaben zum Opfer«, entgegnete Fanni. »Hatte Frau Bogner Familie?«

Hornschuhs Gesichtsausdruck nahm einen schmerzlichen Zug an. Mit einem tiefen Atemzug lehnte er sich zurück. »Wie oft ich diese Frage heute wohl schon beantwortet habe? Aber nachdem Ihnen offenbar viel daran liegt, so weit als möglich Einblick zu gewinnen, will ich Ihnen Informationen, über die ich bedenkenlos verfügen darf, nicht vorenthalten.«

Ein Schwätzchen über Frau Bogners Familienverhältnisse wird unsere Miss Marple natürlich ruck, zuck auf die richtige Spur bringen.

»Sie ist – war – seit etlichen Jahren mit Herrn Seibold aus der Buchhaltung verheiratet, und sie hat einen Sohn aus erster Ehe.«

»Frau Bogner war ja nicht die einzige Therapeutin in der

Parkklinik«, beeilte sich Fanni zu sagen, kaum dass Hornschuh den Satz beendet hatte, denn sie wollte ihm keine Chance lassen, sich durch einen hastigen Rückzug ihrem Verhör zu entziehen. »Wie kam sie denn mit ihren Kolleginnen und Kollegen aus?«

Hornschuh lächelte nachsichtig. »Gut, sehr gut. Es konnte zwischen ihnen ja kaum Reibungsflächen geben, weil sie sich höchst selten über den Weg liefen.«

»Richtig«, sagte Fanni halb zu sich selbst, »Frau Bogner hat ja nicht nur in der Parkklinik Therapiesitzungen abgehalten.«

»Sie war eine gefragte Therapeutin«, bestätigte Hornschuh, »und wurde häufig vom Bezirksklinikum Mainkhofen angefordert. Ihre Vormittagsstunden waren jedoch generell für die Parkklinik reserviert.« Weil Fanni ihre nächste Frage nicht schnell genug parat hatte, entstand eine kurze Pause, während der Hornschuh offenbar ein wichtiger Gedanke kam. Er fasste sich an die Stirn. »Ich habe zwei ihrer Kolleginnen, Frau Becker und Frau Aicha, bereits kontaktiert, und sie haben mir beide versprochen, so gut es geht einzuspringen. Noch heute Abend werden wir einen Behandlungsplan ausarbeiten, der morgen früh an der Informationstafel im Foyer angeschlagen sein wird. Sie können ihm Ihre neuen Termine entnehmen.«

Er machte Anstalten, aufzustehen, doch Fanni hinderte ihn daran.

»Und wie ist Frau Bogner mit dem übrigen Klinikpersonal zurechtgekommen?«, fragte sie schnell und versuchte, den Klinikchef mit einem gebieterischen Blick an seinen Platz zu bannen.

Auf Hornschuhs hoher Stirn erschien eine steile Falte, die fraglos Unmut signalisierte. Fanni rechnete mit einer geharnischten Abfuhr. Doch plötzlich verschwand die Falte, und um die vollen Lippen des Professors zeigte sich wieder das nachsichtige Lächeln. Erneut lehnte er sich zurück.

Wenn seine Nase nicht so etwas Schnabelartiges hätte, wäre Hornschuh ein richtig gut aussehender Mann!

Fanni zog die Mundwinkel despektierlich nach unten. Für meinen Geschmack, dachte sie, liegen seine Augen zu tief in den Höhlen, sein Kinn wirkt zu herrisch, sein Hals ist zu kurz, seine Haare …

Fanni! Es reicht!

Er scheint allerdings kein schlechter Psychologe zu sein, verfolgte Fanni den Gedankengang weiter. So wie er seine Emotionen im Zaum hält und auf Fragen eingeht, vermittelt er einem das Gefühl, durchaus ernst genommen zu werden.

Obwohl er dich mit Sicherheit für töricht und nervtötend hält und dir insgeheim vorwirft, rücksichtslos seine kostbare Zeit zu stehlen.

»Frau Bogner hatte mit unserem Personal nicht viel Kontakt«, sagte Professor Hornschuh. »Sie passierte den Pförtner mit einem lakonischen ›Guten Morgen‹ oder einem knappen ›Wiederschaun‹, den Hausmeister sprach sie nur in Ausnahmefällen an, und auch mit den Schwestern pflegte sie meines Wissens so gut wie keinen privaten Umgang. Was die Putz- und Servierhilfen angeht, möchte ich bezweifeln, dass Frau Bogner sie überhaupt registriert hat. Sie verhielt sich immer ungemein distanziert. Aber gerade das machte sie zu einer Kollegin, die grundsätzlich mit allen auskam.«

Hornschuh lächelte geradezu gütig, als er hinzufügte: »All das, liebe Frau Rot, wissen die Kriminalbeamten bereits, und sie werden Frau Bogners Umfeld noch viel genauer unter die Lupe nehmen, darauf können Sie sich verlassen. Die Ermittler werden alles aufspüren, was es aufzuspüren gibt.« Bereits während er den letzten Satz sagte, hatte er die Hände auf die Tischplatte gestützt, um sich hochzustemmen.

Fanni fiel auf, dass seine Fingerkuppen weiß und blutleer wirkten.

Er hat die Nase voll von dir, will endlich hier wegkommen!

Ja, dachte Fanni, auch Psychologen haben eine Körpersprache.

Bevor Hornschuh Zeit fand, sich zu erheben, sagte Alexander: »Ich persönlich hatte den Eindruck, dass sich Schwester Rosa und Frau Bogner spinnefeind waren. Einmal bin ich zufällig in der Nähe gewesen, als sie sich auf dem Flur begegnet sind. Die beiden haben sich weder gegrüßt noch sonst wie aufeinander reagiert. Jede hat so getan, als wäre die andere Luft für sie. Wenig später habe ich Schwester Christine zu Schwester Maria sagen hören: ›Ich bin mal gespannt, wann Rosa der Bogner den Hals umdreht‹.«

Hornschuhs Hände verschwanden vom Tisch und versenkten sich in den Hosentaschen.

Ballt er sie da zu Fäusten?

Die Stimme des Professors war jedoch ruhig und freundlich, als er antwortete: »Ich bitte Sie, Herr Pauß, wer kann schon ausschließen, dass es hie und da eine Meinungsverschiedenheit gab? Aber glauben Sie mir, wirkliche Probleme existierten nicht. Davon hätte ich mit Sicherheit erfahren.« Dann lächelte er verschwörerisch. »Frauen unter sich – verzeihen Sie, Frau Rot –, da gibt es doch im Handumdrehen Streit und Gezänk, aber ebenso schnell verträgt man sich ja meist wieder. Deshalb wäre es ein großer Fehler, alles, was dabei nach außen dringt, auf die Goldwaage zu legen.«

»Herr Professor!« Schwester Rosas vorwurfsvolle Stimme ließ Fanni zusammenzucken. »Herr Professor, Frau Becker und Frau Aicha warten schon seit zwanzig Minuten im Foyer auf Sie. Und Sie haben noch nicht einmal allen Patienten …«

Hornschuhs Geste ließ sie verstummen. »Schwester Rosa, übernehmen Sie es doch bitte, die restlichen Patienten darüber zu informieren, dass der aktualisierte Behandlungsplan ab morgen früh aushängt.«

Hornschuh erhob sich endgültig, schob den Stuhl an seinen Platz zurück und deutete vor Fanni eine Verbeugung an.

»Sie brauchen sich wirklich keine Sorgen zu machen, Frau Rot. Es wird sich bald alles aufklären.« Damit eilte er aus dem Speisesaal.

Schwester Rosa griff nach den Desserttellern.

»Darf ich dich angrapschen?«, fragte Alexander.

4

Als Fanni vom Speisesaal ins Foyer trat, sah sie ihn neben dem Wasserspiel sitzen. Sie musste für einen Moment stehen bleiben, um die Welle abklingen zu lassen, die sie geradewegs in seine Arme spülen wollte.

Langsam, befahl sie sich. Geduld. Sosehr du dich auch zu ihm hingezogen fühlst, er ist ein Fremder für dich. Du besitzt nicht die kleinste Erinnerung an gemeinsame Unternehmungen, gemeinsame Stunden, gemeinsame Nächte. Wenn Leni es dir nicht gesagt hätte, würdest du nicht einmal wissen, wie er heißt.

Sprudel erhob sich aus einer Louis-Philippe-Imitation, als er sie auf sich zukommen sah. Sobald sie sich ihm direkt gegenüber befand, rollte die Welle wieder an. Diesmal konnte Fanni ihr nicht standhalten, sie legte ihre Hände in die seinen. Auf Sprudels Gesicht breitete sich ein warmes Lächeln aus.

Ein echtes Lächeln! Nicht so ein aufgesetztes, einstudiertes wie bei Hornschuh!

»Wie schön, dass du gekommen bist«, sagte Fanni.

Sein Lächeln vertiefte sich, wirkte fast glücklich.

»Magst du wieder ein Stück mit mir durch den Park laufen?«, fügte sie zaghaft hinzu.

Anfangs hatte Fanni den Mann gesiezt, mit dem sie offenbar mehr als ein Jahr lang wie ein verheiratetes Paar zusammengelebt hatte.

»Anfangs« hieß vor fast zwei Monaten.

Zwei Tage nach jenem beinahe erfolgreichen Anschlag auf ihr Leben hatte Fanni ihre Tochter Leni an ihrem marokkanischen Krankenbett sitzen sehen.

Fanni lächelte ihr zu und streckte die Hand aus. Leni rückte näher, um sie zu umarmen. Sie hielten sich eine Weile schweigend aneinander fest. Dann löste sich Leni von ihr, stand auf, trat beiseite und machte einem Mann Platz, den Fanni nie zuvor gesehen hatte. Er sah müde, krank und abgehärmt aus. Der

Unbekannte beugte sich über sie, küsste sie zärtlich und legte ihr sanft eine Hand an die Wange.

»Fanni, Liebste, endlich kommst du zu dir. Ich hatte solche Angst …«

»Wer sind Sie?«, sagte Fanni.

Ihre Frage schien auf ihn wie ein Boxhieb in die Magengrube zu wirken. Er wurde blass, krümmte sich wie unter Schmerzen, begann zu schwanken. Leni griff eilig nach seinem Arm und führte ihn zu einem kleinen Tisch, an dem zwei Stühle standen.

Als er auf einem der Stühle saß – den Kopf hatte er an die Wand gelehnt –, erschien Lenis Gesicht dicht vor Fannis Augen.

»Ich gebe ja zu«, flüsterte sie, »dass er ziemlich ramponiert ausschaut. Aber du wirst deinen Sprudel doch wohl wiedererkennen!«

Noch während Fanni verneinte, glaubte sie, in Lenis Augen Panik aufblitzen zu sehen. Dann kam die Frage, die sie sich in ähnlicher Form bereits selbst gestellt hatte: »Weißt du, wo du bist und weshalb du hier bist?«

Fanni wusste es nicht.

»Ihr beide seid …«, begann Leni, unterbrach sich, dachte kurz nach und sagte dann: »Lass uns nichts überstürzen. Vielleicht ist es besser zu warten, bis deine eigene Erinnerung an alles zurückkehrt.«

Aber die Erinnerung kehrte nicht zurück. Es tat sich einfach nichts. Nicht an diesem Tag, nicht am nächsten und auch nicht am übernächsten. Leni kam und ging. Der Mann, den sie Sprudel genannt hatte, saß meist auf dem Stuhl an der Wand und wirkte von Tag zu Tag elender.

Inzwischen hatte Leni drei Rückflüge nach Deutschland organisiert. Fanni wurde in eine der Münchner Unikliniken eingeliefert, wo man ihr nach etlichen Untersuchungen bestätigte, dass sie körperlich keinen Schaden davongetragen habe. Wovon, darüber wurde sie nur vage informiert.

Kurz vor ihrer Entlassung aus der Uniklinik machte man sie mit Dr. Wein bekannt.

Nachdem der Neurologe verdeutlicht hatte, dass es eher hinderlich sei, Fanni über die vergessenen sechs Jahre im Unklaren zu lassen, nahm es Leni auf sich, ihre Mutter genau ins Bild zu setzen.

Sie begann mit den jüngsten Ereignissen und erzählte Fanni jede Einzelheit, so wie sie rekonstruiert oder von Sprudel berichtet worden war.

»Man mag es kaum glauben«, sagte Leni, als sie zum Ende ihrer Schilderung gekommen war, »wie abgefeimt diese Person gewesen ist. Beinahe hätte sie es geschafft, euch tatsächlich den Garaus zu machen. Als du mit dem Kopf auf den Boden aufgeschlagen bist und Sprudel kein Lebenszeichen mehr von sich gab, dachte sie wohl, ihr Plan wäre aufgegangen. Aber zum Glück ist Sprudel zu sich gekommen, bevor dir der Todesstoß versetzt werden konnte.«

»Im Foyer schwirrt die Botschaft herum, dass man heute Vormittag eine Therapeutin der Parkklinik ermordet aufgefunden hat«, sagte Sprudel, als er und Fanni ins Freie traten und den von niedrigen Lampen beleuchteten Weg einschlugen.

»Schwirrt sie nicht schon den ganzen Tag aus dem Radio?«, fragte Fanni.

Sprudel zuckte die Schultern. »Hatte ich nicht eingeschaltet.«

»Wer hat denn im Foyer von dem Mord gesprochen?«, erkundigte sich Fanni.

Darüber musste Sprudel einen Moment nachdenken. »Schwester Rosa«, antwortete er dann. »Ja, so heißt sie. An der Bluse steckte ein Namensschild. Sie kam aus dem Speisesaal und hat sich im Foyer mit zwei Frauen unterhalten. Dabei habe ich dies und das mitbekommen.«

»Vor allem den Namen ›Fanni Rot‹, nehme ich an«, sagte Fanni.

Sprudel verhielt den Schritt und sah sie erschrocken an. »Hast etwa du die Leiche gefunden?«

»Nicht nur das«, erwiderte Fanni. »Wenn es nach den Indizien geht, müsste ich sogar die Täterin sein.«

Sprudel war endgültig stehen geblieben. Er wandte sich ihr zu, legte die Hände auf ihre Schultern und sah sie fast flehend an. »Fanni, sag bitte, dass du nicht schon wieder mitten in einem Mordfall steckst.«

»Es wäre eine Lüge«, antwortete Fanni, nahm ihn am Arm und zog ihn weiter.

Während sie an dem kleinen Teich entlanggingen, in dem sich etliche der Lämpchen spiegelten, was die Schatten der Büsche und Bäume umso schärfer und schwärzer hervortreten ließ, begann Fanni zu berichten, was sich ereignet hatte.

»Nicht zu glauben«, sagte Sprudel. Er war wieder stehen geblieben, weil sie das Ende des Parks erreicht hatten. Außerhalb des beleuchteten Areals herrschte tiefste Dunkelheit.

Fanni drehte sich um und schickte sich an, den Rückweg einzuschlagen. So hatten sie es bisher immer gemacht. Sie waren bis zum äußersten Lichtkreis der letzten Laterne gewandert, dann waren sie umgekehrt, zum Klinikgebäude zurückgegangen und von dort wieder durch den Park bis zur Grenze der Dunkelheit, immer hin und her. Eine andere Wahl hatten sie nicht, weil Sprudel ausschließlich in den Abendstunden zu Besuch kam.

Fannis Vormittage waren dicht angefüllt mit diversen Einzel- und Gruppentherapien, mit Gymnastik- und Yogastunden und den Ruhepausen, die dazwischen obligatorisch waren, sodass keine Zeit blieb, Besucher zu empfangen. Und die wenigen freien Nachmittagsstunden – laut Professor Hornschuh sollten sie der Erholung dienen – beanspruchte Hans Rot.

Fraglos konnte er die älteren Rechte geltend machen. Und zudem war er, Scheidungsvereinbarung hin oder her, noch immer Fannis Ehemann.

Als Fanni nach ein paar Schritten merkte, dass Sprudel nicht aufholte, schaute sie sich verwundert um. Er stand noch immer am Rand des Lichtkreises und kramte in den Taschen seiner recht schicken Sportjacke.

Sieht er nicht gut aus? Viel schlanker als Hans Rot, der einen Bierbauch angesetzt hat, mittlerweile eine Dreiviertel-Glatze herumträgt und immer in diesem sackartigen Anorak – ich tippe mal von K&L – steckt!

Fanni gluckste belustigt und reagierte mit einer halb ernst

gemeinten, halb spöttischen stummen Replik auf den Kommentar ihrer Gedankenstimme: Hinreißend sieht dieser Sprudel aus. Ich mag alles an ihm. Seine gute Figur, seine geschmackvolle Kleidung, seine sanften Hände, seine großen Ohren – und am allerliebsten mag ich die tiefen Wangenfalten, die ihm so ein gütiges Aussehen geben.

Sprudel hatte offenbar gefunden, wonach er gesucht hatte, denn er winkte Fanni freudig zu.

Fanni ging zu ihm zurück und sah, dass er zwei Stirnlampen in der Hand hielt, die man mittels eines breiten Gummibandes am Kopf tragen konnte.

Sprudel schien ein wenig verlegen, als er sagte: »Wir beide sind während unserer gemeinsamen Zeit oft weite Strecken gewandert. Du hast es geliebt, lange Touren zu machen. Einmal sind wir von Schloss Egg über Rindberg und Butzen bis zum Klosterstein und wieder zurück gelaufen. Und jetzt rennen wir hier hin und her wie zwei Mäuse im Käfig.«

Ist er nicht ein Pfiffikus?

Fanni strahlte. Sie griff nach der Lampe, die er ihr reichte, setzte sie auf und schaltete sie ein. Sprudel musste besonders starke Batterien eingelegt haben, denn der winzige Leuchtkörper gab einen breiten, hellen Schein.

Sprudel nahm Fanni an der Hand, als sie sich auf den Weg ins Dunkel machten. Die gut sichtbare Trasse, der sich leicht folgen ließ, führte offenbar durch einen lichten Wald. Sie war breit genug, dass man zu zweit nebeneinandergehen konnte, und wies einen glatten Belag auf, der sich anfühlte wie gepresster Sand.

Während sie zügig dahinschritten, berichtete Fanni in allen Einzelheiten, was ihr an diesem Vormittag widerfahren war. Dann erzählte sie, wie im Laufe der Ermittlungen ihr Zimmer durchsucht worden war und dass ein Kriminalbeamter sie verhört hatte.

»Er ließ nicht den geringsten Zweifel daran, dass ich schwer unter Verdacht stehe. Eigentlich ja kein Wunder, wenn man die Spurenlage betrachtet.« Ihre Stimme klang plötzlich erstickt, denn erst jetzt, als sie die Vorgänge so trocken aneinanderreihte, ging ihr richtig auf, wie ernst ihre Lage war.

Fatal, deine Lage ist fatal. Man hat vermutlich nur deshalb darauf verzichtet, dich in U-Haft zu stecken, weil du hier in der Klinik quasi unter Aufsicht stehst.

Sprudel unterbrach sie kein einziges Mal, obwohl sich Fannis Darstellung, als sie zu ihrem Gespräch mit Alexander Pauß und Hornschuh kam, ein wenig sprunghaft gestaltete.

»Ich möchte über Frau Bogner und ihr Umfeld so viel wie möglich herausfinden, bevor man mich in Haft nimmt«, beendete sie ihre Ausführungen.

»So weit darf es auf keinen Fall kommen«, erwiderte Sprudel. »Gleich morgen früh spreche ich beim zuständigen Ermittler vor.«

Fanni zog die Stirn in Falten. »Seit wie vielen Jahren, sagtest du, bist du schon pensioniert?«

»Fast sechs«, antwortete Sprudel. »Weshalb fragst du?«

»Weil man dich nach so langer Zeit wohl nicht mehr als Kollegen akzeptieren wird. Man wird sich fragen, warum du dich in den Fall einmischst. Die Antwort darauf könnte dich in ein recht dubioses Licht rücken«, gab Fanni zu bedenken.

Genau, abgehalfterter Kriminalbeamter versucht, Ermittlungen zu beeinflussen!

Sprudel blieb stumm, schien über ihre Worte nachzugrübeln.

Nach einer Weile sah Fanni auf ihre Armbanduhr und stellte fest, dass sie dem Weg bereits länger als eine halbe Stunde gefolgt waren. Sie fragte sich gerade, wo er wohl hinführte, als eine Gabelung in Sicht kam. Der Weg, der nach links abging, schien sich nach einigen Metern deutlich zu verengen und war teilweise mit Gras bewachsen, was darauf schließen ließ, dass er kaum mehr benutzt wurde. An der Abzweigung nach rechts war ein verwittertes Schild mit der Aufschrift »Wimpassing« an einen Baum genagelt. Fanni hatte noch nie von dem Ort gehört, obwohl er kaum weiter als zehn Kilometer von Erlenweiler entfernt liegen musste.

Wir befinden uns auf einer Wanderroute irgendwo zwischen Schwarzach und Bernried, dachte sie. Die Parkklinik liegt südlich, und würde man ein gutes Stück nach Norden laufen, müsste man zum Hirschenstein kommen.

»Wir nehmen wohl besser den rechten Weg«, sagte sie.

Sprudel nickte versonnen und machte gehorsam eine Rechtswendung. Nach einigen Schritten sagte er halb zu sich selbst: »Wo können wir ansetzen? Wie gelangen wir an brauchbare Informationen?«

Darüber hatte Fanni bereits nachgedacht. »Wir müssen nach dem Motiv für den Mord forschen, müssen jeden befragen, der auf welche Weise auch immer mit Frau Bogner zu tun hatte.«

Sprudels Skepsis war ebenso deutlich zu spüren wie der plötzlich aufkommende Wind.

Mit vollem Recht fragt er sich, wie das machbar sein soll!

Aber auch darüber hatte sich Fanni schon Gedanken gemacht. »Du könntest dich beispielsweise bei Kolleginnen von Frau Bogner zu einer Gesprächs- beziehungsweise Kunsttherapie anmelden. Traumatisiert, wie du bist, hast du allen Grund dazu.«

Sie sah Sprudel schmunzeln. »Und traumatisiert, wie ich bin, soll ich sämtliche Kolleginnen und Kollegen einem Verhör unterziehen, was sie sich einfach so gefallen lassen werden.«

Er war stehen geblieben, weil sie nun eine schmale Fahrstraße erreicht hatten, die den Wanderweg kreuzte. Ein Hinweisschild verriet ihnen, dass sie sich sieben Kilometer von Außen Irlach und fünf von Wimpassing entfernt befanden.

»Sollen wir es für heute gut sein lassen?«, fragte Fanni.

Sprudel nickte und wandte sich retour. Offenbar zweifelte er keinen Augenblick daran, dass Fanni nur die Wegstrecke gemeint hatte.

»Weißt du, was mir während der Gesprächstherapie-Sitzungen aufgefallen ist, die ich bei Frau Bogner hatte?«, fragte Fanni nach ein paar Schritten.

Sprudel warf ihr einen erwartungsvollen Blick zu.

»Egal, auf welches Thema wir verfielen, die Therapeutin war immer bemüht, auf mich einzugehen. Nie hat sie versucht auszuweichen. Im Gegenteil, es war, als würden wir uns unterhalten wie zwei Freundinnen.«

Hören sich solche »Unterhaltungen« eventuell ungefähr so an: »Als

Kind habe ich mal blaue Haarschleifen mit gelben Punkten geschenkt bekommen. Von da an wollte ich keine anderen mehr tragen, und ich war todtraurig, als meine Mutter sie wegwarf, nachdem sie schon ganz ausgefranst waren. – Oh ja, mir ging es ganz genauso, aber ich hatte rote mit weißen Punkten …« Mein Gott, Fanni, so ein Therapeut lügt doch das Blaue vom Himmel herunter, wenn er meint, damit was erreichen zu können! Man wird Sprudel nach Strich und Faden verarschen!

Fanni schluckte.

»Ich kann es ja versuchen«, sagte Sprudel. Aber es klang nicht sehr hoffnungsvoll.

Darauf gingen sie ein paar Minuten schweigend dahin, bis Sprudel fragte: »Was macht dich so sicher, dass nicht Alexander Pauß der Täter ist?«

»Nichts«, antwortete Fanni nüchtern. »Absolut nichts – wenn man davon absieht, dass er kein sichtbares Motiv hatte und dass er mir sozusagen sein Wort darauf gegeben hat, nicht der Täter zu sein.«

»Um ihn einschätzen zu können, müsste man wissen, wie krank er wirklich ist«, erwiderte Sprudel nachdenklich. »Meinst du nicht auch, dass ein einziges falsches Wort genügen kann, um bei einem Psychopathen sämtliche Sicherungen durchbrennen zu lassen?«

»Möglich« antwortete Fanni, »aber Alexander ist kein Psychopath, sonst wäre er nicht in der Hornschuh-Klinik, sondern irgendwo anders, wo sein Verhalten stärker kontrolliert wird – in Mainkhofen oder in Haar vielleicht.«

Sprudel wirkte nicht recht überzeugt, was Fanni bewog, fortzufahren: »Eine Zwangsneurose macht dich ebenso wenig zum Geisteskranken, wie dich ein Beinbruch automatisch zum Krüppel macht.«

»Was aber nicht heißt«, wandte Sprudel ein, »dass der Patient mit dem Beinbruch nicht gleichzeitig unter einem Nierenschaden, Herzinsuffizienz und Leberzirrhose leiden kann.«

»Tut es nicht«, musste Fanni zugeben. Sie wollte noch etwas hinzufügen, aber Sprudel kam ihr zuvor.

»Mag ja sein, dass Alexander bis auf einen kleinen Defekt

geistig gesund und zudem rechtschaffen ist. Aber was, wenn die Therapeutin ihn provoziert hat, um ihn zu testen? Was, wenn sie damit einen Kurzschluss ausgelöst hat? Was, wenn – um bei dem Beispiel mit dem Beinbruch zu bleiben – ein Knochensplitter in eine Arterie gedrungen ist und einen Blutsturz ausgelöst hat?«

»Ich weiß ja selbst«, erwiderte Fanni, »wie gerechtfertigt es ist, Alexander zu verdächtigen. Und deswegen behalten wir uns auch vor, ihn als Täter in Betracht zu ziehen. Was aber nicht heißt, dass wir uns nicht gründlich nach einem anderen auf die Suche machen und so vorgehen, als habe Alexander die Wahrheit gesagt.«

»Hypothese A«, sagte Sprudel, »weder Fanni Rot noch Alexander Pauß haben Marita Bogner getötet.«

Fanni schien es, als würde er gespannt darauf horchen, welche Reaktion seine Aussage bei ihr hervorrief. Weshalb? Was erwartete er denn? Er hatte doch nur die Prämisse wiederholt, von der sie schon die ganze Zeit redete.

Sprudel klang ein bisschen niedergeschlagen, als er weitersprach: »Aus Hypothese A folgt, dass wir nach einem Täter suchen, der eigentlich gar nicht am Tatort gewesen sein kann, wie du zuvor anschaulich dargelegt hast.«

»Trotzdem gehen wir davon aus, dass er dort war«, entgegnete Fanni entschieden. »Auch wenn wir keine Ahnung haben, wie er hin- und wieder weggekommen ist.«

Und keinen Schimmer, wie sich das herauskriegen ließe!

Fanni gab ein leises Schnauben von sich.

Sprudel neigte sich ihr zu, als habe sie etwas hinzugefügt, das er nicht verstanden hatte.

»Wer weiß, was sich findet«, sagte Fanni. »Lass uns einfach alles, was wir an Informationen bekommen, zusammentragen. Dann sehen wir weiter.«

Sie waren am Eingang der Parkklinik angekommen und traten durch die Glastür, die sich mit einem Zischen automatisch für sie geöffnet hatte.

Im Foyer trafen sie auf Schwester Rosa.

»Da sind Sie ja, Frau Rot. Ich habe mir bereits Sorgen um

Sie gemacht, es ist ja schon fast zehn«, sagte sie mit hörbarem Vorwurf in der Stimme und sah Sprudel mit einem Blick an, der ein laut ausgesprochenes »Raus jetzt, aber flott« komplett überflüssig machte.

Sämtliche Patienten der Parkklinik waren gemäß der hier geltenden Hausordnung dazu verpflichtet, bis spätestens zweiundzwanzig Uhr ins Gebäude zurückzukehren. Ab diesem Zeitpunkt durften auch keine Besucher mehr empfangen werden.

Ohne eine Antwort abzuwarten, fuhr Schwester Rosa fort: »Haben Sie draußen im Park nach etwas gesucht? Ist etwa einer Ihrer hübschen Ohrringe verloren gegangen?«

Bevor Fanni ihrer Verwunderung über die Frage Ausdruck geben konnte, fiel ihr Blick auf Sprudel, der seine Stirnlampe abnahm, den winzigen Kippschalter betätigte und sie in seine Jackentasche gleiten ließ.

Fanni verbiss sich ein Grinsen. Da hatten sie doch beim Betreten der Klinik glatt vergessen, die Lampen abzunehmen und auszuschalten.

Als sie ebenfalls nach ihrer Stirnlampe griff und die Finger unter das Gummiband schlüpfen ließ, an dem der Leuchtkörper befestigt war, bemerkte sie, dass tatsächlich ihr linker Ohrring fehlte. Sie musste ihn am Rand des Parks verloren haben, wo sie die Lampe übergestreift hatte. Nun gut, sie würde morgen bei Tageslicht danach suchen.

Obwohl Sprudel die Hand danach ausstreckte, verwahrte Fanni die Stirnlampe, die er ihr im Park gegeben hatte, in ihrer eigenen Jackentasche. Er lächelte ihr einwilligend zu und zog seine Hand wieder zurück.

»Nun sollten wir aber fix der Hausordnung Folge leisten«, sagte Schwester Rosa.

Aha, jetzt verlegen wir uns wieder auf die Verbrüderungstour!

Fanni nickte gehorsam, dann wartete sie darauf, dass sich Schwester Rosa auf Takt und Diskretion besann und sich entfernte, um ihr und Sprudel Gelegenheit zu geben, sich voneinander zu verabschieden.

Aber Schwester Rosa stand da wie einzementiert.

Da sagte sich Fanni, dass es wohl am vernünftigsten war,

Sprudel mit einem förmlichen »Gute Nacht« die Hand zu reichen. Dabei blinzelte sie ihm jedoch verschwörerisch zu.

Sprudel nahm ihre Hand in die seine und drückte sie sanft. Doch anstatt sie daraufhin sofort wieder loszulassen, hob er sie an sein Gesicht und legte sie an seine Wange. Die Geste wirkte so fürsorglich, so liebevoll, dass Fanni die Tränen in die Augen schossen.

Sie riss sich los und stürmte die Treppe hinauf.

»Wir sollten heute ein leichtes Schlafmittel einnehmen«, sagte Schwester Rosa, die ihr gefolgt war. »Der Tag hat viel zu viele Aufregungen gebracht, als dass sich schnell ein wohltuender Schlaf einstellen könnte.«

Erneut nickte Fanni gehorsam. Sollte doch Schwester Rosa auf dem Nachttisch Pülverchen zurücklassen, so viel sie wollte, Fanni würde beim Zubettgehen selbst entscheiden, ob sie eines davon einnahm oder nicht.

Wohl eher nicht!

Fanni warf einen Blick auf die Packung, die Schwester Rosa in Händen hielt. Tavor. Nein, wohl eher nicht.

Ein leichtes Schlafmittel, sagt sie! Die lügt ja dreister als Gollum! So eine Pille setzt dich gut vierundzwanzig Stunden außer Gefecht!

Ob stark oder leicht, spielt keine Rolle, dachte Fanni. Auf solch chemisches Zeug verzichte ich besser.

Fannis Vorliebe galt seit Jahrzehnten den Globuli der Homöopathie, den Tinkturen der Pflanzenheilkunde und den alten Hausmitteln. Für Produkte der Pharmaindustrie entschied sie sich nur dann, wenn alle anderen Kuren versagten.

»Die Polizei hat Frau Bogners Behandlungsraum versiegelt«, erzählte Schwester Rosa, während sie ein Glas mit Wasser füllte und auf den Nachttisch stellte, wo schon zwei Tavor-Tabletten bereitlagen.

»Das bedeutet ja, dass man sich den Tatort gar nicht mehr ansehen kann«, sprach Fanni laut aus, was ihr durch den Kopf ging. »Vielleicht wäre Alexander oder mir noch etwas Wichtiges eingefallen, wenn wir uns dort noch einmal umschauen hätten dürfen.«

Schwester Rosa sah sie spöttisch an. »Wir besitzen ja eine ausgesprochen blühende Phantasie.«

Lass dich von Gollum bloß nicht auf die Palme bringen!

Fanni befahl sich, Schwester Rosa mit einem Lächeln zu bedenken.

Kluge Entscheidung! Wer aus Freund und Feind Informationen herausholen will, darf nicht zimperlich sein!

Informationen, wiederholte Fanni in Gedanken. Ich sollte besser keine Gelegenheit auslassen, an welche zu kommen. Laut sagte sie: »Für Frau Bogners Ehemann muss heute Vormittag die Welt eingestürzt sein. Wie er wohl die Nachricht vom Tod seiner Frau verkraftet?«

Schwester Rosa seufzte geradezu theatralisch. »Bertie ist ja so ein bewundernswert gefasster Mann.«

Bertie?

»Nachdem er von Professor Hornschuh erfahren hatte, was geschehen ist«, fuhr Schwester Rosa fort, »hat er nicht gezögert, der Polizei Rede und Antwort zu stehen. ›Je früher die Ermittler über die Lebensumstände des Opfers Bescheid wissen, desto schneller finden sie eine Spur zum Täter‹, hat er hinterher zu mir gesagt.« Sie hob lehrerhaft den Zeigefinger. »Solche Professionalität hilft den Ermittlern ungemein.«

Fanni hätte zu gern gewusst, was der so bewundernswert gefasste Ehemann alles zu Protokoll gegeben hatte. Aber darauf würde ihr Schwester Rosa gewiss keine Antwort geben können. Deshalb fragte Fanni: »Sind Sie auch verhört worden, Schwester Rosa?«

»Aber natürlich«, kam die rasche Erwiderung. »Alle Schwestern, alle Patienten, jeder im Haus wurde befragt. Professor Hornschuh selbst hat mindestens eine halbe Stunde lang mit einem der Beamten gesprochen.«

»Was er ihnen wohl erzählt hat?«, sagte Fanni nachdenklich.

Schwester Rosa warf ihr einen wissenden Blick zu. »In einem Mordfall wird er über seine Patienten vermutlich einiges preisgeben müssen.«

»Was hat man Sie denn alles gefragt?«, erkundigte sich Fanni.

Schwester Rosa war damit beschäftigt, das Kabel der Nachttischlampe, das ihr im Weg zu sein schien, irgendwie anders anzuordnen.

»Als Erstes«, antwortete sie, »wollte der Beamte wissen, was ich heute Morgen zwischen acht Uhr dreißig und zehn Uhr fünfzehn gemacht habe.«

Reine Routine: die Überprüfung der Alibis!

»Acht Uhr dreißig«, wiederholte Fanni verwundert. »Aber Herr Pauß sagte doch …«

Schwester Rosa winkte ab und eilte auf das Fenster zu, um die Vorhänge zuzuziehen. »Alexander! Auf das, was der sagt, dürfen die Beamten nicht viel geben.« Sie drehte sich zu Fanni um. »Kann man denn hundertprozentig sicher sein, dass Marita Bogner nicht schon tot war, als Alexander um neun bei ihr aufgetaucht ist?«

»Aber er hat doch …«, begann Fanni wieder, und erneut ließ sie Schwester Rosa nicht ausreden.

»Ich traue dem Kerl zu, dass er eine ganze Stunde lang Maritas Leiche in den Armen gehalten hat, wenn er sie nicht selbst …« Sie verstummte.

Fanni presste die Fingerkuppen gegen die Stirn und versuchte, diesen neuen Aspekt in ihre vorherigen Überlegungen einzubeziehen. Konnte Frau Bogner schon tot gewesen sein, als Alexander bei ihr eintrat? Hatte er seine Therapiestunde mit einer Leiche verbracht und es nicht zugegeben, weil er sich dafür schämte? Weil er Angst davor hatte, wieder als schwerer Fall eingestuft zu werden? War demnach die Tat nicht um zehn begangen worden, sondern irgendwann zwischen Frau Bogners Ankunft und Alexanders Eintreten, also grob gerechnet zwischen halb neun und neun? Nebenbei gefragt, wie genau hatte man den Todeszeitpunkt feststellen können? Lag er früher, dann musste tatsächlich schon vor Alexander jemand bei Frau Bogner im Zimmer gewesen sein.

Indessen sprach Schwester Rosa weiter: »Als Nächstes wollte der Kommissar wissen, wie Marita mit den anderen Mitarbeitern im Haus zurechtkam.«

»Und wie kam sie mit ihnen zurecht?«, fragte Fanni.

Wollen wir doch mal sehen, inwieweit der Professor und seine rechte Hand konform gehen!

Schwester Rosa zuckte die Schultern. »Weder gut noch schlecht.«

»Meinen Sie damit, dass sich Frau Bogner allgemein sehr reserviert verhielt?«

Schwester Rosa rückte das Wasserglas zurecht und stellte die kleine Schale aus durchsichtigem Plastik, in die sie die Schlaftabletten gelegt hatte, wieder exakt daneben. »Marita war ein kalter Fisch«, sagte sie halb zu sich selbst. »Sie ließ niemanden an sich ran. Bertie hat sehr darunter gelitten.«

Ho, ho, hat sich etwa Bertie hie und da mit Rosie getröstet? Da wäre es ja kein Wunder, wenn unser tüchtiger Gollum mit der Bogner Zoff bekommen hätte.

»Hat Frau Bogner ihren Sohn auch so offenkundig auf Abstand gehalten wie ihren Mann und ihre Kollegen?«, fragte Fanni.

Schwester Rosa lachte freudlos auf. »Tillman – unser kleiner Bildhauer – stand bei seiner Mutter beileibe nicht besonders hoch im Kurs.«

»Ah, er ist Künstler«, begann Fanni. »Wo …?«

Weiter kam sie nicht, denn Schwester Rosa hatte sich offenbar entschlossen, zum klinischen Alltag zurückzukehren. »So, nun ist es aber genug. Wir sollten schleunigst zu Bett gehen nach diesem langen, anstrengenden und verstörenden Tag.«

Fanni fand gerade noch Zeit, ihr eine gute Nacht zu wünschen, da war Schwester Rosa schon aus der Tür.

Und jetzt spülen wir das Schlafmittel ins Klo!

Fanni warf einen Blick auf die bläulichen Tabletten und entschied, mit der Entsorgung bis zum Morgen zu warten.

Wer weiß?, dachte sie. Womöglich ist mir eine Mütze voll Schlaf ein paar Toxine wert.

Sie wollte gerade ins Badezimmer gehen, um zu duschen, als sie draußen vor ihrer Tür jemanden außergewöhnlich laut reden hörte.

Um zehn Uhr abends! Da wird Schwester Rosa aber gleich geharnischt dreinfahren!

Zweifellos war es aber Schwester Rosas Stimme, die sich über das nächtliche Ruhegebot hinwegsetzte, das laut Hausordnung von zweiundzwanzig bis sieben Uhr auf den Gängen vor den Patientenzimmern galt.

»Wo treiben Sie sich bloß herum, Alexander? Sie sind schon wieder zu spät.«

»Ich bin pünktlich, Schwester Rosa. Pünktlich wie der Stadtbus. Sehen Sie – klack –, jetzt ist der große Zeiger auf die Zwölf gesprungen, und der kleine steht genau auf der Zehn.«

»Und Sie springen auf der Stelle in Ihr Zimmer«, hörte Fanni die Schwester entgegnen, wobei sie sich bemühte, ihre Stimme zu senken.

Im nächsten Augenblick wurde eine Tür ins Schloss gedrückt, und ein leises Rascheln zeigte an, dass Schwester Rosa sich entfernte.

Fanni war sinnend stehen geblieben.

Wo Alexander wohl gewesen war?

Sein Verhalten gab ihr Rätsel auf. Es war, als würde er sich oft von einer Sekunde auf die andere verwandeln. Einmal wirkte er naiv und scheu, wie ein verängstigtes Kind; im nächsten Moment sprach und handelte er wie ein tatkräftiger Mann; und dann wieder gab er sich wie ein Lausejunge.

Er ist halt einfach gestört!

Aber ich mag ihn, dachte Fanni. Und ich würde ihm gern vertrauen.

Wie heißt es so schön? Vertrauen ist gut, Kontrolle ist besser!

Also gut, dachte Fanni und setzte sich auf den Rattanstuhl. Nehmen wir also einmal an, Alexander hätte Frau Bogner getötet. Anschließend hat er ihr Zimmer verlassen und ist mit harmloser Miene an mir vorbeigeschlendert. Die Tatwaffe hatte er –

– in der Hand.

Na ja, wohl eher zu einem Knäuel aufgewickelt in der Hosentasche. Er ist in sein Zimmer gegangen –

– und hat sie dort versteckt!

Fanni schüttelte den Kopf. Dann hätte man sie gefunden, denn sicherlich ist auch Alexanders Zimmer durchsucht worden. Wahrscheinlicher ist, dass er sie auf dem Weg zu seinem Zimmer entsorgt hat.

Fragt sich, wie?

Fragt sich, wo?

Kurz entschlossen erhob sich Fanni und trat auf den Flur hinaus. Soweit sie wusste, befand sich Alexanders Zimmer ganz am Ende.

Er ist die Treppe heraufgekommen und hier entlanggegangen, überlegte sie. Aber auf dem Weg bis hierher zu meiner Tür gibt es keinen Müllschlucker, kein Schränkchen und keinen Blumentopf, worin er die Tatwaffe verschwinden lassen hätte können.

Dann solltest du dir mal den Rest der Strecke ansehen, die er zu seinem Zimmer zurücklegen musste.

Fanni setzte sich in Bewegung, obwohl sie sah, dass sich nirgendwo ein Möbelstück oder eine Pflanze befand.

Langsam glitt sie an den Gemälden vorbei, die auch hier oben im ersten Stock die Wandstücke zwischen den Zimmertüren dekorierten. Nichts.

Versuch es doch mal in der anderen Richtung! Womöglich hat Milchbart einen kleinen Abstecher in den Flur auf der gegenüberliegenden Seite des Treppenaufgangs gemacht, um das Ding loszuwerden!

Fanni kehrte um, ließ den Treppenaufgang links liegen und fand sich in einem Flur wieder, der sich in nichts von demjenigen unterschied, auf dem ihr Zimmer lag. Nur die Zahlen auf den kleinen Schildchen ganz oben an den Türen waren anders: 111, 112 …, während sie auf der anderen Seite 101, 102 … lauteten.

Sie wollte schon umkehren, weil es keinen Zweck hatte, hier herumzuirren, als sie entdeckte, dass die Tür neben 112 schmaler war als die übrigen. Sie ging darauf zu und stellte fest, dass diese Tür keine Nummer hatte.

Wer will schon auf der 13 wohnen, selbst wenn noch eine 1 davorsteht!

Statt eines Schildchens mit der Zimmernummer war eine Sonne aus Keramik angebracht, auf der »Personal« stand.

Ein Raum, der womöglich nicht durchsucht worden ist, dachte Fanni.

Weil er bestimmt immer zugesperrt ist!

Irrtum! Die Tür gab nach, als Fanni den Knauf nach links drehte.

Drinnen war es so dunkel, dass sie nicht einmal Umrisse erkennen konnte. Sie tastete nach dem Lichtschalter, fand ihn, doch als sie ihn betätigte, tat sich nichts. Sie öffnete die Tür bis zum Anschlag, sodass der Lichtschein vom Flur ins Zimmer fiel, und schaute wieder hinein. Es dauerte einige Augenblicke, bis ihr klar wurde, dass sich keine Möbel darin befanden.

Doch, hier, gleich neben dem Eingang!

Tatsächlich, da stand ein Tischchen, und darauf entdeckte Fanni eine Nachttischlampe. Sie trat näher und drückte auf den kleinen Knopf am Fuß.

Diesmal ging das Licht an, verbreitete jedoch nur wenig Helligkeit. Dennoch konnte Fanni sehen, dass sie sich in einem Umkleideraum befand. An den Wänden entlang reihten sich Spinde, die mit Namensschildern versehen waren, deren Aufschriften sie in der Düsternis jedoch nicht entziffern konnte.

Irgendwo müssen die Schwestern ja ihre Mäntel, ihre Handtaschen und was weiß ich aufbewahren!

Fanni drehte eine Runde durch den Raum, starrte die unleserlichen Namensschilder an und wollte gerade wieder gehen, als sie eine schmale Tür entdeckte. Sie führte in ein kleines Badezimmer.

Nachdem Fanni den Schalter an der Wand betätigt hatte, sprang eine Neonröhre an und verbreitete grelles, kaltes Licht.

Fanni eilte zum Eingang zurück und schloss die Tür zum Flur, bevor sie sich in dem Badezimmer umsah: Dusche, Toilette, Waschbecken mit Unterschränkchen.

Fanni bückte sich und öffnete es.

Glaubst du tatsächlich, Alexander könnte das Drahtknäuel, das ihm als Tatwaffe gedient hat – immer vorausgesetzt, er wäre der Täter –, hier drin versteckt haben?

Fanni glaubte gar nichts. Sie suchte einfach.

Im Schränkchen befanden sich ein Stapel frische Handtücher, zwei volle Seifenspender, Körperlotion und etliche Rollen Toilettenpapier.

Sie hob den Packen Handtücher hoch, schaute dahinter nach

und rückte dann das Toilettenpapier hierhin und dorthin. Einer der Seifenspender fiel um, und als sie ihn wieder aufstellte, wackelte das Bodenbrett. Erst in diesem Moment registrierte sie, dass es gut fünf Zentimeter höher lag als der Fußboden. Demnach musste sich ein Hohlraum darunter befinden.

Ohne Zögern räumte Fanni das Schränkchen komplett aus und hob das Brett heraus.

Falls du gehofft hast, das gesuchte Drahtknäuel zu finden: Fehlanzeige!

Der Hohlraum war jedoch nicht völlig leer. Fanni griff hinein und förderte eine schwarze Aktenmappe zutage, wie man sie zum Aufbewahren von Schriftstücken verwendet. Sie setzte sich auf den Klodeckel und schlug sie auf. Zuoberst lag eine Liste mit Daten, Uhrzeiten und Ortsangaben – hauptsächlich waren Räumlichkeiten innerhalb der Klinik genannt. Darunter befanden sich Fotos.

Das ist ja Klunkerlady!

Allerdings, dachte Fanni, während sie die Bilder durchblätterte. Auf jedem der Fotos war Frau Kübler zu sehen.

Mal in Begleitung von Burn-out-Karg, mal in Gesellschaft anderer Herren!

Und sehr oft in intimer Pose.

Intimer Pose! Geht's noch geschwollener? Die knutschen, Fanni! Und hier auf diesem Foto – meine Fresse!

Fanni studierte die Bilder und fragte sich, wer sie aufgenommen und hier verwahrt hatte.

Und wozu?

Das riecht nach Erpressung, dachte sie. Und das Versteck legt den Verdacht nahe, dass eine der Schwestern die Erpresserin ist.

Sie ordnete die Bilder, legte sie in die Mappe zurück und klappte sie zu.

Als sie sich erhob, um sie in den Hohlraum unter dem Bodenbrett zurückzulegen, hörte sie, wie sich die Tür zum Umkleideraum öffnete. Die Mappe noch in der Hand, sprang sie in die Duschwanne und schloss den Vorhang.

Du hättest das Licht ausmachen sollen! Man wird nachsehen kommen!

Meinetwegen, dachte Fanni. Solange niemand duschen will.

Sie hockte sich hin und lauschte.

»Schon ein starkes Stück«, brummte eine Männerstimme, »mich um zehn noch aus meiner Wohnung zu holen, weil ein paar Glühbirnen ausgetauscht werden müssen.«

Der Hausmeister! Das muss der Hausmeister sein!

Eine Frauenstimme antwortete: »Sie sehen doch selbst, dass wir uns mit einer Nachttischlampe behelfen müssen, weil an der Deckenleuchte alle Birnen gleichzeitig ausgefallen sind.«

»Und die hätte es bis morgen früh nicht noch getan?« Die Stimme des Hausmeisters klang mürrisch.

»Das Funzelchen da? Man kann seinen Spind kaum erkennen, geschweige denn das Schlüsselloch finden. Wenn morgens um sechs die Frühschicht kommt, ist es noch stockfinster, und jetzt im November wird es hier drin eigentlich überhaupt nicht richtig hell – bei der kleinen Luke als Fenster.«

Die Frauenstimme gehört Schwester Christine, möchte ich meinen!

Christine, Helga, Maria – ist doch egal, dachte Fanni.

»Kein Wunder, dass die Birnen nicht lange halten, wenn ihr sie ständig brennen lasst«, sagte der Hausmeister.

Im gleichen Moment ging das Licht im Badezimmer aus.

Dann hörte Fanni, wie nebenan etwas aufgestellt wurde.

Eine Leiter, er stellt eine Leiter auf, um an die Deckenlampe zu kommen!

»Echt ein starkes Stück«, knurrte der Hausmeister, während die Leiter unter seinem Gewicht ächzte. »Ich hätte mich überhaupt nicht dazu hergeben sollen.«

»Uh«, rief die Stimme der Schwester, »das würde ich Ihnen nicht geraten haben. Mit Rosa ist nämlich heute gar nicht gut Kirschen essen. ›Wenn er nicht spurt‹, hat sie zu mir gesagt, bevor sie sich auf den Heimweg gemacht hat, ›dann ist er in der Parkklinik fehl am Platz, und ich werde persönlich dafür sorgen, dass er sich den gemütlichen Posten hier abschminken kann.‹«

»Mistmatz.« Das Schimpfwort, mit dem der Hausmeister Schwester Rosa bedachte, wurde vom Quietschen eines Gewindes begleitet.

»Wegen der Sache mit Marita Bogner führt sie sich noch schlimmer auf als sonst«, sagte Schwester Christine, Helga oder Maria. »Umtriebig wie ein Kobold. Taucht unversehens irgendwo auf und macht sich überall zu schaffen. Heute Abend soll sie im Speisesaal erschienen sein und die Patienten bedient haben.«

»Ist ja auch ein starkes Stück«, erwiderte der Hausmeister darauf.

Offensichtlich ging die Schwester davon aus, dass er damit den Mord an Frau Bogner meinte, denn sie sagte: »Angeblich steht die Rot in Verdacht.«

»Hab ich auch gehört«, erwiderte der Hausmeister.

»Aber der Milchbart könnte es ebenso gut gewesen sein, heißt es«, führte die Schwester ins Feld.

Erneut begleitete das Quietschen eines Gewindes die Worte des Hausmeisters. »Die Rot war es. Die hatte doch Blut an den Händen.«

Herrgott noch mal, wer geht denn mit solchen Sachen hausieren? Gollum! Was wetten?

»Auf einer Metallfigur, die Frau Bogner auf ihrem Schreibtisch hatte, soll auch Blut gewesen sein«, fuhr der Hausmeister fort. »Die Rot muss sie ihr über den Schädel geschlagen haben.«

Die Schwester klang nachdenklich, als sie entgegnete: »Aber Marita Bogner ist doch erwürgt worden.«

Das Ächzen und Klappern der Leiter bewirkte, dass Fanni die Antwort des Hausmeisters nur bruchstückhaft zu hören bekam. »… über den Schädel geschlagen … sich nicht mehr wehren konnte … anschließend erwürgt … so, das war's … mal einschalten … funktioniert … aber genug für heute … Licht ausmachen … abschließen nicht vergessen.«

Fanni stockte der Atem. Was, wenn die Schwester tatsächlich die Tür zusperrte?

Dann wirst du die Handtücher zusammenknoten und dich von der Fensterluke aus abseilen müssen! Dabei kannst du noch von Glück reden, dass so kleine Fensteröffnungen in der Parkklinik nicht vergittert sind! Du kannst allerdings auch auf die Frühschicht warten!

Fanni sagte sich, dass weder das eine noch das andere eine Option war.

Aufatmend hörte sie die Schwester erwidern: »Diese Tür hier schließen wir eigentlich nie ab. Wozu denn? Die Spinde sind ja sowieso versperrt. Und uns erspart es …«

Den Rest des Satzes konnte Fanni nicht mehr verstehen, denn die Schwester und der Hausmeister befanden sich offenbar schon auf dem Flur. Das Licht ging aus, die Tür fiel ins Schloss.

Fanni legte die Mappe, die sie umklammert gehalten hatte, aus der Hand und rieb sich das Gesicht. Dann ließ sie den Kopf gegen die geflieste Wand sinken. So blieb sie geraume Zeit sitzen.

Willst du hier anwachsen?

Steifbeinig stand sie auf, trat aus der Dusche, machte Licht, legte die Mappe in ihr Versteck zurück und begann, das Schränkchen einzuräumen. Als das Badezimmer wieder so aussah wie vor ihrem Eintreten, schaltete sie das Licht aus und tastete sich durch den dunklen Umkleideraum zur Tür.

Sie öffnete sie einen Spalt und lugte hinaus.

Niemand in Sicht! Du kannst gefahrlos verduften!

So schnell und so geräuschlos es möglich war, eilte sie in ihr Zimmer, schloss die Tür und lehnte sich heftig atmend dagegen. Ihre Atemzüge wollten sich lange Zeit nicht normalisieren, weil in ihrem Kopf helle Aufregung herrschte.

Sie war also bereits als Marita Bogners Mörderin abgestempelt.

Du wusstest doch schon die ganze Zeit, dass du verdächtig bist!

Oh ja, dachte Fanni, aber es macht einen riesigen Unterschied, ob man es mit ein paar Indizien zu tun hat, die einem Ärger machen, oder mit einer öffentlichen Verurteilung.

Na schön, wenn dich der Klatsch – mit dem allerdings zu rechnen war – so aufregt, dann nimm die Pillen, die Schwester Rosa dir dagelassen hat, und leg dich ins Bett!

Fanni schüttelte den Kopf. Ich nehme die Beruhigungstabletten nicht, dachte sie. Jetzt erst recht nicht. Ich kann mich doch nicht einfach abschalten und dem Verhängnis seinen Lauf lassen.

Fanni stieß sich von der Tür ab, ging ins Bad und zog sich aus. Dann duschte sie ausgiebig, föhnte sich die Haare, putzte sich die Zähne und cremte sich das Gesicht ein.

Fertig!

Noch lange nicht, protestierte Fanni, griff nach der Bodylotion und begann, auch ihren Körper einzucremen, vergaß weder die Beine noch die Arme noch den Po.

Fertig?

Sie nickte ihrem Spiegelbild flüchtig zu, machte das Licht im Badezimmer aus und legte sich ins Bett. Innerhalb weniger Minuten war sie eingeschlafen.

5

Wie an den vergangenen Tagen hatte Fanni auch an diesem Morgen beim Frühstück einen Tisch für sich allein, weil sie wieder einmal auf die letzte Minute gekommen war.

Sie war ja immer schon eine Langschläferin gewesen. Als ihre Kinder noch zur Schule gegangen waren, war sie mit Müh und Not früh genug aufgestanden, um ihnen wenigstens ein Pausenbrot richten zu können. Aber kaum bewohnten Leni und Leo Apartments in Nürnberg und München, kaum hatte Vera geheiratet und war aus Erlenweiler weggezogen, hatte Fanni ihren Mann morgens sich selbst überlassen und ihre Bettruhe bis halb acht ausgedehnt – was immer noch früh war für ihre Begriffe, aber die Hausarbeit musste gemacht, das Mittagessen gekocht und dies und das erledigt werden.

Ihren Aufenthalt in der Parkklinik nutzte Fanni, um so lange als möglich liegen zu bleiben. Leider wurde das Frühstück nur zwischen sieben und neun Uhr angeboten.

Ihr blieben noch zwanzig Minuten.

Frau Kübler und Herr Karg saßen noch an einem Ecktisch, hatten jedoch ihr Frühstück bereits beendet und trödelten bei einer Tasse Kaffee herum. Alexander und Michaela Kofler waren eben dabei, den Speiseraum zu verlassen. Alexander schien eine witzige Bemerkung gemacht zu haben, denn Michaela lachte laut auf und gab ihm einen Klaps auf den Arm. Alle anderen waren längst fort.

Während Fanni ihren Milchkaffee trank (sie hatte die Tasse zu drei Viertel mit heißer Milch gefüllt und einen Schuss Kaffee dazugegeben) und ihr Müsli löffelte (in dem der Anteil an Rosinen alles andere überwog), dachte sie darüber nach, wie sie die freie Zeit, die ihr der neue Terminplan laut Aushang am Vormittag gewährte, für ihre Ermittlungen am zweckdienlichsten nutzen konnte.

Freie Zeit! Du hast gerade mal zwei Stunden, bis um elf Uhr die Gruppengymnastik beginnt.

Am liebsten hätte sie in der Buchhaltung bei Herrn Seibold vorgesprochen, ihn in ein Gespräch verwickelt und nach Strich und Faden nach seiner Frau ausgefragt. Aber es wollte ihr partout kein Vorwand einfallen, unter dem sie bei ihm hätte aufkreuzen können.

Falls er überhaupt heute zur Arbeit erschienen ist! Wäre es nicht sowieso gescheiter, im Park draußen nach deinem Ohrring zu suchen, bevor ihn die Elstern finden?

Ja, dachte Fanni, das wäre es. Andererseits muss ich schleunigst Informationen beschaffen, die das Mordmotiv erhellen. Wenn ich schon Seibold nicht in die Finger kriege, dann sollte ich wenigstens das Gespräch mit meinen Mitpatienten suchen.

Und wie willst du das finden, wenn du pennst bis in die Puppen? Da schau, die letzten beiden verlassen gerade den Speiseraum!

Fanni schenkte sich eine weitere Tasse Milch mit Kaffee ein, bestrich eine Scheibe Vollkornbrot mit Quark und Schwarze-Johannisbeer-Marmelade und zerbrach sich, während sie bedächtig kaute, den Kopf darüber, wie sie an Seibold herankommen konnte.

Die beiden Pfeile auf dem Glaskunstobjekt, das über dem Saftbüfett hing, zeigten Punkt neun Uhr an, als das Mädchen mit dem Piercing zu Fanni an den Tisch trat. Mit einem gequält freundlichen »Sie sind ja sicher fertig« griff sie nach Teller und Tasse.

Fanni stand auf. Sie fühlte sich unbehaglich, alleingelassen, hilflos.

Ruf ihn doch an! Wetten, er flitzt hierher, so schnell er kann!

Ja, dachte Fanni, mit Sprudel an meiner Seite würde es mir besser gehen. Wir könnten zusammen …

Nach dem Ohrring suchen?

… überlegen, wie wir an Seibold herankommen.

Mit neuem Schwung verließ sie den Speiseraum. Knall auf Fall hatte sie entschieden, Sprudel anzurufen und ihn zu fragen, ob er zwei Stündchen Zeit für sie hätte – jetzt sofort.

»Da sind Sie ja, Frau Rot, da sind Sie ja!«, tönte es ihr mehrstimmig entgegen, als sie ins Foyer trat und der Treppe ins Obergeschoss zustreben wollte.

Fanni glaubte, ihren Augen nicht zu trauen. Frau Praml, Frau Böckl und Frau Weber aus Erlenweiler kamen auf sie zu.

»Wir wollten Sie ja sowieso bald besuchen«, sagte Frau Weber.

»Aber nachdem uns Hans gestern erzählt hat, was hier vorgefallen ist«, fuhr Frau Praml fort, »haben wir uns gleich heute Morgen auf die Socken gemacht.«

»Wie geht es Ihnen denn, Frau Rot?«, fragte Frau Böckl.

Deine drei Nachbarinnen haben sich ja nicht im Mindesten verändert! Die Praml trägt noch immer eine Frisur wie Marge Simpson; Böckl und Weber erinnern einen nach wie vor an Dick und Doof, wenn sie nebeneinanderstehen!

Quatsch, dachte Fanni. Frau Böckl ist ein wenig füllig, aber das steht ihr gut. Frau Weber scheint manchmal etwas naiv, aber das täuscht. Und was Frau Pramls Frisur betrifft, fehlen gut fünfzehn Zentimeter zu Marge Simpsons Haarturm.

»Wollen wir uns nicht setzen?«, sagte sie und steuerte auf einen niedrigen Tisch zu, der von einem Arrangement aus bemoosten Zweigen und bunten Ranken, die wie aus Glas wirkten, halb verdeckt wurde und von Biedermeierstühlen (Imitationen, versteht sich) umgeben war.

Nachdem die Begeisterungsrufe der drei Damen abgeklungen waren (»Was für ein Ambiente!«, »Wie umwerfend geschmackvoll!«, »Einfach fabelhaft!«), sagte Fanni: »Ich darf Ihnen doch Tee bringen?« Ohne eine Antwort abzuwarten, eilte sie auf eine Anrichte neben der Treppe zu, auf der Kannen mit heißem Wasser, Portionsbeutel mit Tee und Kaffee, Zuckerwürfel, kleine Döschen mit haltbarer Milch und das nötige Geschirr bereitstanden.

Jetzt kannst du dich aber auf was gefasst machen! Eine peinliche Befragung unter dem Tribunal der heiligen Inquisition würde sich wie Trivial Pursuit ausnehmen gegen das, was dir nun bevorsteht!

Während Fanni den Tee servierte, widersprach sie lautlos ihrer Gedankenstimme: Keine Sorge, die drei wissen inzwischen garantiert mehr als ich.

Sie konnte sich bis ins Detail vorstellen, wie der gestrige Abend in Erlenweiler verlaufen war. Und sie lag damit in jeder Hinsicht richtig.

Nachdem Hans Rot – bei Geräuchertem, Essiggurken, Bauernbrot und ein paar Flaschen Teisnacher Ettl-Pils – die Neuigkeiten aus der Parkklinik bei den Webers abgeliefert hatte, war Frau Weber als Erstes zu Frau Praml gelaufen, um ihr sofort haarklein zu berichten, wovon in den Radionachrichten nur so enttäuschend kurz die Rede gewesen war. Frau Praml hatte daraufhin den Telefonhörer abgenommen und erst nach Mitternacht wieder aufgelegt; sie musste sich ja ausführlich mit ihren Mitstreiterinnen vom katholischen Frauenbund der Gemeinde Birkdorf besprechen, dessen Vorsitzende sie war. Frau Weber wiederum hatte sich gleich nach dem Besuch bei Frau Praml zu Frau Böckl aufgemacht und sie bei Baileys und Cremewaffeln ins Bild gesetzt. Auch das hatte sich bis weit nach Mitternacht hingezogen.

Als Frau Praml nach dem befriedigenden Abschluss ihrer Telefongespräche feststellte, dass bei Böckls noch Licht brannte, hatte sie die einzig logische Folgerung daraus gezogen und war nach schräg vis-à-vis geeilt, wo sie – wie erwartet – die beiden Nachbarinnen samt Baileys angetroffen hatte. Die Entscheidung, den ohnehin geplanten gemeinsamen Ausflug in die Parkklinik auf den kommenden Morgen vorzuverlegen, war gegen zwei Uhr gefallen. Danach hatten sich die Nachbarinnen getrennt.

Haben die deshalb so rasch gehandelt, weil sie mitmischen wollen?

Gewiss darf den Damen Praml, Böckl und Weber unterstellt werden, dass sie darauf aus waren, sich in den Vordergrund zu spielen. Wie viele Mordfälle hatte Fanni in den vergangenen Jahren gelöst? Fünf? Sechs? Und das ganz allein, wenn man von diesem Sprudel einmal absah. Fanni Rot, die Außenseiterin, die sich weder am Weihnachtsbasar beteiligte noch beim Schmücken des Osterbrunnens half, die – man wagt es kaum kundzutun – dem Frauenbund nicht einmal angehörte und die hier auf dem Land, wo man sich vorzugsweise duzte, störrisch beim Sie blieb, war zu einer Art Berühmtheit geworden, während ihre Nachbarinnen im Regen standen. Dabei waren sie es doch, die über das gesammelte Wissen, die gebündelten Überlegungen, die koordinierten Ansichten der Mitschwestern des Frauenbundes von Birkdorf verfügten. Ihre Mitwirkung war also unverzichtbar, falls Fanni wieder einmal auf Mörderjagd war. Und sie würden schon dafür sorgen, dass im ganzen Landkreis bekannt wurde (schrieb Frau Pramls Neffe nicht regelmäßig für den Lokalteil der Passauer Neue Presse?), wer die maßgeblichen Hintergrundrecherchen geleistet hatte.

Frau Praml hielt nicht damit zurück.

»Maritas erster Mann ist gestorben, als der Junge noch ganz klein war«, sagte sie gerade. »Und das haben weder Tillman noch sie verkraftet.«

»Was ist denn aus dem Kind geworden?«, gelang es Fanni zu fragen, weil Frau Praml Atem holen musste.

»Das wissen Sie nicht?« Frau Praml starrte sie ungläubig an. »Marita stammt aus unserer Gemeinde. Da weiß man doch über sie Bescheid, selbst wenn man nicht ihrer Mutter, die seit jeher unserem Frauenbund angehört, alljährlich zum Geburtstag seine Aufwartung macht.«

Frau Böckl nahm es auf sich, Fanni aufzuklären: »Tillman war ein kluger Kopf, trotzdem hat er es am Gymnasium nicht einmal bis zur mittleren Reife geschafft. Irgendwann ist er abgehauen, hat sich rumgetrieben und jahrelang nichts von sich hören lassen. Wie alt ist er eigentlich inzwischen?«, fragte sie zu Frau Praml hinüber.

»Vierundzwanzig«, kam es wie aus der Pistole geschossen. »Das weiß ich ganz sicher, weil Tillman zusammen mit meiner Nichte Elsie eingeschult worden ist. Und schon vom ersten Schultag an hat es Ärger mit ihm gegeben. Seine Mutter musste ihn mit Gewalt ins Klassenzimmer schleifen, weil er solche Angst vor seinen Schulkameraden hatte.«

»Tillman ist in Birkdorf zur Grundschule gegangen?«, fragte Fanni überrascht.

Kollektives Frauenbund-Insider-Wissen! Da kannst du nur staunen, nicht wahr, Fanni?

»Ja, aber nur zwei Jahre«, antwortete Frau Praml. »Nach ihrer Hochzeit hat Marita mit Mann und Kind noch eine Zeit lang bei uns in der Gemeinde gewohnt – am Buchenweiher, genau gesagt –, bevor sie drei oder vier Jahre nach dem Tod ihres Mannes nach Deggendorf gezogen ist.«

Daraufhin fuhr Frau Böckl fort, als hätte es nicht die kleinste Unterbrechung gegeben: »Vor ein paar Monaten ist Tillman plötzlich zurückgekommen. Man kann sich denken, wie erleichtert seine Mutter darüber war. Aber auf der Stelle haben sich neue Schwierigkeiten ergeben. Bildhauer sei er, hat er verkündet, und müsse seiner Berufung unbedingt folgen. Dazu brauche er jedoch Platz, sehr viel Platz. Am besten würde sich ein kleines Häuschen mit einem großen Grundstück für ihn eignen. Ich bitte Sie, Frau Rot, wo hätte denn Marita so etwas hernehmen sollen? Sie und ihr zweiter Mann bewohnen doch bloß eine Dreizimmerwohnung im vierten Stock von so einem Mietshaus am Rand vom Gewerbegebiet an der Ruselstrecke.«

»Was für ein Glück, dass Marita und Bertie inzwischen in der Parkklinik beschäftigt waren«, warf Frau Weber ein.

»Ja, Professor Hornschuh hat das Problem gelöst«, sagte Frau Böckl.

Weil sie sich daraufhin räuspern musste und dann nach ihrer Teetasse griff, übernahm es Frau Praml zu erklären: »Hornschuh hat Tillman die Forsthausruine überlassen, da wohnt der Junge jetzt, bearbeitet Steine und halb verrottete Baumstämme oder schweißt Alteisen zusammen.«

Fanni hatte von der Forsthausruine noch nie etwas gehört, was ihr offenbar anzusehen war, denn Frau Praml erläuterte: »Als es vor ein paar Jahren darum gegangen ist, den Grund und Boden für die Klinik zu erwerben, hat sich die Trägergesellschaft gezwungen gesehen, viel mehr Land zu kaufen, als für das Projekt notwendig gewesen wäre. Der Besitz, der zur Parkklinik gehört, erstreckt sich fast bis nach Wimpassing, auf halber Strecke dorthin liegt das halb verfallene Forsthaus.«

»Wie kamen denn die beiden seither miteinander aus?«, fragte Fanni.

Die drei Besucherinnen sahen sie irritiert an.

»Marita Bogner und ihr Sohn«, konkretisierte Fanni.

»Ach so.« Frau Praml reagierte als Erste. »Na ja, nichts hatte sich geändert. Marita hat sofort wieder versucht, an ihm herumzuerziehen, als wäre er ein kleiner Bub. Aber genau damit hat sie ihn damals ja verscheucht.«

»Sie war halt so eine Glucke«, sagte Frau Weber.

Nun wirkte Fanni irritiert – so sehr, dass die Damen sie forschend anblickten. Da teilte sie ihnen mit, was Schwester Rosa über Marita Bogner gesagt hatte: »Sie war kalt wie ein Fisch, und ihr Mann hat darunter sehr gelitten.«

Fannis Besucherinnen brachen in Gelächter aus.

»Rosa«, japste Frau Praml.

»Bertie«, kicherte Frau Weber.

Frau Böckl fasste sich schneller als die beiden anderen. »Rosa – sie ist übrigens eine entfernte Verwandte von mir – und Bertie haben viele Jahre zusammengelebt; genau gesagt so lange, bis ihm Marita über den Weg gelaufen ist. Wegen Marita hat er sich von Rosa getrennt.«

»Aber auf *ihn* lässt Rosa nichts kommen«, fügte Frau Praml hinzu. »Vor einem knappen Jahr hat sie Bertie sogar den Buchhalterjob in der Parkklinik besorgt, nachdem man ihn bei Sänger & Co wegrationalisiert hatte. *Sie* hat Bertie in der Parkklinik untergebracht«, betonte sie, »nicht Marita, obwohl die ja auch schon von Anfang an hier beschäftigt war.«

»Der Professor soll sich von Rosa eine Menge einflüstern lassen, heißt es«, warf Frau Weber ein.

»Weil er auf sie bauen kann«, sagte Frau Böckl. »Seit sie Bertie an Marita abtreten musste, geht Rosa ganz in ihrem Dienst für Hornschuh und seine Projekte auf.«

Fanni gab sich größte Mühe, all die Informationen aufzunehmen, einzuordnen und zu speichern, die Schlag auf Schlag kamen.

»Sie müssen doch selbst schon gemerkt haben, dass Schwester Rosa hier überall mitmischt«, sagte Frau Praml, enthob jedoch Fanni einer Antwort, indem sie fortfuhr: »Manche behaupten ja, Rosa fährt Doppelschichten, damit sie immer zur Stelle ist und bloß nichts verpasst. Aber das kann der Professor doch wohl nicht zulassen. Für einen Klinikbetrieb gibt es schließlich Vorschriften, Regelungen, die …«

Frau Böckl ließ sie nicht ausreden. »Vorschriften hin oder her. Wie ich Rosa einschätze, schert sie sich nicht um Vorschriften, wenn sie ihr nicht in den Kram passen.«

»Heißt es nicht, sie sei die einzige voll ausgebildete Schwester hier?«, flocht Frau Böckl ein. »Die anderen sind angeblich nur Hilfskräfte.«

»Unsinn, ich weiß aus ganz sicherer Quelle, dass Helga examiniert ist«, tat sich Frau Weber hervor.

»Und Christine hat auch ein Prüfungszeugnis in der Tasche«, wusste Frau Praml.

Fanni kam in den Sinn, dass sie einmal im Fernsehen gesehen hatte, wie es in einem Börsensaal zuging. Bekanntmachungen und Zurufe schienen sich zu überlagern und gegenseitig auszustechen; es war unmöglich, in all dem Drunter und Drüber aus den laufenden Vorgängen schlau zu werden.

Deine Nachbarinnen handeln ihre Informationen nicht an der Börse, sondern servieren sie dir auf der polierten Platte eines Stilmöbels! Etwas Konzentration, wenn ich bitten darf!

Als Fanni ihre Aufmerksamkeit wieder dem Gespräch zuwenden wollte, stellte sie fest, dass auf einmal Stille eingetreten war.

Frau Praml sah auf ihre Armbanduhr.

»Zeit für die Bibelgruppe?«, fragte Frau Weber.

Frau Praml nickte. »Wie immer um zehn Uhr dreißig im Pfarrhof. Da bleiben uns bloß noch zwanzig Minuten.« Zu Fanni gewandt sagte sie: »Wie Sie vielleicht wissen, Frau Rot, beschäftigen wir vom katholischen Frauenbund Birkdorf uns einmal pro Woche mit der Auslegung von Bibelstellen. Sie glauben gar nicht, welche Einsichten einem dabei kommen. Manchmal fällt es uns wie Schuppen von den Augen.«

Beneidenswert, dachte Fanni. Nichts wünsche ich mir im Augenblick mehr, als dass es mir wie Schuppen von den Augen fiele und mir blitzartig klar würde, worin das Motiv für den Mord an Frau Bogner liegt.

Eifersucht ist doch schon mal ein ganz gutes! Und eigentlich brauchst du nicht einmal einen Blick in die Bibel zu werfen, um darauf zu verfallen!

Frau Praml hatte sich bereits halb erhoben, doch plötzlich schien ihr ein Gedanke zu kommen, der noch ausgesprochen werden musste. Unvermittelt ließ sie sich wieder auf den Sitz zurückplumpsen.

»Was ich Sie unbedingt fragen wollte, Frau Rot: Sie werden doch wieder bei Hans einziehen, sobald Ihre Therapie abgeschlossen ist, oder? Er vermisst Sie so. Wir alle vermissen Sie. Bitte kommen Sie doch zu uns nach Erlenweiler zurück.«

Hat die Praml nicht mehr alle Tassen im Schrank? Du bist doch nie wirklich eine von ihnen gewesen! Es war von Anfang an offensichtlich, dass du nicht zu den Leuten von Erlenweiler passt! Und hat Leni nicht erwähnt, sie hätten es dich mehr und mehr spüren lassen, ganz besonders nachdem du Mirzas Mörder überführt hattest?

Ja, dachte Fanni. Lenis Worte gingen ihr durch den Sinn. »Sie konnten dir nicht vergeben, dass du zusammen mit Sprudel den ihnen verhassten Alten vor dem Knast bewahrt und stattdessen einen der ehrenwertesten Erlenweiler Mitbürger hinter Gitter gebracht hast.«

Du hast – wie man so schön sagt – ins eigene Nest geschissen, Fanni! Damit kommt man nicht ungestraft davon!

Fanni blieb die Antwort auf Frau Pramls Frage schuldig. Selbst wenn sie gewusst hätte, wie es nach ihrem Aufenthalt in der Parkklinik weitergehen würde, hätte sie nichts erwidern können. Es hatte ihr die Sprache verschlagen.

»Sie sollten nämlich wissen, Frau Rot«, ließ sich Frau Weber vernehmen, »seit er allein lebt, geht der Hans in Erlenweiler um wie Kohlenklau. Er sucht und sucht …«

»Kaum versiehst du dich's«, fügte Frau Böckl mehr zu sich selbst hinzu, »steht er schon wieder vor der Haustür.«

Ah, daher weht der Wind! Er geht ihnen auf die Nerven! Anfangs haben sie sich wahrscheinlich gegenseitig darin überboten, ihn zum Essen einzuladen, ihm Gesellschaft zu leisten, ihm womöglich die Hemden zu bügeln. Aber jetzt, nach gut einem Jahr, ist der Ofen aus. Und auf einmal wünschen sie sich die zuvor als Emanze, Nestbeschmutzerin und hinterhältiges Trumm verunglimpfte Fanni Rot zurück! Wer hätte denn so etwas gedacht?

Die drei Nachbarinnen sahen sie fast flehend an.

Lass dich jetzt bloß auf keine voreiligen Versprechungen ein!

Fanni stand auf. »Wir werden sehen. Aber nun sollten Sie sich wirklich nicht mehr länger aufhalten lassen.« Dabei warf sie einen beredten Blick auf die Wanduhr, die über einem Chesterfieldsofa hing und auf der ein birnenförmiger Zeiger gerade zur nächsten Minute sprang.

Ihre Besucherinnen hatten sich ebenfalls erhoben. Fanni begleitete sie zum Parkplatz hinaus, wo sie einen Schauer guter Wünsche über sich ergehen lassen musste, während die Damen in Frau Pramls Wagen stiegen. Als sie davonfuhren, winkte ihnen Fanni gedankenvoll nach, dann kehrte sie langsam zum Klinikgebäude zurück.

Es geht doch nichts über ein Stündchen Klatsch und Tratsch am Vormittag!

Vor allem dann nicht, dachte Fanni, wenn jedes Wort davon quasi verbrieft und verbürgt ist, da es ja die Kontrolle des katholischen Frauenbundes von Birkdorf durchlaufen hat.

Als sie das Foyer betrat, tat ihr die Uhr mit den birnenförmigen Zeigern kund, dass es bereits zehn Uhr dreißig war.

Zu spät, um Bertie Seibold unter welchem Vorwand auch immer aufzusuchen, zu spät, um nach dem Ohrring Ausschau zu halten, und erst recht zu spät für ein Rendezvous mit Sprudel!

»Wir sollten noch einmal miteinander reden, Frau Rot.«

Fanni schwenkte herum und sah sich dem Kommissar gegenüber, der sie bereits tags zuvor verhört hatte.

»Würden Sie freundlicherweise mitkommen?« Ohne ihre Antwort abzuwarten, eilte er auf eines der Behandlungszimmer zu und hielt die Tür für sie auf. Nachdem Fanni Platz genommen hatte, stellte ihr der Beamte fast die gleichen Fragen wie am Vortag, und Fanni antwortete genau so, wie sie es bereits gestern getan hatte.

»Ihnen ist also, nachdem Sie Frau Bogners Zimmer betreten hatten, eine Zeit lang nicht klar gewesen, dass Sie einer Toten gegenüberstanden«, sagte der Kommissar.

Fanni bestätigte das, fügte diesmal jedoch an: »Wann genau ist denn Frau Bogner gestern Vormittag verstorben? War es um zehn Uhr oder schon früher?«

»Fragen stelle ausschließlich ich«, beschied ihr der Kommissar und setzte als Beleg dafür hinzu: »Warum wollen Sie das wissen?«

Du solltest dich kooperativ zeigen! Wenn er dir hier in der Klinik schon so scharf kommt, möchte ich nicht wissen, wie er sich bei einem richtigen Verhör auf dem Präsidium verhalten würde! Vermutlich hast du es ohnehin nur den Indizien gegen Alexander und dem Umstand, dass du hier in der Klinik sozusagen festsitzt, zu verdanken, dass sie dich noch nicht eingesperrt haben.

»Man macht sich halt so seine Gedanken«, erwiderte Fanni. »Finden Sie nicht auch, dass uns der exakte, der ganz genaue Todeszeitpunkt eine Menge verraten könnte?«

»Was denn zum Beispiel?«, fragte der Ermittler.

Fanni gab auf. Der Kerl würde ja wohl selbst wissen, dass ein Verdacht gegen sie kaum mehr aufrechtzuerhalten war, falls sich die Tatzeit auf früher als zehn Uhr festlegen ließ, denn zwischen neun und zehn hatte sich ja Alexander in Frau Bogners Zimmer aufgehalten, während Fanni in Gesellschaft eines halben Dutzends Mitpatienten zu fremdländischen Klangfolgen meditierte.

Om mani padme hum!

Und er würde ja wohl auch wissen, dass er eine ganze Klinik voll Tatverdächtiger hatte, falls der Mord schon vor neun Uhr begangen worden war. Denn dann stellte sich die Frage, wer war vor Alexander da gewesen?

Ebenso wie die, weshalb sich Milchbart auf eine Therapiesitzung mit einer Leiche eingelassen hat!

Alexander wirkt viel zu vernünftig, als dass er so etwas getan hätte, dachte Fanni. Als er zurückkam und mich mit der Toten vorfand, hat er – bis auf die Umarmung – erstaunlich geistesgegenwärtig gehandelt.

Milchbart könnte seine Stunde geschwänzt haben!

Fanni entfuhr ein leises Zischen. Falls Alexander zu seiner Sitzung nicht erschienen war, hätte Marita Bogner tatsächlich schon eine ganze Weile tot sein können.

Aber warum, fragte sich Fanni, sollte er sein Fernbleiben geheim halten? Sie schüttelte unmerklich den Kopf, als könne sie diese neue Spekulation damit begraben.

Der Kriminalbeamte sah sie mit hartem Blick an. »Der Todeszeitpunkt erlaubt jedenfalls durchaus die Annahme, dass *Sie* Frau Bogner getötet haben.«

Was die Frage, inwieweit er sich eingrenzen lässt, nicht unbedingt beantwortet, dachte Fanni und nahm sich vor, noch einmal mit Alexander zu sprechen.

Geistesgegenwart hin oder her, dachte sie, hat Schwester Rosa nicht ernsthaft in Betracht gezogen, Alexander könnte seine Therapiestunde in Gesellschaft einer Toten verbracht haben? Sie kennt ihn entschieden besser als ich.

Wenige Minuten später trat sie bleich und zitternd auf den Flur. Der Kriminalbeamte hatte sie entlassen, ja. Aber nicht ohne ihr zuvor offiziell mitzuteilen, dass sie die Hauptverdächtige in diesem Mordfall war, dass der Staatsanwalt wegen mangelnder Fluchtgefahr im Moment zwar davon absehen wollte, einen Haftbefehl gegen sie zu erlassen, dass damit jedoch über kurz oder lang zu rechnen sei

Kurz vor elf! Jetzt musst du dich aber sputen, wenn du zur Gruppengymnastik nicht zu spät kommen willst!

Fanni war nicht im Mindesten danach, daran teilzunehmen, sie fragte sich jedoch besorgt, wie man ihr Fernbleiben auslegen würde.

Nachteilig! Also: hopp, hopp!

Sie schaffte es gerade noch rechtzeitig, belegte mit ihrer Gummimatte einen Platz in der Ecke und versuchte, sich auf die Übungen zu konzentrieren.

Gehorsam stellte sie sich auf die Zehenspitzen, um – wie verlangt – nach den Sternen zu greifen.

»Tüchtig strecken, hoch und hoch und hoch und hoch. Fein. Und jetzt mit den Fingerspitzen die Matte berühren, tief und tief und tief und tief.«

Für die folgende Übung verschränkte Fanni die Arme über dem Kopf, dann beugte sie sich, so wie die Kursleiterin es vormachte, mal nach rechts mal nach links.

»Locker in die Knie gehen, aber nicht das Becken kippen. Links hinunter, rechts hinunter, links hinunter, rechts hinunter. Sehr gut. Und jetzt geht es im Vierfüßlerstand weiter.«

Fanni kniete auf der Matte, machte abwechselnd Katzenbuckel und Hohlkreuz.

»Hoch mit dem Po, den Rücken ganz durchhängen lassen.

Noch einmal Katzenbuckel. Und wieder hoch mit dem Po. Prima. So, meine Damen und Herren, jetzt dürfen Sie sich auf den Rücken legen.«

Als Fanni eine gute Stunde später den Speisesaal betrat, sah sie Alexander allein an einem Tisch sitzen. Eilig hielt sie auf ihn zu, ließ sich ihm gegenüber nieder, gab schroff Antwort auf seine Zwangsfrage und fiel dann mit der Tür ins Haus.

»Es geht nicht anders, Alexander, ich muss es dich fragen: Bist du sicher, dass Frau Bogner gestern Morgen während deiner Therapiestunde noch gelebt hat?«

Während Fanni sprach, hielt sie die Augen fest auf Alexander gerichtet. Doch gleich darauf senkte sie verlegen den Blick, denn er schaute sie so vorwurfsvoll an, wirkte dermaßen enttäuscht und gekränkt, dass sie hastig nach entschuldigenden Worten suchte. »Ich weiß, wir hatten abgemacht, uns gegenseitig zu vertrauen …« Weiter kam sie nicht.

»Hallo. Dürfen wir uns dazusetzen?«

Fanni wandte sich um.

Waschzwang und Kleptomanski!

Alexander hatte sich gentlemanlike erhoben und deutete eine kleine Verbeugung an. Kein Hauch von dem Wort »angrapschen« kam über seine Lippen.

Dafür sind die Mädels zu jung!

Irma Braun und Michaela Kofler nahmen Platz. Michaela zwinkerte Alexander verschwörerisch zu.

Sollte diesem Zwinkern eine Bedeutung beizumessen sein?

»Der Kripozwerg hatte mich gerade in der Mangel«, sagte sie belustigt. »Was der gute Junge nicht alles von mir wissen wollte.«

Weshalb nennt sie ihn Zwerg?, fragte sich Fanni verwundert.

Erst als sie sich ins Gedächtnis rief, wie ihr der Beamte nach dem Besuch ihrer Nachbarinnen im Foyer gegenübergetreten war, wurde ihr bewusst, dass sie beinahe auf Augenhöhe mit ihm gewesen war.

Kommt normalerweise nur bei Zehnjährigen vor!

»Man ist offenbar noch immer eifrig dabei, Alibis zu überprüfen beziehungsweise die entsprechenden Aussagen miteinander zu vergleichen«, sagte Alexander.

Michaela machte eine abfällige Geste. »Ich habe schon mal keines zu bieten. Du doch auch nicht, Irmi, oder?«

»Ich bin zur fraglichen Zeit im Zeichensaal gewesen«, erwiderte Irma Braun, »und habe da mein Bild fertig gemalt.«

»Was allerdings niemand bezeugen kann«, verkündete Michaela. »Genauso wie niemand bezeugen wird, dass ich im Fitnessraum gewesen bin und dort meine Bauchmuskeln trainiert habe.« Sie klopfte leicht auf ihre schlanke Taille.

Alexander lächelte sie schelmisch an. »Sollten wir künftig nicht lieber gemeinsam trainieren? Dann können wir uns gegenseitig bezeugen, wo wir uns betätigt haben: Laufband, Sidestepper, Hantelbank, Crosstrainer ...«

Daraufhin entspann sich zwischen Alexander und den beiden Frauen eine Diskussion über die Qualität der Sportgeräte im Fitnessraum.

Fannis Gedanken drifteten ab. Sie fragte sich, ob Sprudel inzwischen bei einer Kollegin von Frau Bogner um einen Gesprächstermin angefragt hatte.

Selbst wenn! Dauert es nicht manchmal Wochen, bis man so einen Termin bekommt?

Fanni konnte das nicht abstreiten. Bedrückt löffelte sie ihre Suppe und hätte gern ein magisches Fernrohr gehabt, das ihr zeigte, was Sprudel gerade machte.

Sprudel hatte bereits am frühen Morgen mit seinen Recherchen begonnen und via Internet herausgefunden, dass Frau Becker sich auf Kunsttherapie spezialisiert hatte und vormittags in der psychotherapeutischen Praxis Klüngel und Huber in Straubing beschäftigt war; Frau Aicha arbeitete vormittags bei Dr. Böhm in Bogen.

Nachdem er sich die beiden Adressen aufgeschrieben hatte, fuhr Sprudel nach Straubing, parkte vor der Praxis Klüngel & Huber, blieb im Wagen sitzen und behielt die Eingangstür im Auge. Die stand nicht einen Augenblick lang still, woraus er schloss, dass es sich um eine große Praxis handelte mit vielen Therapeuten und noch viel mehr Patienten.

Sieht nicht gut aus, dachte er. Die Termine werden womöglich auf Wochen hinaus vergeben sein, und wenn dann auch noch einer daherkommt, der nach einer bestimmten Therapeutin verlangt, wird man ihn aufs nächste Schaltjahr vertrösten.

Sprudel überlegte gerade, ob es überhaupt der Mühe wert war, vorstellig zu werden, als er sie sah.

Frau Becker kam aus der anderen Ecke des Parkplatzes auf seinen Wagen zu, an dessen Frontseite sie vorbeigehen musste, um zur Eingangstür zu gelangen. Sprudel erkannte sie sofort. Er hatte die beiden Therapeutinnen tags zuvor im Foyer der Parkklinik ausgiebig beobachten können, während sie auf Professor Hornschuh warteten, und hatte sich an sie erinnert, als er sie auf der Internetseite der Klinik abgebildet sah.

Frau Becker trug eine dicke Aktenmappe unter dem rechten Arm, in der linken Hand hielt sie einen Pappbecher mit dem Logo eines bekannten Kaffeerösters.

Coffee to go, dachte Sprudel, so nennt sich das heutzutage, wenn man seinen Kaffee zwischen Tür und Angel trinkt.

Für ihn selbst war so etwas undenkbar, denn er liebte es, seinen Kaffee ausgiebig zu genießen. Und am meisten genoss er ihn, wenn er dabei in einem gemütlichen Kaffeehaus sitzen konnte, wo es eine reiche Auswahl an Kuchen und Torten gab.

Jetzt aber kam ihm der schnelle Kaffee sehr gelegen. Sprudel sprang aus seinem Wagen, überzeugte sich davon, dass seine Jacke offen stand, und eilte Frau Becker entgegen. Die Chance, die sich ihm da bot, musste er nutzen.

Kurz bevor er sich auf gleicher Höhe mit ihr befand, wandte er sich um, als hätte ihn von dort hinten jemand gerufen. Weil dem natürlich nicht so war, schwenkte er augenblicklich wieder nach vorn und machte gleichzeitig einen großen Schritt.

Seine Rechnung ging auf. Zufrieden fühlte Sprudel die warme Flüssigkeit über seinen Bauch rinnen. Ein rascher Blick zeigte ihm, dass sich ein hübscher brauner Fleck auf seinem hellen Hemd ausbreitete.

Und ja, er hatte sie richtig eingeschätzt. Frau Becker bestand darauf, ihn mit ins Haus zu nehmen, um »wenigstens das Gröbste abzuwischen«.

So kam es, dass Sprudel kurz darauf in einem Behandlungszimmer saß und von der Therapeutin mit Kleenextüchern abgetupft wurde.

Schade, dachte er, dass Fanni die Szene nicht beobachten kann. Sie würde sich amüsieren.

Als das Telefon auf dem Schreibtisch klingelte, entschuldigte sich Frau Becker und nahm das Gespräch an. Sprudel scheute sich nicht, genau hinzuhören.

Drei Minuten später durfte er sich sagen, dass er am heutigen Vormittag vom Glück begünstigt war.

Mühelos hatte er Frau Beckers Antworten entnehmen können, dass ihr erster Patient des Tages in einem Stau steckte und mit einer guten Viertelstunde Verspätung rechnete.

Sprudel beschloss, keine Sekunde dieser Zeitspanne zu vertrödeln, und preschte vor. »Was es doch für Zufälle gibt. Erst gestern Abend habe ich Sie in der Parkklinik Hornschuh gesehen. Behandeln Sie dort Patienten?«

Frau Becker nickte. »Professor Hornschuh beschäftigt mehrere Therapeutinnen, die sich auf unterschiedliche Fachbereiche spezialisiert haben.«

»Ich habe auch von dem Mord gehört«, sagte Sprudel. »Was für eine Tragödie.«

Wieder nickte Frau Becker, während sie ein frisches Kleenex aus der Packung zupfte, erwiderte aber nichts.

»Kannten Sie Frau Bogner gut?«, fragte Sprudel, beeilte sich dann aber fortzufahren, um sich keine brüske Antwort einzuhandeln: »Was kann es für diese schreckliche Tat bloß für einen Grund gegeben haben? Hatte die Ermordete vielleicht mit jemandem Streit?«, fügte er an und hoffte, Frau Becker würde sich auf das Thema einlassen.

Er wurde jedoch enttäuscht.

Sie warf das benutzte Kleenex in den Papierkorb. »Besser kriege ich es nicht hin.«

»Was?«, fragte Sprudel verwirrt.

»Der Fleck ist nicht zum Verschwinden zu bringen«, erklärte

sie. »Falls Sie noch einen Termin haben, sollten Sie sich lieber schnell ein neues Hemd besorgen. Die Kosten werde ich Ihnen natürlich ersetzen.«

»Keinesfalls«, wehrte Sprudel ab, während er sich erhob. »Es war ja meine Schuld. Ich knöpfe einfach meine Jacke zu, und schon ist nichts mehr zu sehen.« Er überlegte einen Moment lang, dann beschloss er, alles auf eine Karte zu setzen. »Aber über Marita Bogner würde ich mich gern noch ein wenig mit Ihnen unterhalten. Ich habe ein ganz spezielles Interesse an dem Fall.«

»Tut mir leid«, entgegnete Frau Becker fast schroff. »Ich habe jetzt gleich einen Termin. Warum reden Sie nicht mit Maritas Mann, Herrn Seibold, oder mit ihrem Sohn, Tillman, wenn Sie Ihre Anteilnahme bekunden und Näheres über die Umstände des Todes von Frau Bogner erfahren möchten?«

Missmutig verließ Sprudel das Gebäude. Da hatte er alles so schön eingefädelt und es dann doch vermasselt.

Geradezu empört stieg er in seinen Wagen, als ihm aufging, dass er sich nicht einmal mit einer schönen Tasse Milchkaffee samt Croissant im Café Krönner für den misslungenen Coup entschädigen konnte. Unwillig sah er an sich hinunter. Oder sollte er die warme Jacke im Kaffeehaus anbehalten? Oder aber sich um den Fleck nicht scheren und einfach so tun, als wäre er nicht vorhanden?

Sprudel schüttelte den Kopf. Weder das eine noch das andere schien ihm akzeptabel. Ärgerlich startete er den Wagen.

6

Als Fanni nach dem Mittagessen aus dem Speisesaal trat, hatte sie drei Entscheidungen getroffen: Erstens würde sie die Qigongstunde schwänzen, zweitens würde sie Hans Rot belügen, und drittens würde sie sich schnellstens mit Sprudel treffen.

Falls der heute Nachmittag nicht was Besseres vorhat!

Fanni ging auf ihr Zimmer, rief unverzüglich ihren Mann an und teilte ihm mit, dass die Termine für die Gesprächstherapien samt und sonders auf die Nachmittage verlegt worden seien, weil sie ja nun von Frau Bogners Kolleginnen wahrgenommen werden mussten. Das entsprach durchaus den Tatsachen. Als Lüge musste jedoch gewertet werden, dass Fanni ihren Mann glauben machte, für sie wäre bereits an diesem Nachmittag eine Therapiestunde vorgesehen.

»Das trifft sich gar nicht so schlecht«, antwortete Hans Rot, »weil doch die Ruheständler vom Schützenverein immer donnerstags um drei zum Stammtisch in Alt Schaching zusammenkommen. Da wollte ich sowieso gern mal wieder hin.«

Fanni wünschte ihm viel Spaß und legte erleichtert auf.

Alt Schaching! Hat dein Mann nicht neulich erwähnt, dass dort so eine hübsche Blonde mit einer hollywoodreifen Figur und dem für Ostbayern geradezu exotischen Namen Yvonne die Wirtshausgäste bedient?

Tja, dachte Fanni, die alten Schützenknacker haben sich halt gut überlegt, was sie den ganzen Nachmittag lang vor Augen haben wollen.

Indessen hatte sie begonnen, Sprudels Telefonnummer in Birkenweiler zu wählen. Er meldete sich nach dem ersten Klingeln. Als Fanni ihn fragte, ob er ein, zwei Stündchen Zeit für sie hätte, erwiderte er, für sie habe er alle Zeit der Welt, und versprach, in spätestens einer halben Stunde bei ihr in der Parkklinik zu sein.

Daraufhin machte sich Fanni die Mühe, etwas Lippenstift aufzutragen und die Augenbrauen nachzuziehen. Sie benutzte sogar einen Kamm, um ihre Frisur zu richten, was sie sonst meist mit den Fingern tat. Dann ging sie die Treppe hinunter, um im Foyer auf Sprudel zu warten.

An der letzten Stufe lief Schwester Helga in sie hinein. Die Schwester war mit einem Stapel einzeln verpackter Kittel beladen, über den sie nicht hinwegsehen konnte. Fanni hatte zwar noch versucht, ihr auszuweichen, aber es war schon zu spät gewesen. Schwester Helga kam so abrupt zum Stehen, dass ihr die Zellophantüten aus den Händen rutschten und sich über den Fußboden verteilten.

Sie ließ sich auf die Treppenstufe sacken. »Wie ich es befürchtet habe. Hätte ich doch lieber auf den Lift gewartet.«

»Ich helfe Ihnen«, bot Fanni an und begann, die Tüten aufzusammeln. Schwester Helga raffte sich auf und tat es ihr gleich.

Wenig später war Fanni mit einem Arm voller Schwesternkittel wieder auf dem Weg nach oben. Sie folgte Schwester Helga in die Wäschekammer, wo der Vorrat an frischen Kitteln offenbar aufbewahrt wurde. Gemeinsam räumten sie die Tüten in das dafür vorgesehene Fach.

»Im Moment läuft wohl gar nichts nach Plan«, sagte Fanni.

Nur zu, ran wie Blücher! Eine solche Gelegenheit, jemanden vom Personal auszuhorchen, kommt so schnell nicht wieder!

»Wie auch«, antwortete Schwester Helga. »Eine der Therapeutinnen ist gestern ermordet worden, und das in ihrem eigenen Behandlungszimmer.«

»Kannten Sie Marita Bogner gut?«, fragte Fanni ohne Umschweife.

Schwester Helga zuckte die Schultern. »Wie man halt jemanden kennt, der – genauso wie ich – hier seine Arbeit tut. Man läuft sich dort und da über den Weg, nimmt gemeinsam an Besprechungen teil, kümmert sich ansonsten um seine eigenen Angelegenheiten ...« Ihre Stimme senkte sich nicht, wie es das Ende des Satzes verlangt hätte, sondern blieb hängen, als überlege Schwester Helga, ob sie weitersprechen sollte oder nicht.

Fanni wartete geduldig.

»... aber selbst wenn man einer Kollegin nicht besonders nahesteht, fallen einem Veränderungen ins Auge, und dann macht man sich so seine Gedanken.«

»Sie haben sich Sorgen gemacht – um Frau Bogner?«, fragte Fanni vorsichtig.

Schwester Helga schluckte. »Eigentlich wollte ich ja nicht darüber reden.«

Fanni schwieg und beschäftigte sich angelegentlich mit den Tüten, als wäre es ihr egal, ob Schwester Helga worüber auch immer reden wollte oder nicht.

Der Trick funktionierte.

»Vor ein paar Monaten hat es angefangen«, begann Schwester Helga, »und zwar ziemlich genau zu dem Zeitpunkt, als Frau Bogners Sohn zurückgekommen ist. Tillman war noch keine zwei Wochen wieder daheim, da konnte man die Spannungen zwischen Marita und ihrem Mann geradezu mit Händen greifen. Obwohl der Junge bald darauf in der Forsthausruine eingezogen und den beiden von da an eigentlich ja gar nicht mehr in die Quere gekommen ist, wurde es von Woche zu Woche schlimmer. Marita wirkte immer verbitterter, Bertie immer deprimierter. Es ist ganz deutlich zu spüren gewesen, wie sich die beiden voneinander entfernt haben, und es war auch nicht zu übersehen, dass sich Bertie wieder verstärkt Schwester Rosa, seiner früheren Lebensgefährtin, zugewandt hat. Ich habe die beiden oft miteinander tuscheln sehen.«

Fanni tat, als würde sie überhaupt nicht zuhören.

»Und dann«, sagte Schwester Helga, »kam der Krach mit Hornschuh.«

Fanni vergaß, Gleichgültigkeit vorzutäuschen. »Seibold und Schwester Rosa hatten Krach mit dem Professor?«, fragte sie verblüfft.

»Frau Bogner hatte Krach mit ihm«, stellte Schwester Helga richtig.

»Aber weshalb denn?«, wollte Fanni wissen. »Ist er mit Frau Bogners Arbeit unzufrieden gewesen?«

»Ich glaube nicht, dass das der Grund war«, erwiderte Schwester Helga. »Denn soviel ich weiß, hat Professor Hornschuh Marita als Therapeutin sehr geschätzt. Ich habe selbst gehört, wie er einmal gesagt hat: ›Von Frau Bogner kann sogar ich noch was lernen‹, dabei gilt er als Koryphäe auf seinem Gebiet – Traumata und daraus resultierende Zwangsneurosen.« Sie stopfte die letzte Tüte ins Fach und schloss die Lade. »Ehrlich gesagt habe ich nicht die geringste Ahnung, worum es bei dem Streit ging. Er hat sich erst vergangene Woche zugetragen, und ich habe nur deshalb etwas davon mitbekommen, weil ich auf dem Weg zu Professor Hornschuhs Büro war.«

Schwester Helga verstummte und wandte sich zum Gehen.

Was genau haben Sie denn mitbekommen?, hätte Fanni gern gefragt, wagte es jedoch nicht.

Attacke! Mensch, was hast du denn noch zu verlieren?

Fanni sprach die Frage aus, und Schwester Helga verhielt den Schritt.

»Ich wollte gerade anklopfen, da ist die Tür von innen aufgegangen, aber niemand ist herausgekommen. Und bevor ich mich bemerkbar machen konnte, habe ich Hornschuh sagen hören: ›Das können Sie nicht tun. Im Prinzip geht es Sie gar nichts an. Schließlich ist er volljährig.‹ Darauf hat Marita – eindeutig war das ihre Stimme – geantwortet: ›Wir werden ja sehen, was die Trägergesellschaft dazu sagt, und außerdem bin ich sehr gespannt, wie Sie sich aus der anderen Sache herauswinden wollen.‹ Im nächsten Moment ist sie auf dem Flur erschienen und hastig weggegangen. Mich hat sie dabei überhaupt nicht bemerkt. Ich habe aber ganz deutlich verstanden, was sie im Gehen vor sich hin gemurmelt hat: ›Das Schwein mach ich fertig.‹«

Fanni bemühte sich um einen neutralen Tonfall, als sie sagte: »Meistens nicht ernst gemeint, solche Drohungen.«

»Natürlich nicht«, stimmte ihr Schwester Helga zu. »Deshalb habe ich die ganze Sache ja auch einfach abgetan.«

Als Fanni wenig später ins Foyer trat, wartete Sprudel bereits auf sie.

Fanni begrüßte ihn herzlich, zeigte einladend auf das Chesterfieldsofa, vor dem ein moderner Glastisch stand, und fragte ihn, ob er eine Tasse Tee oder Kaffee trinken wolle.

Sprudel warf einen trübsinnigen Blick auf die Teebeutel, die Tütchen mit löslichem Kaffee, die Kondensmilchdöschen und antwortete: »Ganz in der Nähe – höchstens fünf Kilometer von hier entfernt – liegt das Städtchen Schwarzach. Die Herren von Degenberg hatten dort einst ihre Stammburg.« Er lächelte schalkhaft. »Womöglich haben uns die Degenberger ein erstklassiges Kaffeehaus hinterlassen, in dem man guten Milchkaffee und ein frisches Hefeteilchen bekommt. Lass uns nach Schwarzach fahren.«

»Tut mir leid, Sprudel«, erwiderte Fanni. »Wir haben andere Pläne.«

Wie kannst du nur so grausam sein?

Fanni bekam ein schlechtes Gewissen. Sie schaute Sprudel forschend an, in seiner Miene zeigte sich jedoch keinerlei Verstimmung.

Er hat es wohl schon so kommen sehen!

»Welche Pläne haben wir denn?«, fragte Sprudel.

»Da du den wärmenden Schluck von der Selbstbedienungstheke offenbar ablehnst, kann ich es dir auch unterwegs erklären«, erwiderte Fanni.

»Ein Fußmarsch also«, stellte Sprudel fest.

Auch das hat er vermutlich kommen sehen!

Ergeben steuerte er auf die Eingangstür zu und ließ dann Fanni den Vortritt.

»Irgendwo in der Nähe des Wegs, den wir gestern im Dunkeln entlanggelaufen sind, muss es ein halb verfallenes Haus geben, in dem der Sohn von Frau Bogner wohnt«, erklärte Fanni, während sie gemeinsam durch den Park gingen. »Tillman Bogner soll in dieser Einöde als Bildhauer arbeiten. Ich dachte mir, wir könnten ihm einen Besuch abstatten und uns seine Werke ansehen. Unterwegs könnten wir nach dem Ohrring suchen, den ich gestern verloren habe.«

Fanni und Sprudel passierten den Teich, dessen Oberfläche wie Onyx schimmerte.

Das Gewässer scheint ja ziemlich tief zu sein!

Der Weiterweg durch den Park schlängelte sich zwischen etlichen alten Bäumen dahin, die durch den Bau der Parkklinik vieler ihrer Gefährten beraubt worden waren. Nach einigen Minuten gelangten sie zu einer freien Fläche und stellten fest, dass sie sich wie ein Grenzstreifen über die gesamte Breite des Parks erstreckte, was tags zuvor im beschränkten Lichtkreis der beiden letzten Laternen nicht auszumachen gewesen war. Nachdem sie das mit niedrigem Buschwerk und Kriechgewächsen bepflanzte Terrain überquert hatten, befanden sie sich am Waldrand.

»Genau an dieser Stelle haben wir gestern die Stirnlampen aufgesetzt«, sagte Fanni. Sie blieb stehen und ließ den Blick über den sandigen Belag gleiten, mit dem der Weg eingeebnet worden war. Wie sie schon am Abend zuvor bemerkt hatte, war die Sandschicht so festgewalzt, dass sie wie Beton wirkte.

Der Ohrring müsste auffallen wie ein Glühwürmchen in der Dunkelkammer, wenn er hier läge!

So ist es, dachte Fanni und ging weiter. Offenbar hatte sie ihn doch woanders verloren.

Der Wald, in den sie nun eintauchten, zeigte sich kreuz und quer von kleinen Schneisen durchzogen. Die Bäume standen weit auseinander, sodass das Gehölz einen sehr lichten Eindruck erweckte.

»Ab jetzt müssen wir Ausschau nach der Forsthausruine halten«, sagte Fanni.

Es sollte jedoch noch fast zwanzig Minuten dauern, bis sie das alte Gebäude schließlich erreichten. Sprudel nutzte die Zeit, die sie bis zur Weggabelung benötigten, um Fanni von seinem Zusammentreffen mit Frau Becker zu berichten. Ein Geständnis, das ihm sichtlich peinlich war.

Fanni versuchte, ihn zu aufzumuntern. »Dein Schachzug war prima, Sprudel, und hätte in den meisten Fällen geklappt. Dass du unverrichteter Dinge wieder abziehen musstest, liegt wohl einfach daran, dass Psychotherapeuten kein unbedachtes Wort entschlüpfen lassen. Im Gegensatz dazu können Schwestern nachgerade redselig sein.« Sie begann, von ihrem Gespräch mit Schwester Helga zu berichten.

Daraufhin rätselten sie ergebnislos hin und her, was Marita Bogner gegen den Professor so sehr aufgebracht haben könnte, bis Fanni sich aufraffte, gleichfalls ein Geständnis zu machen, das ihr peinlich war.

Sprudel unterbrach sie mit keinem Wort, während sie berichtete, wie sie den Umkleidebereich der Schwestern durchsucht, was sie dort gefunden hatte und dass nicht viel gefehlt hätte und sie wäre dabei aufgeflogen.

Zugegeben, er sagt kein Wort! Aber ich finde, man kann laut und deutlich hören, was er denkt: Warum musst du es nur so sehr darauf anlegen, Fanni Rot, dich von einem Schlamassel in den nächsten zu manövrieren?

Sollte Sprudel das tatsächlich gedacht haben, ließ es sich dem, was er letztendlich sagte, nicht entnehmen. »Du hast recht, solche Fotos riechen nach Erpressung. Meinst du, sie könnten mit dem Mord an Marita Bogner etwas zu tun haben?«

Fanni schüttelte den Kopf.

Das Forsthaus befand sich ein kleines Stück hinter der Abzweigung nach Wimpassing. Es lugte kaum zwischen den hier etwas dichter stehenden Bäumen hervor, und weniger aufmerksame Wanderer als Fanni und Sprudel wären sicherlich daran vorbeigelaufen.

Hinter dem Sichtschutz aus Geäst tat sich ein derart idyllisches Plätzchen auf, dass Fanni so befreit ausatmete, als hätte sie eine schwere Last abstellen dürfen. Sprudel griff nach ihrer Hand und hielt sie fest. So standen sie eine Weile da und ließen die friedliche Stille auf sich wirken.

Spätherbstliche Sonnenstrahlen hatten sich durch Wolkenlücken gestohlen, spendeten einen Hauch von Wärme und überzogen die Waldlichtung mit einem goldenen Schimmer. Das ehemalige Forsthaus hockte in einer flachen Kuhle, als wäre es vor Urzeiten dort herausgewachsen. Die Dachziegel waren stark bemoost, die alten Balken und Mauersteine zeigten sich brüchig, verwittert und mit einer dicken Patina aus Grünspan und längst vermoderten Blättern überzogen, die sich zu einer ledrigen Schicht verbacken hatten.

Vielleicht strahlt das Haus gerade wegen seiner Altersspuren eine Ruhe und Würde aus, die man wie eine beschützende Zudecke empfindet, ging es Fanni durch den Kopf.

Erst nach einiger Zeit bemerkte sie, dass das Grundstück von recht eigenartigen Figuren bevölkert war. Da sie sich perfekt ins

Bild fügten, liefen sie Gefahr, als natürlicher Teil der Umgebung betrachtet zu werden.

Aber sind es nicht ebendiese Gestalten, die dem Ganzen erst Leben und sogar Heiterkeit verleihen?

Direkt vor der Eingangstür befand sich ein stämmiger, aufrecht stehender Ast mit einer kugelförmigen Verdickung am oberen Ende, dem Schlieren in Blau und Ocker das Aussehen eines livrierten Dieners aus der Augsburger Puppenkiste verliehen. Auf einem umgestürzten Baumstamm, von dem längst die Rinde abgebröckelt war, saß eine stilisierte Katze aus Drahtgeflecht, und vor einem der Fenster war ein ausgebleichter, glatt geschmirgelter, filigran wirkender Zweig auf derart kunstvolle Weise angebracht, dass das Gebilde den Eindruck erweckte, eine Elfe oder Waldnymphe würde dort herumschweben.

Offenbar hatte Tillman Bogner das bisschen Nachmittagssonne genutzt und seinen Arbeitsplatz nach draußen verlegt. An der Hausmauer, wo es windgeschützt war, stand ein alter Tapeziertisch, auf dem Werkzeuge, Metallteile, Drahtrollen und eine Lötlampe lagen.

Jede Menge Schrauben und Muttern! Ah, und eine halb fertige Figur aus solchen Kleinteilen! Was soll das denn werden?

Ein Geigenspieler, dachte Fanni.

In dem kleinen Laden gleich am Eingang zur Parkklinik, wo neben anderen Geschenkartikeln auch diese Figuren angeboten wurden, hatte Fanni eine ganze Gruppe von Musikern – Geiger, Cellist, Bläser und Klavierspieler –, auf eine Metallplatte gelötet, gesehen.

Tillman stellte sie also her und hatte anscheinend seiner Mutter eine geschenkt, die dann – trotz aller Zwistigkeiten – einen Platz auf ihrem Schreibtisch erhielt.

Erneut sah sich Fanni von der Detailgenauigkeit beeindruckt, die Tillmans Schraubenfiguren auszeichnete. Auf der Geige waren sogar Saiten aus winzigen, feinen Drahtstückchen angebracht.

Der Junge kann scheint's recht gut umgehen mit Draht! Und offensichtlich hat er einen netten Vorrat davon!

Kommt Tillman als Täter in Betracht?, fragte sich Fanni. Aber im Moment stand ihr der Sinn nicht danach, sich Gedanken darüber zu machen.

Sie wandte sich wieder der sonnendurchfluteten Lichtung und ihren Bewohnern zu. Erst jetzt wurde sie gewahr, dass in einiger Entfernung eine ganze Versammlung unterschiedlichster Gestalten den Eindruck erweckte, als wären sie hier zusammengetroffen, um ein gemütliches Schwätzchen zu halten.

Fanni kam ein Lächeln an, als ihr ein – sehr abstrakt gehaltenes – Häschen ins Auge fiel, das es sich auf dem Rücken eines Elefanten bequem gemacht hatte.

»Haben Sie sich verlaufen?«

Fanni empfand einen Anflug von Ärger, weil man sie aus dieser Märchenwelt riss und in die Wirklichkeit zurückzerrte. Das ungute Gefühl legte sich, als sie den sanften Druck von Sprudels Hand spürte. Doch gleich darauf ließ er sie los, woraufhin sie etwas Seltsames in sich aufsteigen fühlte.

Eine Erinnerung, ein schwacher Nachklang von etwas Vergessenem?

Nein, keines von beidem. Es handelte sich eher um ein vages Sehnen, ein Ziehen wie leises Heimweh.

»Wir kommen von der Parkklinik«, hörte sie Sprudel sagen, »wo man uns erzählt hat, dass hier ein Bildhauer lebt.«

Fanni hatte sich inzwischen ebenfalls zu dem jungen Mann umgedreht, der von hinten an sie herangetreten war, und lächelte ihn freundlich an. »Sein Zuhause erscheint mir beinahe paradiesisch.«

Tillman Bogner – die Ähnlichkeit mit seiner Mutter verriet ihn – zwinkerte ihr zu. »In gewisser Weise haben Sie recht. Ich empfinde es selbst meist so, aber gegen etwas mehr Komfort im Wohngebäude hätte ich manchmal nichts einzuwenden.«

Fanni nickte verständnisvoll. Der junge Mann war ihr sympathisch, und obwohl er abgetragene Jeans und einen ausgefransten Pullover trug, wirkte er sehr gepflegt. Er war glatt rasiert, die braunen Haare hatte er ordentlich gekämmt, sodass sie das einnehmende Gesicht in lockeren Wellen umschmeichelten.

Liegt es an der braven Frisur, überlegte Fanni, dass seine Züge fast so weich wie die eines Mädchens erscheinen?

»Macht die Gesellschaft, in der Sie hier leben, nicht ein paar Widrigkeiten wett?«, sagte sie. »Ich muss zugeben, Ihre Mitbewohner haben mich in Bann geschlagen.«

Tillman war inzwischen an den Tapeziertisch getreten und hatte damit begonnen, dem Geigenspieler einen Bogen anzupassen.

»Und meine Tochter hat sich in diese Schraubenkreationen verliebt«, fügte Fanni hinzu.

Tillman lachte. »Mein Broterwerb.«

Von solchen Schraubenmännchen kann man leben?

Der verblüffte Einwurf ihrer Gedankenstimme schlug sich offenbar in Fannis Gesichtsausdruck nieder, denn das Lachen ließ nun Tillmans ganzen Körper beben, weshalb er den Metallstift, der den Geigenbogen verkörpern sollte, zur Seite legen musste.

»Die Betonung liegt auf *Brot*«, sagte er. »Mehr bringt das Geschäft nicht ein. Sie sehen ja selbst, was für eine Kleinarbeit es ist. Ein ungeheurer Zeitaufwand, dem der Preis nicht gerecht werden darf, wenn man eine gewisse Stückzahl an den Mann bringen will. Zum Glück ist das Material für meine Schraubenmännchen so günstig zu haben.«

Wieder zwinkerte Tillman. »Sie dürfen sich in meinem Reich gern ein wenig umschauen.« Dabei beschrieb er mit dem rechten Arm einen Halbkreis. Fannis Augen folgten der Bewegung. Als ihr Blick auf Höhe des kleinen Schuppens ankam, der ein gutes Dutzend Schritte westlich des Hauses stand, öffnete sich dessen Brettertür und eine junge Frau trat heraus.

Aber das ist ja Kleptomanski!

Fanni fokussierte die Erscheinung und musste der Gedankenstimme recht geben. Es handelte sich tatsächlich um Michaela Kofler. Tillman winkte ihr zu, sie winkte zurück, doch anstatt näher zu kommen, ging sie in Richtung des Waldweges davon.

Fanni schaute ihr verdattert nach. »Oh«, sagte sie dann, »wir sind offenbar nicht die Einzigen, die heute von der Parkklinik zu Ihrem hübschen Wohnsitz spaziert sind. Frau Kofler scheint allerdings nicht zum ersten Mal hier zu sein. Es sieht beinahe so aus, als würde sie sich hier schon ganz zu Hause fühlen.«

Erneut zwinkerte der junge Mann.

Macht er das absichtlich, oder hat er auch eine Therapie nötig?

»So könnte man es nennen«, erwiderte er. »Aber denken Sie nicht gleich rosarot.«

In die darauf folgende Stille hinein sagte Sprudel: »Wir haben bereits mehrfach von Ihnen reden hören. Sie müssen der Sohn von Frau Bogner sein, die gestern auf so tragische Weise ums Leben kam. Erlauben Sie mir, Ihnen zu kondolieren.«

»Tillman Bogner«, stellte sich der junge Mann nun vor und streckte Sprudel die Hand entgegen. Der schüttelte sie, nannte seinen Namen und sprach dem jungen Mann sein Mitgefühl aus.

Auch Fanni kondolierte Frau Bogners Sohn und fügte noch hinzu: »Ich war bei Ihrer Mutter in Behandlung und habe sie sehr geschätzt.«

»Ja«, erwiderte Tillman in seltsam geschäftsmäßigem Ton, »sie gilt – galt – ganz allgemein als hervorragende Therapeutin.«

Fanni warf ihm einen forschenden Blick zu. »Es heißt, die Beziehung zwischen Ihnen und Ihrer Mutter …« Sie kam ins Stocken und brach ab.

So aufdringlich fragt man ja auch nicht!

Plötzlich wirkte Tillman bekümmert. »Für meine Mutter war ich die größte Enttäuschung, die einem im Leben widerfahren kann.«

Fanni sollte keine Gelegenheit bekommen, nach dem Grund dafür zu fragen, denn kaum hatte Tillman zu Ende gesprochen, erklang unvermittelt die recht bekannte Tonfolge aus dem Beatles-Song »We All Live In A Yellow Submarine«. Tillman griff in seine Gesäßtasche und angelte ein Handy heraus.

Das ist nicht bloß ein Handy! Das ist ein iPhone! Damit kann man E-Mails verschicken, im Internet surfen!

Fanni versuchte, die Gedankenstimme abzuschalten, doch es gelang ihr nicht. Das Stimmchen quäkte vernehmlich weiter in ihrem Kopf:

So ein Teil ist sauteuer! Leni hat das doch erwähnt, als sie dir dieses Apple-Dings gezeigt hat, mit dem sie dir E-Mails aus Argentinien schicken will!

Tillman nahm das Gespräch entgegen, lächelte und sagte: »Hey.«

Auf alle Zeiten verstummen will ich, wenn dieses »Hey« soeben nicht rosarot klang!

Tillman hatte ein paar schnelle Schritte auf das Haus zugemacht, doch unvermutet drehte er sich noch einmal um und wiederholte jenes Schwenken des Armes, das offenbar erneut als Einladung zu einem Rundgang gemeint war. Dann lief er weiter und verschwand gleich darauf im Haus.

Fanni zögerte keine Sekunde. Zügig hielt sie auf den Schuppen zu, aus dem Michaela Kofler soeben gekommen war, öffnete die Brettertür und trat ein. Drinnen herrschte Dämmerlicht, sodass es eine Weile dauerte, bis sich ihre Augen angepasst hatten.

Als Erstes registrierte sie, wie wenig Platz der Innenraum des Schuppens bot. Er erwies sich als so eng, dass Sprudel, der ihr gefolgt war, sich mit dem Rücken gegen den Türpfosten pressen musste.

An der hinteren Schmalseite waren etliche Ster Brennholz aufgeschichtet, die mehr als die Hälfte des Raumes verbarrikadierten. Dort, wo die Holzscharen endeten, reihten sich allerlei Gerätschaften an den Wänden. Fanni machte eine Schubkarre aus, mehrere Sensen und Rechen sowie einen Stapel löchriger Flechtkörbe. Erst als ihr Blick in die Mitte des Schuppens glitt, entdeckte sie ein Tischchen und einen Hocker. Beides war aus Holz gehauen, grau vor Alter, morsch und spröde. Umso erstaunlicher wirkte die weiße Spitzendecke auf dem Tisch. Fanni erinnerte sich, eine ganz ähnliche auf einer Kommode (Chippendale-Imitation) in der Parkklinik gesehen zu haben. Exakt im Zentrum des blütenweißen Vierecks befand sich etwas, das sich zweifelsfrei als Schmuckschatulle identifizieren ließ.

Nicht der kleinste Hauch von Gewissensnot hinderte Fanni daran, kurzerhand den Deckel zu öffnen, und unversehens lag – auf ein winziges Samtkissen drapiert – der Ohrring, den sie tags zuvor verloren hatte, vor ihren Augen.

»Es ist nicht ganz das, wonach es vermutlich aussieht.« Tillman trat in den Schuppen. Er griff nach der Schatulle und nahm sie mit hinaus ans Licht. Fanni und Sprudel eilten ihm nach.

»Michaela hat eine schwierige Therapie hinter sich«, Tillman war ein Stück abseits der Scheune auf einem sonnenbeschienenen Grasfleck stehen geblieben, »aber auch so etwas wie einen Durchbruch erlangt.«

Die verwirrten Mienen, die Fanni und Sprudel daraufhin sehen ließen, bewogen ihn dazu, näher auf das Thema einzugehen. »Meine Mutter hat bei der Behandlung von Zwangsneurosen mit einer schrittweisen Therapieform gearbeitet, die darauf fußt, dass sich der Patient anfangs nicht völlig von seinem Zwang befreien muss. Man erlaubt ihm quasi, eine Zeit lang auf Krücken zu gehen. Michaela beispielsweise durfte zwar nicht mehr klauen, aber sie durfte behalten, was sie wo auch immer fand, und es in ähnlicher Weise horten, wie sie es früher mit ihrem Diebesgut gemacht hat.«

In Tillmans Stimme schwang eine Spur von Heiterkeit mit, als er fortfuhr: »Der Professor war von dieser Herangehensweise begeistert. ›Das ist ein Meilenstein‹, hat er immer gesagt, wenn das Gespräch auf Mamas Methode kam, ›sowohl für die Patienten als auch für uns.‹ Aber auch ganz allgemein war der Professor von Mamas Arbeitsweise angetan und hat sogar einige Male bei ihren Sitzungen hospitiert.« Er stellte die offene Schatulle auf einen Baumstamm, den er offenbar zurzeit in Arbeit hatte, denn auf einer umgestülpten Kiste daneben lagen verschiedene Meißel, Hämmer und ein Hobel.

Ein halb fertiges Schraubenmännchen auf dem Tisch, eine angefangene Operation an einem Holztrumm – der Junge scheint mir ein wenig unstet zu sein!

»Alles, was sich in dieser Kassette hier befindet«, sagte Tillman, »hat Michaela im Park, irgendwo in der Klinik oder auf der Straße gefunden. Sehen Sie.« Er nahm den Ohrring heraus und legte ihn auf den Stamm. Dann griff er nach einem goldfarbenen Jackenknopf. Nach kurzer Zeit lagen gut zwei Dutzend Gegenstände aus der Schatulle aufgereiht da. Es schien sich tatsächlich um Fundsachen zu handeln. Einige waren offenbar stark verschmutzt gewesen und gesäubert worden, denn in Rillen und Vertiefungen befanden sich noch dunkle Rückstände, während die glatten Flächen glänzten wie frisch poliert.

Fannis Blick wanderte über diverse Münzen, verhielt bei

einer hübsch ziselierten Gürtelschnalle, streifte eine Sonnenbrille von Gucci (leider sehr verbogen), verharrte bei einem Aquamarin (eindeutig aus seiner Fassung gebrochen). Sie wollte sich gerade von Michaelas Fundstücken abwenden, da entdeckte sie den Engel. Er lag ganz am Ende der Reihe in eine Furche im Holz geschmiegt. Fanni griff danach und legte ihn auf ihre Handfläche.

Er könnte es sein!

Er ist es, dachte Fanni. Engel dieser Fasson findet man nicht an jeder Ecke.

Alexanders Talisman war aus perlmuttartigem Material und hatte dreieckige Flügel aus Silberdraht. Den Kopf bildete ein Glaskügelchen, über dem ein winziger Heiligenschein schwebte.

Sie betrachtete das Figürchen eine Weile versonnen, dann legte sie es an seinen Platz zurück und wandte sich an Tillman, der ihr interessiert zugesehen hatte.

»Es tut mir leid, dass wir in Ihrer Scheune herumgeschnüffelt haben. Wir müssen recht ungehobelt auf Sie wirken.«

Tillman wurde einer Antwort enthoben, weil sein Handy wieder »We All Live In A Yellow Submarine« dudelte.

Nachdem er daraufhin erneut im Haus verschwunden war, bettete Fanni alle Gegenstände – auch den Ohrring und den Engel – in die Schatulle und brachte sie in den Schuppen zurück.

Als sie wieder herauskam, sagte Sprudel: »Ich dachte, wir haben unterwegs den Waldboden abgesucht, weil du den Ohrring wiederfinden wolltest.«

Fanni lächelte ihn an. »Stimmt. Und soeben haben wir ihn gefunden.«

Sprudel kniff ratlos in seine Wange.

Nun erklär es ihm schon!

Fanni nahm seine Hand, die auf der Wange ein rotes Mal hinterließ, und sagte: »Natürlich hätte ich ihn gern zurück. Aber meinst du nicht auch, dass ich ihn Michaela überlassen sollte – bis auf Weiteres zumindest? Es kommt mir irgendwie so vor, als stünde er ihr zu.«

Falls Sprudel anderer Meinung gewesen sein sollte, behielt er es für sich.

Wehmütig ließ er den Blick über das Grundstück schweifen. »Was hat uns eigentlich hergeführt? Die Sehnsucht nach einer anderen Welt?« Seine Stimme klang gepresst.

Ach Sprudel, dachte Fanni. Ich spüre ja, wie sehr du sie dir zurückwünschst, die Welt, die wir beide verloren zu haben scheinen. Aber vielleicht finden wir sie ja irgendwann wieder.

Im Moment habt ihr allerdings keine Zeit dazu, danach zu suchen! Ihr solltet lieber zusehen, Marita Bogners Mörder auf die Spur zu kommen, bevor der Staatsanwalt Ernst macht und Fanni Rot einkassiert!

Fanni mühte sich, der aufkommenden Angst Herr zu werden und klar zu denken. »Wir sind hergekommen, um den Sohn des Opfers kennenzulernen«, antwortete sie, »und möglichst viel über ihn und damit über die Tote zu erfahren.«

Na, das hat ja toll geklappt!

Fanni schüttelte unwillig den Kopf. »Zumindest wissen wir jetzt aus erster Hand, dass es zwischen ihm und seiner Mutter nicht zum Besten stand.«

Was ihn als Verdächtigen ausweisen würde, wenn er es nicht so freimütig zugegeben hätte.

»Seinem Verhalten am Telefon nach zu urteilen, ist Tillman mit jemandem liiert«, sagte Sprudel.

Fanni nickte. »Warum habe ich das Gefühl, es müsste jemand aus der Klinik sein?«

»Mit jemandem, der seiner Mutter womöglich ein Dorn im Auge war«, fuhr Sprudel fort, »was die Animositäten zwischen den beiden zum kritischen Punkt gebracht haben könnte.«

Kein schlechter Ansatz! Vielleicht solltet ihr Tillman mal fragen, wo er sich gestern Morgen aufgehalten hat!

Als hätte Sprudel die Gedankenstimme ebenfalls gehört, sah er zum Hauseingang hinüber. Tillman blieb jedoch verschwunden.

»Lass uns gehen«, sagte Fanni und schlug den Rückweg zur Klinik ein.

Auf dem Streckenabschnitt durch den Wald legte sie ein forsches Tempo vor, während sie über Tillman Bogner, Michaela Kofler und Alexanders Engel nachdachte. Sprudel lief schweigend neben ihr her.

An der Grenze zum Park blieb Fanni stehen. »Wir haben eine Menge zu bereden, Sprudel.«

Er schaute auf seine Armbanduhr und fragte dann hoffnungsvoll: »Bleibt uns eventuell noch Zeit …?«

Fanni nickte ihm lächelnd zu. »Wir fahren nach Schwarzach, setzen uns in ein Café und sortieren unsere Informationen bei Milchkaffee und Kuchen.«

»Bei dem Engelfigürchen, das Michaela Kofler angeblich gefunden hat, handelt es sich um Alexanders Talisman«, sagte Fanni, nachdem Sprudel für sie beide Latte macchiato und Sachertorte bestellt hatte. »Wir müssen herausbekommen, wie sie an den Engel gelangt ist. Alexander behauptet nämlich, er hätte ihn gestern Morgen im Behandlungszimmer von Frau Bogner liegen lassen – nur deshalb, sagt er, sei er noch mal zurückgekommen.«

Sprudel schien sich gerade über etwas anderes Gedanken zu machen, denn er versäumte es, auf Fannis Worte einzugehen, und sagte: »Offen gestanden finde ich die Art und Weise, wie Frau Bogner versucht hat, die Zwangsneurosen in den Griff zu bekommen, ausgesprochen dubios.«

»Immerhin«, entgegnete Fanni, »hat sie Alexander das Umarmen älterer Damen und Michaela das Stehlen ausgetrieben.«

Sofern sie nicht wieder rückfällig werden!

»Aber hat das denn auch wirklich etwas genutzt?«, wandte Sprudel ein. »In der Klinik lässt sich mit diesen halbwegs überwundenen Zwangsneurosen sicherlich gut zurechtkommen, aber wie soll das im Alltag funktionieren? Schließlich kann nicht alle Welt davon in Kenntnis gesetzt werden, dass Alexander harmlos ist, dass er niemanden anfasst, sofern seine Frage mit einem kategorischen Nein beantwortet wird. Und was passiert, falls Michaela einmal etwas von Wert findet und es behält? Dann macht sie sich der Fundunterschlagung schuldig und bekommt eine Anzeige an den Hals.«

Da liegt der Sprudel aber echt richtig!

»Du hast ja recht«, gab Fanni zu, »aber sei der Therapieansatz von Frau Bogner nun sinnvoll oder unsinnig, für uns ist das doch eigentlich nicht von Bedeutung. Wesentlich interessanter finde ich die Information, dass Hornschuh – laut Tillman, und nicht zu vergessen auch laut Schwester Helga – davon begeistert war, woraus folgt, dass der Krach zwischen ihm und Frau Bogner eher nicht auf eine berufliche Auseinandersetzung zurückzuführen ist.«

»Private Differenzen also«, erwiderte Sprudel. »Was der ganzen Sache einen delikaten Anstrich gäbe.«

Fanni legte überrascht die Kuchengabel beiseite. »Meinst du, Frau Bogner und Professor Hornschuh hatten ein Verhältnis?«

Sprudel nickte. »Ist das nicht naheliegend? Beruflich bewegen sich die beiden ganz auf einer Linie, da kommt man sich doch auch privat schnell näher.« Nach einem Augenblick fügte er hinzu: »Ob der Professor wohl verheiratet ist?«

Fanni nahm die Gabel wieder auf und stach heftig in ihre Sachertorte. »Ich muss endlich an diesen Seibold rankommen. Der sollte uns eine Menge Fragen beantworten können.«

»Oh ja«, erwiderte Sprudel fast schwärmerisch, »Antworten wären gut – Antworten und Auskünfte. Auch ein paar zweckdienliche Erklärungen würden uns vielleicht aus der Sackgasse helfen.« Er kniff die Augen zusammen, wie man es bei einem unverhofften Einfall tut. »Sapperment, die Erpresserfotos. Wer weiß, was es noch alles für Bilder gibt?«

Fanni warf ihm einen aufmunternden Blick zu. »Antworten wären toll. Wir kriegen sie schon noch. Und wir stecken längst nicht mehr so tief in der Sackgasse wie am Anfang. Haben wir nicht inzwischen etliche Motive für den Mord zu bieten? Leidenschaften, wie sie im Buche stehen, Eifersucht …«

Erstaunt registrierte sie, dass Sprudel ein enttäuschtes Gesicht machte.

Sein Teller ist leer! Das ist es, was ihn deprimiert!

Fanni musste grinsen, wurde jedoch schnell wieder ernst. »Der Kernfrage sind wir allerdings noch keinen Schritt näher. Wir haben noch immer keine blasse Ahnung, wie der Täter in Frau Bogners Behandlungszimmer gelangt sein könnte.«

Sprudel schien sich mittlerweile mit dem leeren Teller abgefunden zu haben, schob ihn weg und trank seinen Kaffee aus. »Womöglich liegt das daran, dass wir von falschen Voraussetzungen ausgehen. Die Frage, wie der Täter dort hineingekommen ist, würde sich ganz von selbst beantworten, wenn die Tatzeit definitiv vor neun Uhr läge – oder wenn doch Alexander der Täter wäre.«

»Zweifellos«, antwortete Fanni. »Aber was nützt es, ständig neue Theorien aufzustellen, die alten zu verwerfen, wieder umzuschwenken und so immer weiter? Ist es nicht besser, einmal festgelegte Parameter einzuhalten – jedenfalls so lange, bis Fakten dagegensprechen?«

Als Sprudel zustimmend nickte, fuhr sie fort: »Halten wir uns also an die Übereinkunft, die ich mit Alexander habe. Wie du weißt, lautet sie: ›Alexanders Angaben entsprechen voll und ganz der Wahrheit‹, was logischerweise auch bedeutet, dass Frau Bogner erst starb, nachdem er ihr Zimmer verlassen hatte.« Etwas kleinlaut fügte sie hinzu: »Obwohl es irritierend ist, dass die Ermittler bei der Überprüfung der Alibis den Zeitraum zwischen acht Uhr dreißig und zehn Uhr fünfzehn nennen. Sie müssten doch den exakten Todeszeitpunkt kennen.«

Sprudel wiegte nachdenklich den Kopf. »Vielleicht wollte sich der Gerichtsmediziner nicht so genau festlegen. Wie auch immer, machen wir an dem Punkt weiter, an dem wir gestern schon waren. Hypothese A: Weder Fanni Rot noch Alexander Pauß haben Marita Bogner getötet.«

»A eins«, fuhr Fanni spontan fort, »der Täter hat es irgendwie geschafft, unbemerkt in Marita Bogners Zimmer zu kommen – wie, muss noch geklärt werden.«

Während sie sprach, sah sie Sprudels Augen aufstrahlen.

Was freut ihn denn mit einem Mal? So scharfsinnig war deine Äußerung ja nun wirklich nicht, dass sie zu Jubel Anlass geben könnte!

Sprudel nahm ihre linke Hand, führte sie an seine Wange, küsste ihren Handteller. »Du hast dich wieder erinnert. So sind wir doch früher immer vorgegangen. Um der Lösung eines Falles näherzukommen, haben wir riesige Gebilde aus Hypothesen gebaut.«

Als ob es großartiger Erinnerungen bedürfte, einzelne Punkte zu einer logischen Kette zusammenzufügen!

Eben, dachte Fanni, man tut es ganz automatisch.

Als sie weitersprach, ließ sie jedoch ihre Hand, wo sie war. »A zwei: Aufgrund eines möglichen Motivs kommen als Täter in Betracht, A zwei klein a: der Ehemann Bertie Seibold, weil …« Sie zögerte, und Sprudel sprang ein.

»Weil ihre Beziehung den Bach hinunterging, was an Motive wie Hass, Wut, Eifersucht – kurz Leidenschaft, wie du schon sagtest – denken lässt.«

Fanni nickte zustimmend. »A zwei klein b: Schwester Rosa.« Sie sah Sprudel unschlüssig an, der erneut aushalf.

»Weil sie Bertie Seibold zurückhaben oder ihn einfach nur von der Bogner weghaben wollte oder weil ihr die Bogner sowieso verhasst war.«

Erneut nickte ihm Fanni bestätigend zu und fuhr dann fort: »A zwei klein c: Professor Hornschuh, der laut Schwester Helga vergangene Woche eine heftige Auseinandersetzung mit Marita Bogner hatte. Der Streit könnte sich zugespitzt haben, bis der Professor keinen andern Ausweg mehr sah, als die Bogner zum Schweigen zu bringen.« Sie verstummte.

»Warum machst du nicht weiter?«, fragte Sprudel.

»Weil die Liste komplett ist«, antwortete Fanni trocken.

»Und Tillman? Er liegt doch offenbar mit seiner Mutter schon länger in Unfrieden als irgendwer sonst.«

»Irgendwie kann ich mir nicht vorstellen …«, begann Fanni, unterbrach sich jedoch und lenkte ein: »A zwei klein d: Tillman Bogner. Und damit ist Schluss.«

»Nicht zwangsläufig«, entgegnete Sprudel. »Im Prinzip kommen sämtliche Patienten der Parkklinik in Frage. Womöglich hat Frau Bogner während der Therapie jemanden derartig unter Druck gesetzt, provoziert, bedrängt – was weiß ich? –, dass der sich nur dadurch davon befreien konnte, dass er sie beseitigt hat. Außerdem kommen auch sämtliche Angestellten der Klinik in Betracht und darüber hinaus noch Dutzende von Leuten, von deren Existenz wir keine Ahnung haben, die aber allesamt gute Gründe haben konnten, der Bogner nach dem Leben zu trachten.«

Fanni dachte ein Weilchen über Sprudels Worte nach, dann sagte sie: »Hypothese B: Der Täter ist unter denen zu suchen, die ständig Zutritt zur Klinik haben, oder – etwas eingeschränkter formuliert – unter dem Krankenhauspersonal und den Patienten.«

Mit einer kleinen Verbeugung signalisierte Sprudel sein Einverständnis.

Ihr sitzt jetzt schon eine gute Stunde hier!

Fanni wischte die Mahnung der Gedankenstimme weg, denn das Hypothesengebäude war noch nicht fertig.

»B eins«, sagte sie, »der Täter war ein Mann.«

Sprudel ließ ihre Hand los. »Auch eine Frau«, widersprach er, »besonders so eine kräftige, zupackende wie Schwester Rosa, hätte die Schlinge um Marita Bogners Hals problemlos zuziehen können, vor allem wenn das Überraschungsmoment auf ihrer Seite war.«

Lässt sich nicht abstreiten!

Fanni nahm einen Schluck von dem Mineralwasser, das Sprudel für sie bestellt hatte, und versuchte, sich die Szene auszumalen, die zu Marita Bogners Tod geführt hatte.

Nach einigen Minuten Stille packte sie plötzlich Sprudels Handgelenk. »Wir liegen falsch, Sprudel. So kann es sich nicht abgespielt haben.«

»Wie«, fragte Sprudel verdutzt, »wie kann es sich nicht abgespielt haben?«

»Unser Hypothesengebäude«, begann Fanni zu erklären, »beruht darauf, dass der Täter ins Zimmer gelangte, nachdem Alexander fort war; dass er und Frau Bogner sich stritten, dass er in Wut geriet, sie erwürgte. Meinst du, das hätte sie sich ohne Gegenwehr einfach so gefallen lassen?«

Weil Sprudel nicht gleich darauf antwortete, sprach sie hastig weiter: »Marita Bogner saß doch ganz friedlich in ihrem Stuhl, als ich ins Zimmer kam, nirgends waren Kampfspuren zu sehen, nirgends ein Hinweis auf ein Handgemenge.«

Kampfspuren haben ja erst Fanni Rot und Alexander Pauß hinterlassen!

Fanni senkte beschämt den Blick.

»Gestern Morgen hat überhaupt kein Streit stattgefunden«, sagte Sprudel schlicht und streichelte mit der Linken ihre Hand, die noch immer seinen rechten Arm gepackt hielt. »Der Täter ist mit dem Vorsatz erschienen, Frau Bogner zu ermorden, und hat sie völlig überrumpelt.«

»Überrumpelt«, echote Fanni. »Auch wer überrumpelt wird, hat noch Zeit, eine Abwehrbewegung zu machen.«

Sehr richtig!

Sie brüteten schweigend vor sich hin, bis Sprudel sagte: »Stell dir folgendes Szenario vor: Der Täter kommt – auf welche Weise auch immer –, nachdem Alexander fort ist, zu Frau Bogner ins Zimmer. Er und Marita Bogner unterhalten sich. Er tut nett und freundlich. Während des Gesprächs tritt er hinter ihren Stuhl, und bevor sie es sich versieht, hat sie die Schlinge um den Hals, die sich gnadenlos zuzieht.«

»Denkbar«, erwiderte Fanni versonnen. »Ja, denkbar schon ...«

Erneut herrschte eine Zeit lang nachdenkliches Schweigen, bis Sprudel sagte: »Wir müssen Michaela Kofler unserer Verdächtigenliste hinzufügen.«

Kleptomanski?

Fanni nickte. »Weil sie im Besitz von Alexanders Talisman ist.«

Sprudel sah sie fast verlegen an. »Dieser Umstand lässt eigentlich nur zwei Rückschlüsse zu: Entweder hat Michaela den Engel in Marita Bogners Zimmer gefunden, was bedeuten würde, dass sie nach Alexander dort war, oder ...« Er sprach nicht weiter.

Oder Alexander lügt das Blaue vom Himmel herunter!

Fanni wollte gerade wieder darauf pochen, dass die nun einmal festgelegten Prämissen eingehalten werden mussten, besann sich jedoch eines Besseren.

Sehr vernünftig, sich von Milchbart nicht völlig einlullen zu lassen. Was, wenn er doch der Mörder ist und es versteht, die Kriminalbeamten genauso einzuwickeln wie dich?

Dann, dachte Fanni, lande ich tatsächlich im Knast.

7

Sprudel hatte Fanni in seinem Wagen zur Klinik zurückgebracht. Als er Anstalten machte, sie hineinzubegleiten, lehnte sie ab.

»Lass uns lieber noch eine Runde um den Teich spazieren.«

Sobald sie ans Wasser traten, spürte Fanni die Kälte. Sämtliche Wolkenlücken hatten sich geschlossen, bald würde die Dämmerung einsetzen. Fanni starrte auf die schwarze Wasseroberfläche und fröstelte. »Manchmal schaut er fast bedrohlich aus.«

Sprudel legte den Arm um ihre Schultern. »Weil er ziemlich tief zu sein scheint und offenbar unbelebt ist. Der Grund muss mit Schlamm bedeckt sein, der vor sich hin gärt. Wer weiß, wie, wann und warum dieser Riesentümpel entstanden ist.«

»Bei Sonnenschein hat er ein ganz anderes Gesicht.« Fanni wandte sich deprimiert ab. Sie hatte plötzlich das Gefühl, als würde von irgendwoher eine Bestie auf sie zukriechen.

»Langsam wird es ungemütlich hier draußen«, sagte Sprudel. »Schau, es fängt schon an zu regnen.«

Im gleichen Augenblick spürte Fanni, wie ein Tropfen ihre Nasenspitze traf.

Gemeinsam gingen sie mit schnellen Schritten auf das Klinikgebäude zu. Kurz davor blieb Fanni stehen. Sie trat ganz nah an Sprudel heran und drückte ihm einen Kuss auf die faltige Wange.

»Danke, dass du für mich da bist.«

Es dauerte einen Moment, bis er sich von seiner Überraschung erholt hatte.

Inzwischen war Fanni durch die Eingangstür verschwunden. Sie eilte quer durchs Foyer auf die Treppe zu, hatte den Fuß bereits auf der ersten Stufe, als sie Michaela Kofler entdeckte, die vor der Getränketheke stand und eine Reihe von Fotos an der Pinnwand dahinter studierte.

Spontan kehrte Fanni um und gesellte sich zu ihr.

»Die Belegschaft der Parkklinik«, sagte Michaela. »Der Hausmeister hat die Tafel heute Nachmittag auf den neuesten Stand gebracht.«

Fanni warf einen kurzen Blick darauf und stellte fest, dass Frau Bogners Bild und das Kärtchen, auf dem ihr Name und ihre Profession vermerkt waren, einen Trauerflor trugen.

Michaela wandte sich zum Gehen. Hastig stellte sich Fanni ihr in den Weg, während sie rasch den verbliebenen Ohrring losmachte.

Sie legte ihn auf ihre Handfläche und hielt ihn Michaela hin. »Tausche passenden Ohrring gegen Perlmutt-Engel.«

Einen Moment lang wirkte Michaela schockiert. Doch dann lächelte sie. »Sie wollen Milchbarts Talisman haben? Er gehört jetzt mir.«

»Alexander braucht ihn«, erwiderte Fanni. »Das müssen Sie doch wissen, wenn Sie den Engel erkannt haben. Der Talisman ist eine seiner Krücken. Wo haben Sie ihn gefunden?«

Michaela musste nicht lange nachdenken. »Vor dem Eingang zum Büro des Professors.«

Fanni sog scharf die Luft ein und atmete das Wörtchen »Wann?« aus.

»Heute Morgen«, antwortete Michaela. »Gleich nach dem Frühstück. Seibold hatte mich gebeten, in der Buchhaltung vorbeizukommen, weil irgendein Formular zu unterschreiben war. Als ich den Stift nehmen wollte, ist er mir aus der Hand gefallen, auf dem Boden gelandet und davongerollt. Hinter dem Sockel mit der spiralförmigen Figur, die neben der Tür zu Hornschuhs Büro steht, ist er liegen geblieben. Ich habe mich danach gebückt, und siehe da, neben dem Stift lag der kleine Engel. Ich hole ihn, sobald ich kann.« Damit schnappte sie sich den Ohrring und rannte davon.

Fanni ließ sich in eines der nachgemachten Stilmöbel fallen. Alexanders Talisman hatte sich also auf der Schwelle zu Hornschuhs Büro gefunden.

Will besagen?

Könnte besagen, dachte Fanni, dass der Professor ihn aus Frau Bogners Büro mitgenommen hat.

Und warum hätte er das tun sollen?

Darauf wusste Fanni keine Antwort.

Du willst es nicht recht wahrhaben, stimmt's? Aber es ist wirklich an der Zeit, Milchbarts Aussagen mit reichlich Argwohn zu begegnen.

Demnach hat Alexander also gelogen, dachte Fanni. Er ist nicht wegen des Engels in Frau Bogners Zimmer zurückgekehrt, sondern aus einem ganz anderen Grund.

Ganz genau, er kam zurück, um Maritas Mörderin zu ertappen! Macht sich doch gut im Protokoll: »Fanni Rot stand wie versteinert vor der Toten, die zehn Minuten zuvor, als ich das Zimmer verlassen habe, definitiv noch am Leben war.«

Kann es denn sein, überlegte Fanni, dass Alexander ein derart perfides Spiel mit mir spielt? Und bleibt nicht trotzdem ungelöst, wie und weshalb sein Talisman dorthin gekommen ist, wo Michaela ihn fand?

Man sollte wohl vorsichtshalber Seibold fragen, ob Michaelas Angaben tatsächlich stimmen!

Mit oder ohne Vorwand, dachte Fanni, es ist allerhöchste Zeit, Marita Bogners Ehemann aufzusuchen.

Sie erhob sich und machte sich auf den Weg zum Verwaltungstrakt.

Aus einer der Türen kam soeben ein Mann, den Fanni als Bertie Seibold identifizierte. Hornbrille, Halbglatze, strenge Züge. Dem Foto auf der Pinnwand nach war es unverkennbar der Buchhalter.

Natürlich ist er es! Sprich ihn an! Ganz bestimmt läufst du nicht Gefahr, dich vor einem zufälligen Besucher zu blamieren!

Fanni kam ein Lächeln an, denn Seibold sah ganz so aus wie die Amtsschreiber in alten Filmen.

Sie wischte das Lächeln fort, trat auf ihn zu und streckte ihm die Hand entgegen. »Herr Seibold?« Die Anrede klang wie eine Frage.

Er schaute auf, ergriff schweigend ihre Hand.

Fanni kondolierte ihm, wie es üblich war, und erwähnte dann, dass sie bei seiner Frau in Behandlung gewesen sei. »Ich hätte mir keine bessere Therapeutin wünschen können«, sagte sie abschließend. »Wir haben uns wirklich gut verstanden.«

»Marita war eine bemerkenswerte Frau«, antwortete Seibold steif und wollte sich davonmachen.

Das konnte Fanni nicht zulassen. Eilends nach Worten suchend, drückte sie ihr Erstaunen darüber aus, dass er trotz allem seiner Arbeit in der Klinik nachging.

Seibold nickte, als müsse er bestätigen, dass ihn der Tod seiner Frau nicht daran hinderte, seine Aufgabe in der Klinik zu erfüllen.

»Es muss unerträglich schwer für Sie sein«, sagte Fanni.

Bertie Seibold sah sie an, als würde er sie erst jetzt richtig wahrnehmen. Einige Sekunden lang studierte er ihr Gesicht, bevor er zu einer Erwiderung ansetzte.

Täuscht es, oder wirkt er auf einmal ein wenig zugänglicher?

»Ach wissen Sie«, sagte er, »die Arbeit lenkt mich ab, und so bleibt sie wenigstens nicht liegen.«

Erneut schickte er sich an, den Flur hinunterzugehen.

Fanni blieb an seiner Seite. »Während meiner letzten Therapiesitzung hatte ich den Eindruck, dass Ihre Frau wegen irgendetwas besorgt war, das nicht mit mir zusammenhing«, log sie.

»Es war wohl kaum zu übersehen, wie sie sich grämte«, antwortete Seibold.

Fanni scheute sich einen Moment lang, »Aber weshalb denn?« zu fragen. Als sie jedoch immer deutlicher spürte, dass Seibold reden würde, tat sie es.

Seibold verhielt einen Moment lang den Schritt. »Vielleicht haben Sie ja davon gehört, dass Maritas erwachsener Sohn seit einiger Zeit in der Forsthausruine wohnt.«

»Ich habe ihn sogar schon kennengelernt«, sagte Fanni darauf. »Tillman ist ein netter Kerl, finde ich. Und seine Kunstwerke gefallen mir ausnehmend gut.«

Bertie Seibold ließ ein dünnes Lächeln sehen.

War das gerade nicht ziemlich riskant? Mit deiner Antwort hättest du ihn ebenso gut vergraulen können.

Inzwischen waren sie ans Ende des Flurs gelangt, wo sich ein Erkerfenster mit einem breiten Fensterbrett befand, auf dem Kissen lagen, sodass man es auch als Sitzbank benutzen konnte.

Fanni blieb stehen und lehnte sich dagegen.

Was, wenn Seibold einfach weitergeht?

Das wird er nicht.

Und das tat er auch nicht. Vielmehr begann er – wie Fanni angenommen hatte – zu reden.

»Tillman ist ein guter Junge. Marita hätte wirklich stolz auf ihn sein können, stattdessen hat sie ihn verdammt. Wir haben nächtelang über ihren Standpunkt diskutiert. ›Selbst der Papst‹, habe ich zu ihr gesagt, ›selbst der toleriert mittlerweile gleichgeschlechtliche Partnerschaften.‹ Aber Marita gab sich ja päpstlicher als der Papst; sie war erzkatholisch und, was die Diskussion über die Veranlagung ihres Sohnes betraf, völlig unzugänglich.« Seibold schnaufte erregt. »Vor vielen Jahren, als sich herausstellte, dass Tillman homosexuell war, ist für sie eine Welt zusammengebrochen. Eine Zeit lang hat sie sogar ernsthaft versucht, ihren Sohn umzukrempeln – fragen Sie mich nicht, was sie alles mit ihm angestellt hat.«

Er rieb sich die Augen, als müsse er Tränen zurückdrängen. »Gerade sie als Therapeutin hätte doch wissen müssen, dass ihre … ihre Experimente keinen Erfolg haben konnten. Aber in Bezug auf Tillmans Neigung zeigte sie sich kompromisslos, halsstarrig – geradezu verbohrt. Was Tillman betraf, hat sie sich über sämtliche wissenschaftlichen Erkenntnisse und Lehren hinweggesetzt. Letztendlich ist es ihr gelungen, Tillman zu vertreiben.«

»Aber jetzt ist er zurückgekommen«, sagte Fanni.

»Weil er glaubte, er und Marita könnten einen Neuanfang machen«, erwiderte Seibold aufschäumend. »Tillman hat gehofft, seine Mutter sei endlich toleranter, klüger, einsichtiger geworden. Aber die Erziehung, die sie genossen hat, ließ ihr vermutlich keine Wahl.«

»Sie stehen dem jungen Mann wohl sehr nahe?«, fragte Fanni.

»Wir haben uns viel miteinander unterhalten«, antwortete Seibold. »Ich wollte ihm helfen. Und ich wollte Marita von dem Irrsinn abbringen, ein Zerstörungswerk anzurichten.«

Eventuell mit Hilfe einer Drahtschlinge? Wer sagt eigentlich, dass die Schlinge aus Draht gewesen sein muss?

Seibold hatte sich auf der Fensterbank niedergelassen, und Fanni tat es ihm gleich.

»Die Situation hat sich immer mehr zugespitzt«, fuhr er fort. »Marita und ich haben uns zusehends entfremdet. Sie wurde von Tag zu Tag verbitterter. Ich habe mir eingestehen müssen, dass es am besten wäre, wenn Tillman wieder fortgehen würde. Aber wie hätte man das von ihm verlangen können? Er hatte in der Forsthausruine einen Platz gefunden, an dem er glücklich war.«

»Halten Sie es nicht auch für naheliegend, dass der Mord an Ihrer Frau mit alldem zu tun hat?«, fragte Fanni unumwunden.

Seibold zog die Stirn in grimmige Falten. »Schlagen Sie sich einen solchen Verdacht aus dem Kopf. Tillman hätte seiner Mutter nie etwas antun können.« Er glättete die Falten, indem er ein paarmal mit der Hand darüberstrich. »Soweit ich das sehe, muss dieser Patient, den alle Milchbart nennen, der Mörder sein. Man scheint den Grad seiner psychischen Erkrankung gefährlich unterschätzt zu haben.«

Fanni entschied sich für ein zustimmendes Nicken, um dann zu fragen: »Ist Alexander gestern zu Ihnen ins Büro gekommen?«

»Ist er nicht«, erwiderte Seibold bestimmt. »Pauß ist noch nie in meinem Büro gewesen. Ich kenne ihn allerdings von Begegnungen auf dem Flur und habe hin und wieder von ihm reden hören. Nicht viel Gutes, muss ich zugeben.«

»Sicherlich gehen bei Ihnen eine Menge Leute aus und ein«, sagte Fanni.

Seibold sah sie konsterniert an, tat ihr aber den Gefallen, zu antworten. »Der Hausmeister, die Putzfrau, ab und zu ein Patient wegen der Abrechnung mit der Krankenkasse oder um ein Formular zu unterschreiben.«

»So wie Michaela Kofler heute Morgen.«

»So wie Michaela Kofler heute Morgen«, wiederholte Seibold und wirkte irgendwie aus dem Konzept gebracht.

Fanni ließ ein Glucksen hören. »Ah, Herr Seibold, bei Ihrer Aufzählung haben Sie den Professor ja ganz vergessen. Muss er nicht durch Ihr Büro, um in seines zu gelangen?«

Seibold wirkte etwas zerstreut, als er antwortete: »Professor

Hornschuh, ja, natürlich. Er kommt und geht, kommt und geht …«

»Bertie«, tönte es plötzlich vom anderen Ende des Flurs her. »Du bist ja immer noch da. Wolltest du nicht längst weg sein? Wolltest du dich nicht um Maritas Beerdigung kümmern?«

Schwester Rosa eilte auf sie zu und trat zu ihnen ans Fenster. »Irgendwann muss Maritas Leiche ja freigegeben werden, bis dahin sollte alles geregelt sein. Und Sie, Frau Rot«, wandte sie sich an Fanni, »sollten vor dem Abendessen wenigstens noch die zehnminütige Entspannungsübung mitmachen, wenn Sie schon die Qigongstunde am Nachmittag geschwänzt haben.«

Fanni schluckte die Rüge hinunter und wandte sich an Seibold. »Entschuldigen Sie bitte, dass ich Sie so lange aufgehalten habe.«

Er lächelte ihr verhalten zu. »Das Gespräch mit Ihnen war sehr anregend.«

Das wird Gollum aber ganz bestimmt nicht gefallen!

Fanni zog es vor, sich Schwester Rosas Kommentar zu ersparen, und eilte davon.

Sie verließ den Verwaltungstrakt, schritt durch die Glastür, die ihn vom übrigen Gebäude trennte. Als sie den Flur passierte, der zum Foyer und zur Treppe führte, kam sie an Marita Bogners Zimmer vorbei.

Unvermittelt blieb Fanni stehen. Mit einem Blick nach links und einem zweiten nach rechts vergewisserte sie sich, dass niemand in der Nähe war. Dann trat sie an die amtlich versiegelte Tür heran und betrachtete eingehend den schmalen Streifen, der zur Hälfte auf der Tür und zur anderen Hälfte am Türrahmen klebte.

Du wirst ja wohl nicht ein Polizeisiegel brechen wollen?

Doch, dachte Fanni. Weil ich herausfinden muss, wie der Täter in diesen Raum hinein- und wieder herausgeschlüpft ist. Wenn wir nämlich nicht bald dahinterkommen, geht Alexander ins Gefängnis – oder, was viel wahrscheinlicher ist, ich.

Und Fanni Rot wird natürlich auf einen Blick sehen, was den Ermittlern trotz zweifellos eingehender Untersuchungen entgangen ist!

Auf der Treppe waren Schritte zu hören. Fanni wandte sich von der versiegelten Tür ab und setzte geschwind ihren Weg zu den Patientenzimmern fort.

Willst du den Einbruch etwa in den Nachtstunden begehen?

Wann sonst?

Pflichtschuldigst erschien Fanni um fünf zur Entspannungsübung. Sie hoffte, Alexander anzutreffen und ihn noch vor dem Abendessen auf ein paar Worte beiseitenehmen zu können.

Sieht nicht so aus, als hättest du die geringste Chance, an Milchbart heranzukommen!

Stimmt, dachte Fanni. Michaela weicht kaum von seiner Seite.

Oder er nicht von ihrer! Schwer zu entscheiden! Jedenfalls sitzen sie neuerdings beim Essen gemeinsam an einem Tisch, schieben im Gymnastikraum ihre Matten so nah aneinander, dass kein Schnürsenkel mehr dazwischenpasst, und turteln auf dem Chesterfieldsofa im Foyer!

Nach der Entspannungsübung waren die beiden weg, bevor Fanni auf die Füße kam.

Sie ging nur kurz auf ihr Zimmer, um sich die Hände zu waschen, und eilte dann hinunter ins Foyer, weil sie hoffte, Alexander abfangen zu können, bevor er den Speiseraum betrat. Während die anderen Patienten bereits hineinströmten, drückte sie sich im Foyer herum. Endlich sah sie Alexander die Treppe herunterkommen.

In Michaelas Begleitung, wie gehabt! Da hast du eindeutig das Nachsehen!

Fanni entschied, Alexander um ein Gespräch unter vier Augen zu bitten, kam jedoch nicht dazu.

»Aber Frau Rot, Herr Pauß, die Suppe wird schon aufgetragen.« Schwester Rosa legte Fanni die Hand auf den Rücken und schob sie vorwärts.

Wenn die so weitermacht, läuft sie Gollum in puncto Herumspionieren den Rang ab!

Während des Essens saß Fanni neben Irma Braun. Ihnen beiden gegenüber hatten Michaela und Alexander Platz genommen.

Fanni ließ die Debatte über die Höhen und Tiefen im Leben von Amy Winehouse an sich vorbeirieseln. Sie konnte sich nicht erinnern, je von dieser britischen Soulsängerin gehört zu haben, die offenbar mit nur siebenundzwanzig Jahren verstorben war.

Der Professor machte die abendliche Runde, hielt sich jedoch nur am Tisch von Elvira Kübler und Franz Karg länger auf, als sein stereotypes »Guten Appetit, alles in Ordnung bei Ihnen?« in Anspruch nehmen konnte.

Scheint bitterernst zu sein, was er zu der Klunkerlady sagt!

Ja, dachte Fanni, zwischen den Brauen des Professors steht eine steile Falte, und Frau Kübler wirkt wie vor den Kopf geschlagen.

Womöglich macht er sie darauf aufmerksam, dass sie wieder einmal über und über mit Schmuck behängt ist! Vielleicht ist genau das ihre Marotte: Sie hält sich für einen Weihnachtsbaum!

Wahrscheinlicher ist wohl, dachte Fanni, dass er ihr Vorhaltungen wegen ihres Lebenswandels macht, sollte er etwas davon mitbekommen haben.

Kaum waren die Dessertteller leer, sprang Michaela auf. »Eine Runde Tischtennis im Glasanbau. Wer macht mit?«

Fanni ging auf ihr Zimmer.

Sie schaltete den Laptop ein, um nachzusehen, ob Leni eine E-Mail geschickt hatte.

Im Posteingang fand sich tatsächlich eine Nachricht. Als Fanni sie öffnete, stellte sie erfreut fest, dass Leni nicht nur ein paar Zeilen, sondern eine ganze Seite geschrieben hatte. Gespannt nahm sie an dem kleinen Tisch in ihrem Zimmer Platz, setzte die Brille auf und begann zu lesen.

Leni schrieb, wie geplant hätten sie und Marco einen Zwischenstopp in Chile eingelegt, bevor sie nach Argentinien weiterreisen würden. Momentan befänden sie sich in der Salzwüste Uyuni und wohnten in dem Hotel Tayka de Sal, das ganz aus Salzblöcken gebaut war: *»… am Rande der Wüste liegt das Dorf Tahua, dahinter erhebt sich der Vulkan Tunupa …«*

Ein Klingelton ließ Fanni aufschrecken. Sie musste ein paar Augenblicke lang nachsinnen, bis ihr klar wurde, dass er von ihrem Handy kam. Bevor sie in die Parkklinik übergesiedelt war, hatte sie ihren Kindern, Hans Rot und auch Sprudel versprochen, es tagsüber eingeschaltet zu lassen. Bisher hatte sie sich auch daran gehalten.

Fanni stand auf und lief zum Nachttisch hinüber, wo sie es aufbewahrte. Insgeheim hoffte sie, Sprudel würde sich noch einmal melden.

Kannst es wohl nicht erwarten, ihm die neuesten Neuigkeiten zu berichten? In reißerischen Schlagzeilen womöglich: Tillman Bogner homosexuell! Milchbarts Talisman am Eingang zum Büro des Professors gefunden!

Ernüchtert registrierte sie auf dem Display die Festnetznummer des Telefonanschlusses Erlenweiler 8.

Hans Rot klang aufgekratzt.

Er klingt nach drei Weißbier und einer Runde Schnaps!

»Fannilein«, rief er, »sagtest du nicht, dass seit gestern deine Vormittagstermine gestrichen sind?«

»Doch bei Weitem nicht alle …«, begann Fanni vorsichtshalber, aber Hans ließ sie nicht ausreden.

»Morgen gegen zehn hole ich dich ab, wir fahren in unser Haus nach Erlenweiler, und ich koche für uns.«

Er kocht? Jesus, seit wann kann Hans Rot kochen?

Ja, seit wann denn bloß?, dachte Fanni. Früher konnte er sich kaum ein Butterbrot schmieren.

»Du machst den Salat, und ich bereite die Forelle zu«, sagte Hans. »Lass dich überraschen.« Nach einer kurzen Pause fügte er hinzu: »Du freust dich doch?«

Hans Rot bereitet eine Forelle zu! Er muss komplett besoffen sein! Ich korrigiere mich: fünf Weißbier und drei Runden Schnaps!

Fanni blieb ihrem Mann die Antwort schuldig.

»Also dann – ausgemacht«, sagte er und legte auf.

Fanni beschloss, das Handy abzuschalten. Sie hatte genug für heute, und außerdem wollte sie früh zu Bett gehen.

Bevor sie das kleine Badezimmer betrat, um zu duschen und sich jenen Verrichtungen zu widmen, die sie allabendlich vornahm, stellte sie den Wecker an ihrem Bett auf fünf Uhr.

Sie hätte beim besten Willen nicht sagen können, warum,

aber der frühe Morgen schien ihr für den geplanten Einbruch am geeignetsten.

Fanni erwachte noch vor dem Läuten des Weckers, schlüpfte in die schwarze Stretchhose, die sie immer zur Gymnastik trug, und in eine dunkelgraue Fleecejacke, dann verließ sie leise ihr Zimmer.

In den Fluren brannten winzige grüne Lämpchen, die ein mattes, aber ausreichendes Licht gaben.

Als Fanni bei Marita Bogners Behandlungsraum ankam, zückte sie ihre Nagelschere und zögerte keine Sekunde, das Klebeband entlang der Türöffnung aufzuritzen. Erst als sie die Hand auf die Klinke legte, kam ihr der Gedanke, es könne abgeschlossen sein.

In Fernsehkrimis greift man in solchen Fällen zur Scheckkarte, und ruck, zuck ist man drin.

Doch die Tür gab nach, ließ sich geräuschlos öffnen. Fanni glitt hindurch und drückte sie hinter sich wieder ins Schloss.

Aufatmend blieb sie stehen. Entgegen ihrer Erwartung zeigte sich der Raum in sanfte Helligkeit getaucht. Durch das vergitterte Fenster drang das Licht der Laternen im Park, die offenbar Tag und Nacht brannten. Unwillkürlich trat Fanni ans Fenster und schaute hinaus. Zwischen vereinzelten Bäumen sah sie das schwarze Wasser des Teichs hindurchschimmern. Davor wand sich die gepflasterte Trasse, die zum Haupteingang führte. Von diesem Weg zweigte auf Höhe des Kräutergärtchens ein schmalerer ab, der direkt unterhalb des Fensters vorbeiging, an dem Fanni stand, und zur Ostseite des Klinikgebäudes verlief, wo sich der Parkplatz des Klinikpersonals befand.

Fanni ließ den Blick prüfend über das Fenstergitter aus Schmiedeeisen gleiten, suchte nach einem Durchschlupf. Die Stäbe wiesen einen Abstand von höchstens fünf Zentimetern voneinander auf, und obwohl sie sich im unteren Drittel weit nach außen wölbten, waren sie ringsum fest im Mauerwerk verankert.

Du hattest schon recht, als du zu Milchbart sagtest: Da kommt gerade mal ein Mäuschen durch oder eines jener Haselnüsse sammelnden Eichhörnchen, die man hier überall sieht.

Fanni nickte bestätigend, drehte sich um und wandte ihre Aufmerksamkeit dem Behandlungsraum zu.

Im Licht der Laternen konnte sie den Schreibtisch ausmachen, den Stuhl, in dem Marita Bogner gestorben war, dahinter den Paravent und daneben den Bauernschrank, in den die Therapeutin jeden Morgen ihren Mantel gehängt hatte.

Wenn du Details erkennen willst, wirst du die Stirnlampe benutzen müssen!

Fanni entschied sich anders. Zielstrebig ging sie zur Tür und betätigte den Lichtschalter.

Bist du irre? Was, wenn jemand vorbeikommt und merkt, dass hier drin Licht brennt?

Das Risiko muss ich eingehen, dachte Fanni. Mit der Stirnlampe kann ich mir nämlich keinen so guten Überblick verschaffen.

Sie blieb an der Tür stehen und schaute sich ausgiebig im Zimmer um. Dann wandte sie sich der Wand zu, die an den Behandlungsraum von Frau Becker angrenzte.

Fanni öffnete den Bauernschrank, stieg hinein und tastete die Rückwand ab, um festzustellen, ob sie sich wegschieben oder aufklappen ließ.

»Massiv und fugenlos eingepasst«, murmelte sie, als sie wieder herauskam.

Sie befühlte die Vertäfelung hinter einem Bücherbord nach verräterischen Rillen und Vertiefungen. Nichts. Keine Ritze, kein verstecktes Scharnier.

Verstimmt marschierte sie zur Außenwand und hob nacheinander die beiden großen Aquarelle an, die links vom Fenster hingen, um dahinterspähen zu können.

Was sollten die Bilder denn verdecken – dort oben an der Wand? Ein Flugloch? Glaubst du, der Mörder hat sich in eine Fledermaus verwandelt wie Graf Dracula?

Die Erkundungstour hatte Fanni ans Fenster geführt, unter dem sich die Heizkörperverkleidung befand.

Die kann ja nicht allzu fest sitzen, dachte sie. Ventile und was weiß ich müssen ja zugänglich sein.

Sie packte den Holzrahmen, auf den ein Geflecht aus Plastik

gespannt war, mit beiden Händen und rüttelte daran. Knirschend und schmatzend löste er sich aus seinen Halterungen. Vorsichtig ließ sie ihn auf den Boden gleiten, bevor sie ihn mit dem Fuß zur Seite schob, um die Nische dahinter zu inspizieren.

Der Heizkörper war etwas kleiner, als die Vertiefung zugelassen hätte. Zwischen dem linken Wandteil und dem Anschlussgestänge gab es eine Lücke, in der eine Blechdose stand.

Fanni griff ohne Zögern danach, öffnete den Deckel und fand einen USB-Stick darin. Sie angelte ihn heraus und steckte ihn ein. Die Dose stellte sie zurück, dann brachte sie die Heizkörperverkleidung wieder an.

Gewissenhaft tastete sie noch das lebensgroße Poster in der Ecke ab, auf dem die Nervenleitbahnen des Menschen abgebildet waren, um feststellen zu können, ob sich Unregelmäßigkeiten im Mauerwerk dahinter fühlen ließen. Nichts.

Schließlich begab sich Fanni zur rückwärtigen Wand des Zimmers, die von dem Paravent fast zur Hälfte verdeckt war.

Muss man sich nicht fragen, wozu in einem Behandlungsraum, in dem nur Gesprächstherapien durchgeführt werden, ein Paravent wie im Sprechzimmer eines Gynäkologen nötig ist?

Sie rückte den Sichtschutz weg, um mehr Bewegungsfreiheit zu haben. Wie sie angenommen hatte, zeigte sich die Wand dahinter weiß gekalkt und kahl. Eigensinnig begann Fanni, sie abzuklopfen.

Herrgott noch mal, wir befinden uns in einem Neubau, nicht im Keller einer mittelalterlichen katholischen Abtei!

Der Paravent, dachte Fanni, während sie auf das Geräusch horchte, das ihre Knöchel an der Mauer verursachten, wozu er wohl dient? Vielleicht, sagte sie sich nach einigem Überlegen, ist es ja doch nötig, dass der eine oder andere Patient seine Kleidung – oder Teile davon – ablegen muss, weil sich der Therapeut an seinem Körper etwas ansehen will, Narben von Misshandlungen beispielsweise oder selbst beigebrachte Verletzungen.

Unwillkürlich erwartete sie daraufhin einen besserwisserischen Kommentar ihrer Gedankenstimme, der jedoch ausblieb.

Als Fanni sich bückte, um die Wand oberhalb der Fußbodenleiste zu inspizieren, entdeckte sie die Klappe. Sie war aus Metall und maß ungefähr fünfzig Zentimeter im Quadrat. Als Fanni dagegendrückte, ging sie auf und gab eine entsprechend große Öffnung frei.

Diese Klappen sind doch im ganzen Gebäude zu finden! Das sind die Zugänge zu den Wäscheschächten!

Fanni nickte bestätigend. Sie hatte schon hie und da beobachten können, wie eine der Putzkräfte schmutzige Bettwäsche oder benutzte Handtücher in den Wäscheschacht stopfte, der sich in einer der Abstellkammern auf ihrem Flur befand. Demnach schien es naheliegend, dass solche Schächte auch auf allen anderen Fluren eingebaut waren; weitere gab es vermutlich im Durchgang vom Speiseraum zur Küche, im Treppenhaus und neben dem Entspannungsraum, wo die Matten täglich mit frischen Laken bezogen wurden.

Aber weshalb, fragte sich Fanni irritiert, gibt es in Frau Bogners Behandlungszimmer ebenfalls einen Wäscheschacht? Ist er da nicht völlig überflüssig?

Darauf blieb ihre Gedankenstimme die Antwort vorerst schuldig.

Womöglich war dem Zimmer ursprünglich eine andere Funktion zugedacht, sinnierte Fanni weiter.

Genau, meldete sich die Gedankenstimme nun wichtigtuerisch, *sicherlich war er als Teeküche vorgesehen! Oder vielleicht als Massageraum?*

Fanni hatte indessen die Stirnlampe eingeschaltet und leuchtete damit in den Schacht hinein.

Du glaubst doch nicht etwa, der Täter wäre hier durchgekrochen?

»Ich«, sagte Fanni leise, »würde durchpassen.« Und zum Beweis dafür steckte sie Arme, Kopf und Schulter in den Schacht. Der Lichtkegel der Lampe, die sie sich aufgesetzt hatte, zeigte ihr, dass er schräg abwärts verlief und circa eineinhalb Meter lang war.

Fanni robbte vorwärts.

Spinnst du? Was, wenn du stecken bleibst? Was, wenn du wie eine Kanonenkugel durchschießt und mit dem Kopf irgendwo unten aufschlägst?

»Was, wenn ich einfach tue, was mir passt?«, sagte Fanni und robbte weiter. Als sie den Po in den Schacht zwängte, merkte sie, dass er genau die richtige Größe hatte, sodass sie weder zu schnell abwärtsrutschen noch stecken bleiben konnte.

»Ätsch!«

Du bist albern und kindisch, Fanni Rot! Ach, was sag ich, völlig plemplem bist du!

Fannis Kopf und Arme waren an der jenseitigen Öffnung des Schachtes angelangt. Ihr gesamter Körper steckte in der Röhre, nur die Füße ragten noch ins Bogner'sche Behandlungszimmer. Sie presste die Fußrücken an die Mauer, sodass sie einen Widerhaken bildeten, der ihrem Körper Halt gab.

Als ihre Stirnlampe den Raum beleuchtete, in dem der Schacht endete, gewahrte Fanni auf dem Fußboden eine Ansammlung hellfarbiger Hügel, die wie verfallene Iglus wirkten. Sie richtete den Lichtkegel auf einen davon und erkannte, dass es sich um einen Wäscheberg handelte.

Klar, das ist die Sammelstelle! Wohin sollten die Schächte denn sonst führen?

Wie offene Mäuler reihten sich die Ausgänge der Röhren auf halber Höhe an den Wänden des Wäschekellers entlang, und unter den meisten lag ein mehr oder weniger großer Hügel.

Fanni schätzte die Entfernung von den Öffnungen zum Boden und kam auf gut einen Meter.

Du wirst dir den Schädel einschlagen, wenn du es versuchst!

Widerwillig musste Fanni der Gedankenstimme recht geben. Jeglichen Halt aufzugeben und komplett durch die Röhre zu rutschen war gefährlich. Wenn man dabei keine Gehirnerschütterung riskieren wollte, hätte man im Handstand auf dem Boden landen müssen, doch das traute sie sich nicht zu.

Himmel, Arsch und Zwirn! Fanni Rot gelangt zu einer weisen Entscheidung!

Fanni ächzte, weil ihre Füße inzwischen so verkrampft waren, dass sie zu schmerzen begannen.

Und diese nervtötende Gedankenstimme, dachte sie ärgerlich, hat doch ständig was zu palavern. Sie ist aufdringlich, selbstherrlich, vorlaut, frech und bedient sich einer Ausdrucksweise, die aus dem Repertoire von Hans Rot und seinen Vereinsbrüdern zu stammen scheint.

Das dir gut vertraut ist! Bist du nicht oft genug dabei gewesen, wenn einer der Kegelbrüder Geburtstag gefeiert hat; wenn der Schützenverein wieder einmal ein gemeinsames Abendessen wegen Gott weiß was veranstaltete; wenn in Birkdorf Kirchweih war?

Inzwischen hatte Fanni noch einmal in die Runde geleuchtet, und erst jetzt fiel ihr auf, dass sich der Schacht, in dem sie steckte, etwas abseits von den anderen in einer kleinen Nische befand. Unter der Öffnung lag erwartungsgemäß keine Schmutzwäsche. Als sie den Lichtstrahl senkrecht richtete, erkannte sie einen Haufen Staubflusen und mittendarin ein kleines Knäuel. Fanni starrte es lange an.

Die Tatwaffe?

Darauf möchte ich wetten, dachte Fanni. Sie sah jedoch ein, dass es unmöglich war, an das Knäuel heranzukommen, ohne kopfüber auf den Betonboden zu stürzen. Sie würde sich vom Treppenhaus aus einen Weg durch den Keller des Gebäudes zu dieser Wäschesammelstelle suchen müssen.

Dann wird es jetzt wohl Zeit, die enge Röhre zu verlassen!

Plötzlich fühlte sie Panik in sich aufsteigen.

Kein Wunder! Du hattest ja als Kind schon Klaustrophobie! In Aufzügen beispielsweise!

Fanni krallte die Finger um den Rand der Öffnung und versuchte, sich rückwärtszuschieben. Sie stemmte und drückte, wand sich wie eine Schlange und strampelte mit den Beinen. Als sie sich bis zur Taille aus dem Schacht befreit hatte, musste sie ein paar Augenblicke lang keuchend liegen bleiben, bevor sie Oberkörper, Kopf und Arme nachschieben konnte. Letztlich ließ sie die Hände einen Moment zu lange am Schachtrand liegen, sodass sie von der Klappe, die sich mit einem dumpfen Knall schloss, eingeklemmt wurden. Fanni drückte mit der Stirn dagegen, damit sie sich noch mal einen Spalt öffnete und ihre Finger freigab.

Dann kauerte sie auf dem Fußboden und wartete darauf, wieder zu Atem zu kommen. Als sie endlich aufstand, bemerkte sie, dass die Morgendämmerung bereits angebrochen war.

Du solltest machen, dass du hier wegkommst, bevor der Hausmeister, die Putzfrauen, die Morgenschicht und Hornschuh persönlich eintrudeln!

Fanni schaltete die Stirnlampe aus, schob sie in die Hosentasche und beeilte sich, den Paravent wieder an Ort und Stelle zu rücken. Unglücklicherweise befand sie sich dabei mit dem Rücken zum Fenster, weshalb sie nicht sehen konnte, dass von dort, wo der Parkplatz für das Klinikpersonal lag, jemand gekommen und direkt unterhalb des Fensters stehen geblieben war. Jene Person hatte die Augen zusammengekniffen und suchte das noch immer erleuchtete Zimmer ab. Schließlich saugte sich ihr Blick an Fanni fest. Nach einigen Sekunden ging sie weiter, bog in den Weg ein, der zum Haupteingang führte.

Indessen hatte Fanni den Wandschirm zurechtgerückt und sich vergewissert, dass er wieder genauso dastand wie zuvor. Dann schaute sie sich ein letztes Mal im Raum um, wobei sie einen bedauernden Blick auf den Schreibtisch warf.

Den kannst du getrost unbeachtet lassen, da entgeht dir nichts! Maritas Schreibtisch ist von den Ermittlern garantiert nach allen Regeln der Kunst durchsucht worden!

»Sollte man wohl annehmen«, murmelte Fanni, während sie die paar Schritte zur Tür zurücklegte. Dort schaltete sie die Deckenlampe aus und verharrte dann eine Zeit lang mit dem Ohr an der Türfüllung.

Mucksmäuschenstill da draußen im Flur! Keine Schritte, kein Rascheln, kein Räuspern!

Fanni schlüpfte hinaus.

8

»Du wirst staunen, wie gut das schmeckt«, sagte Hans Rot.

Fanni stand in ihrer (angeblich ehemaligen) Küche und schnitt eine Zwiebel klein.

Gedächtnislücke hin oder her, es ist doch wohl deutlich zu sehen, dass du schon lange nicht mehr hier gewesen bist!

Ich habe nie eine der Informationen angezweifelt, die mir Leni hinsichtlich der vergangenen sechs Jahre gegeben hat, verteidigte sich Fanni mechanisch, bevor ihr einfiel, dass sie ihrer Gedankenstimme keine Rechenschaft schuldig war.

Hans Rot hatte neben ihrem Schneidebrett eine Edelstahlpfanne auf dem Küchentresen abgestellt, in der ein roher Fisch in einer beängstigend großen Ölpfütze schwamm, über den er soeben großzügig Pfeffer streute.

»Nimm ruhig noch eine Zwiebel«, sagte er. »Je mehr, desto besser.«

Fanni holte eine weitere Zwiebel aus dem Korb und schälte sie unter dem laufenden Wasserhahn, weil sie aus langer Erfahrung wusste, dass ihr so die Augen weniger tränen würden.

»Weißt du, wie ich draufgekommen bin, sie so zuzubereiten?«, fragte Hans Rot.

Ob es dich nun interessiert oder nicht, gleich wird er dir mitteilen, was ihn – wann auch immer – dazu gebracht hat, eine Forelle in eine Pfanne zu befördern, um sie zu braten!

»Böckl hat mir einmal eine aus seiner Zucht geschenkt«, sagte er auch schon. »Unser Nachbar, Jäger Böckl, du erinnerst dich doch an ihn.«

Fanni legte den Nachsatz als Feststellung aus und ersparte sich die Antwort.

Wie sollte sie sich denn nicht an die Böckls erinnern, die jahrzehntelang ihre Nachbarn gewesen waren. Jonas Böckl, der ungebärdige Sohn des Paares, hatte mit seinen Schandtaten in den Achtzigern schier tagtäglich für Furore in Erlenweiler gesorgt. Er war fünf Jahre jünger als Leni und hatte damals manche

Ohrfeige von ihr bezogen. Später allerdings, als Jonas erwac wurde und seinen Übermut allmählich unter Kontrolle brac..., hatten sich die beiden gut verstanden.

»Böckl hat nämlich vor zwei Jahren die Fischweiher gepachtet, die in der Nähe des Birkdorfer Sportplatzes am Perlbach liegen«, fuhr Hans fort. »Erinnerst du dich an die terrassenförmig angelegten Fischweiher?«

»Hans«, sagte Fanni darauf heftig, »ich habe eine Gedächtnislücke, die zugegebenermaßen sechs Jahre umfasst. Aber ich leide weder unter Alzheimer, noch bin ich dement.«

Hans Rot nahm den Salzstreuer und ließ einen ergiebigen Schauer auf den Fisch prasseln. »Wie gesagt, Böckl züchtet neuerdings Forellen und hat mir vor einiger Zeit eine geschenkt. Obwohl ich, wie du dir denken kannst, nicht die geringste Ahnung hatte, was ich damit anfangen sollte, habe ich sie angenommen. Als ich zu Hause war, ist mir die Tiefkühltruhe eingefallen. Rein mit dem Ding, habe ich gedacht. Ich stand schon im Keller, da ist mir der Gedanke gekommen, dass es ja eigentlich nicht so schwer sein kann, einen Fisch zu braten. Du brauchst nur eine Pfanne, habe ich mir gesagt. Als Zutaten genügen vermutlich Salz, Pfeffer und reichlich Öl. Was du aber auf alle Fälle noch brauchst, ist ein scharfes Feuer unter deiner Pfanne.«

»Eine Hitzequelle«, bestätigte Fanni. »Und da wurde es problematisch. Du warst so weit, die Flinte ins Korn zu werfen.«

»Als ich an den Küchenherd dachte, schon«, gab Hans zu. »Dieses Glasfeld ohne richtige Kochplatten ist mir einfach nicht geheuer. Aber dann kam mir der Gaskocher in den Sinn.«

Im Gegensatz zu Fanni Rot vermag Hans Rot einen Gaskocher zu bedienen! Sie *hält es ja für spitze, am Elektroherd einen Schalter drehen zu können!*

Hans nahm die Pfanne in die eine Hand, eine Flasche Bier in die andere, klemmte sich die gestrige Zeitung unter den Arm und wandte sich zum Gehen. »Willst du zusehen?«

Fanni verneinte. »Ich mache inzwischen den Salat.« Hans nickte wohlwollend und verschwand.

Fanni schnitt die Blätter eines Chinakohls in schmale Streifen, dann schälte sie eine Orange. In den Wintermonaten hatte sie schon immer Salate mit Orangenstücken bevorzugt, und zu Chinakohl, fand Fanni, passten sie am besten.

Aus dem Keller zog ein Duft herauf, der sie lebhaft an die Fischbratereien auf Volksfesten erinnerte. Sie musste nicht hinuntergehen, um das Bild vor Augen zu haben, das sich in dem Kellerraum bot, den Hans Rot normalerweise als Werkstatt benutzte. Jede Einzelheit dort war ihr so genau in Erinnerung, als wäre sie erst vor ein paar Minuten unten gewesen, um die beigefarbenen Kacheln zu scheuern.

Stirnseitig befand sich eine stabile, fest verankerte Arbeitsplatte samt Schraubstock. Darunter sowie an sämtlichen Wänden entlang gab es Fächer für Werkzeug, Farbdosen, Kabel und Glühlampen, Rohrstücke und Dichtungen, Brettchen und Holzkeile – alles, was zur Durchführung kleinerer Reparaturen im Haus nötig war.

Weil es Hans Rot offenbar daran gelegen war, den gefliesten Boden in seiner Werkstatt hell und sauber zu halten, hatte er Fanni ständig mit neuen Putzmitteln versorgt, die sie gehorsam Woche für Woche verwendete. Zudem achtete er stets darauf, die Kacheln nicht zu verunreinigen.

Deshalb hat er auch die alte Zeitung mit hinuntergenommen, dachte Fanni.

In ihrem Kopf formte sich das Bild der Pfanne mit dem Fisch darin, die jetzt auf dem voll aufgedrehten Gaskocher stand. Das siedende Öl zischte und spritzte, weshalb Hans den Boden mit dem Zeitungspapier ausgelegt hatte. Er selbst – darauf hätte Fanni schwören mögen – saß auf einem Klapphocker vor seiner Kochstelle und trank sein Bier. Ab und zu, mutmaßte Fanni, überlässt er wohl der Forelle einen Schluck. Das kalte Bier erzeugt dann eine Fontäne im heißen Fett.

Hans wird aber den Fisch sehr oft wenden müssen, damit nichts anbrennt, ging es ihr nach einer Weile durch den Kopf.

Sie ahnte nicht, wie oft und wie intensiv er die arme Forelle mit seinem Pfannenwender traktierte.

»Essen ist so weit«, rief Hans Rot, kaum dass Fanni den Salat fertig hatte.

Das Zischen von heißem Öl kündigte sein Kommen an. Sie eilte zum Esstisch und legte den dicken Korkuntersetzer bereit. Dann holte sie zwei Teller samt Besteck, die Schüssel mit dem Salat und den Korb mit dem Weißbrot, das Hans auf dem Weg zur Parkklinik gekauft hatte, wo er Punkt zehn Uhr aufgekreuzt war, um Fanni wie angekündigt abzuholen.

Fanni setzte sich an den Tisch und warf einen Blick in die Pfanne. Die Forelle sah aus, als hätte man sie durch den Fleischwolf gedreht.

Nicht ganz!

Nein, nicht ganz, dachte Fanni.

Die Rückengräte, an der sogar noch die Schwanzflosse hing, war komplett erhalten geblieben. Der Fischkopf, zwar deutlich ramponiert, aber noch komplett, klebte am Pfannenrand. Zwischen den braunen Krümeln, in die sich der Rest der einst anmutigen Forelle verwandelt hatte, ragten ein paar vereinzelte große Gräten wie Fangzähne heraus. Hier und dort entdeckte Fanni eine Bauchflosse, und irgendwo erspähte sie ein kleines weißes Bällchen, das nichts anderes sein konnte als eins der Augen.

»Das ist der Trick dabei«, sagte Hans Rot. »Schön knusprig – ohne anzubrennen – wird das Ganze nur, wenn man den Fisch durch ständiges Wenden total zerstört.« Er legte ein Häufchen der mit Gräten und Häuten durchsetzten braunen Krümel auf Fannis Teller. »Zuerst musst du alles Ungenießbare aussortieren.«

Und was bleibt dann übrig?

Viel war es nicht. Aber die braunen Krümel, von denen das Öl troff, schmeckten gut. Weil jeder einzelne nach einem Stück Weißbrot verlangte, würde das wenige, das Fanni als genießbar eingestuft hatte, leicht ausreichen, um sie satt zu machen.

»Schmeckt es dir?«, fragte Hans sichtlich gespannt.

»Sehr gut«, lobte Fanni. »Erstaunlich gut.«

Ich glaube allerdings nicht, dass dieses Forellenfrikassee mit einem Stern im Guide Michelin ausgezeichnet werden würde!

Fanni räumte gerade den Tisch ab, als es an der Haustür klingelte.

Geschäftig eilte Hans hinaus und kam mit Frau Praml zurück, die ein Arrangement aus Tannenzweigen, Erikasträußchen, Zimtstangen und einer mit Nelken gespickten Orange hereintrug.

»Endlich sind Sie zurück, liebe, liebe Frau Rot.«

Fanni starrte die Nachbarin erschrocken an, weil Frau Praml, deren Stimme normalerweise wie Bauer Kleins Kreissäge klang, alles daransetzte, zu zwitschern wie ein junges Vögelchen.

»Ich freue mich ja so sehr«, zirpte sie heiser. »Schauen Sie, ich habe Ihnen eines der Gestecke mitgebracht, die wir Mädels vom Frauenbund gestern gebastelt haben. Passt es nicht wunderbar auf Ihren Esstisch?« Sie stellte es auf den Korkuntersetzer, der noch da lag.

»Reizend«, sagte Fanni. »Hans wird bestimmt viel Freude daran haben. Ich muss ja leider wieder zurück in die Klinik. Meine Behandlung ist längst noch nicht abgeschlossen.«

Hast du Frau Praml je so enttäuscht dreinschauen sehen?

»Aber Sie könnten ja trotzdem öfter herkommen«, insistierte sie. »Am besten wäre, Sie ließen sich in der Parkklinik ambulant behandeln. Das würde vieles einfacher machen.«

Für Hans Rots Nachbarinnen allemal!

Ein Fannis Ohren vertrautes Summen zeigte an, dass Hans Rot die Espressomaschine eingeschaltet hatte.

Sogar das hat er inzwischen gelernt!

Und anscheinend weiß er mittlerweile auch, dass Frau Praml auf Latte macchiato mit viel Milchschaum steht, dachte Fanni.

Sie bot der Nachbarin einen Platz auf dem Sofa an und sagte liebenswürdig: »Sie bleiben doch auf ein Tässchen Kaffee?«

»Leider«, erwiderte Frau Praml mit ihrer gewöhnlichen Kreissägenstimme, »leider bleibt keine Zeit dafür. Die Kinder müssen nach Deggendorf gefahren werden – der Bub zum Zahnarzt, das Mädel zum Chorkreis.« Sie zwinkerte Fanni verschwörerisch zu. »Aber jetzt, wo Sie wieder da sind, haben wir ja jeden Tag Gelegenheit, uns auf ein Tässchen zu treffen.« Damit eilte sie in Richtung Hausflur.

»Die Praml hat recht«, sagte Hans Rot, als die Tür hinter der Nachbarin ins Schloss gefallen war. »Du solltest ab sofort wieder hier wohnen und die Therapie ambulant machen lassen, wenn sie denn unbedingt sein muss. Hier bist du wenigstens sicher.«

»Sicher wovor?«, fragte Fanni. Murmelnd fügte sie hinzu: »Vor nachbarlichen Ratschlägen, die aus abscheulichen Gestecken sprießen, jedenfalls nicht.«

Hans warf ihr einen fast mitleidigen Blick zu, bevor er erwiderte: »Einer der Kriminalbeamten hat mich aufgesucht.«

Fanni wurde es flau im Magen. »Und was wollte er von dir?«

Hans legte ihr den Arm um die Schultern, führte sie ins Wohnzimmer und zog sie neben sich aufs Sofa. »Er wollte wissen, inwieweit du dich seit dem …«, er stockte, um dann fortzufahren: »… Unfall verändert hast. Gab es Aktionen, die sie, kaum ausgeführt, sofort wieder vergessen hat?, hat er gefragt. Gab es eigenartige Verhaltensweisen? Und so weiter und so fort.« Hans drückte sie an sich. »Es wird eng, Fanni.«

»Das weiß ich«, antwortete Fanni, so standhaft sie es vermochte, und machte sich los. »Gerade deshalb bin ich in der Klinik am sichersten. Solange ich dort in Behandlung bin, wird man mich mangels Fluchtgefahr nicht verhaften.«

Erneut traf sie ein mitleidiger Blick. »Es könnte aber sein«, erwiderte ihr Mann, »dass man seitens der Klink keine Verantwortung mehr übernehmen will, denn die Indizien gegen dich verdichten sich drastisch. Wusstest du zum Beispiel, dass der Tatzeitpunkt ziemlich genau bei zehn Uhr liegt, obwohl man vorsichtshalber die Überprüfung der Alibis auf einen längeren Zeitraum ausgedehnt hat? Der Kriminalbeamte hat es mir verraten.«

Du hast die Wahl, Fanni, Erlenweiler oder Knast!

»Hans«, sagte Fanni nach kurzem Schweigen, »ich werde in der Parkklinik bleiben, bis man mich offiziell entlässt.«

Ihr Mann machte ein noch enttäuschteres Gesicht als zuvor Frau Praml.

Fanni ging in die Küche zurück und bückte sich, um die benutzten Teller in die Spülmaschine zu stellen. Als sie sich wieder aufrichtete, fiel ihr Blick auf das blinkende Lämpchen der Espressomaschine. »Willst du noch einen Kaffee trinken?«

Hans, der ihr gefolgt war, sah sie bittend an. »Ich dachte, wir könnten zusammen …«

»Ein andermal«, unterbrach ihn Fanni. »Es ist ja schon fast halb, und um zwei beginnt in der Parkklinik das Nachmittagsprogramm: Wassergymnastik, Yoga, Feldenkrais …«

An dem Fanni Rot nicht teilnehmen wird!

Nein, dachte Fanni, weil ich nachdenken muss – dringend.

Seit sie am frühen Morgen Frau Bogners Zimmer verlassen und den Riss im behördlichen Siegel mit Spucke zugeschmiert hatte, sodass er nicht gleich auf den ersten Blick zu sehen war; seit sie mit Rudolf Dorner (laut Alexander spielsüchtig) am Frühstückstisch gesessen und sich seinen Vortrag über Trabrennen angehört hatte; seit sie sich zurechtgemacht und auf Hans Rot gewartet hatte, war sie von dem Gedanken verfolgt worden, dass sie in Frau Bogners Behandlungsraum die Lösung des Falles direkt vor Augen gehabt hatte. Aber sie kam einfach nicht darauf, was sie – im Unterbewusstsein offenbar – zwar registriert, gleichzeitig jedoch abgetan haben könnte. Deshalb hatte sie beschlossen, sich so bald als möglich auf ihr Zimmer zu verziehen, um dort ungestört wieder und wieder all jene Eindrücke abspulen zu lassen, die sie am Morgen gewonnen hatte, und sie nach und nach mit den Informationen abzugleichen, die ihr bisher zugeflossen waren.

Und wenn du damit fertig bist, wirst du immer noch keine Zeit für Feldenkrais und Co haben, stimmt's?

Das stimmt, dachte Fanni. Weil ich – egal, zu welchem Resultat ich komme – noch heute mit Sprudel sprechen muss.

Hans Rot schaltete die Espressomaschine aus. Der Vorwurf in seinem Blick war schwerlich zu verkennen.

Fanni griff nach ihrer Jacke, klemmte sie unter den Arm und verließ das Haus.

Als sie gerade die Autotür öffnen wollte, sah sie einen Geländewagen von der Hauptstraße in den Erlenweiler Ring einbiegen.

Besitzt nicht Jäger Böckl so ein Fahrzeug?

Tatsächlich. Böckl hielt vor dem Rot'schen Grundstück an.

»Frische Forellen gefällig? Vor zehn Minuten erst gefangen, abgemurkst und ausgenommen. Frischere kriegst du nirgends.«

Hans Rot lief die Zufahrt hinunter.

Böckl hatte das Seitenfenster geöffnet und reichte Hans eine pralle Plastiktüte, woraufhin sich zwischen den beiden eine lebhafte Unterhaltung entspann.

Fanni konnte sich nicht recht dazu überwinden, ebenfalls an Böckls Wagen zu treten, obgleich die Höflichkeit es wohl erforderte. Noch unschlüssig ließ sie den Blick über die Strecke wandern, die sie bis zu dem Fahrzeug zurücklegen musste, als die Beifahrertür aufging und Böckls Sohn Jonas ausstieg.

Er winkte und stakste auf Fanni zu. »Da sind Sie ja wieder. Erst hieß es, Sie seien fortgezogen, und neuerdings heißt es, Sie hätten vergessen, dass unser schönes Erlenweiler überhaupt existiert.«

Fanni musste lachen. Sie fand die Art, wie Jonas Böckl mit der Sache umging, erfrischend und fühlte sich nicht im Mindesten gekränkt.

»Aber an mich werden Sie sich doch erinnern?«, fuhr Jonas fort. »Ich habe sogar manchmal bei Bauer Klein Milch für Sie geholt.«

»Und die Hälfte verschüttet«, erwiderte Fanni schmunzelnd, »weil du unterwegs Experimente mit der Zentrifugalkraft machen musstest. Wer könnte einen Spitzbuben wie dich schon vergessen?«

Soweit Fanni mitbekommen hatte, war Jonas inzwischen verheiratet, hatte zwei Kinder und wohnte mit seiner Familie in Deggendorf. Und hatte Hans nicht auch erwähnt, dass er mittlerweile das Geschäft seines Vaters übernommen und vergrößert habe und außer Bedarf für Jäger und Forstarbeiter nun auch elektronische Spitzfindigkeiten wie Nachtsichtgeräte und dergleichen führte?

»Ich hatte gar keine Ahnung, wie beliebt Sie in unserer kleinen Siedlung waren«, sagte Jonas gerade. »Jeder hier will Sie zurückhaben. Frau Praml, glaube ich, trägt sich sogar mit dem Gedanken, mit dem Frauenbund eine Pilgerfahrt nach Mariazell zu veranstalten, um für Ihre Rückkehr zu beten.«

Fanni schlüpfte in ihre Jacke, weil es viel zu kalt war, um in einem dünnen Pullover herumzustehen. Als sie den Reißverschluss zuzog, spürte sie etwas Hartes in einer der Taschen. Sie tastete danach.

Das ist der USB-Stick, den du vom Tatort geklaut und dessen Datei du auf deinem Laptop vergeblich zu öffnen versucht hast!

Während sie die Finger um das kleine Gehäuse schloss, sagte sie zu Jonas: »Du hast dich kein bisschen gebessert. Kein Respekt, keine Pietät ...«

»Kein Schiss«, vervollständigte Jonas.

Fanni umklammerte den Stick. »Ich wette, du schreckst nicht einmal davor zurück, dich in fremde Computer zu hacken.«

Jonas grinste und machte eine Geste, die Fanni im Sinne von »Eine meiner leichtesten Übungen« interpretierte. Rasch nahm sie die Hand aus der Tasche und präsentierte Jonas den Stick.

»Ich hätte da eine Herausforderung für dich.«

Jonas zog die Brauen hoch. »Passwortgeschützt?«

»Scheint so«, antwortete Fanni.

Jonas sah sie mit gerunzelter Stirn an. »Sie haben vergessen ...«

Fanni ließ ihn nicht ausreden. »Alles, was damit zusammenhängt.«

Jonas griff nach dem Stick. »Ich werde Sie doch nicht hängen lassen, Frau Rot. Klar helfe ich Ihnen, die blanken Stellen in Ihrem Hirn wieder zu beschriften.«

Während der Fahrt zur Klinik gab sich Hans wortkarg, wogegen Fanni nichts hatte, weil sie ohnehin lieber ihren eigenen Gedanken nachhing.

Erst als er den Wagen vor dem Eingangsportal zum Stehen brachte, sagte er in deutlich abfälligem Ton: »Dein Nachmittagsprogramm hat anscheinend längst begonnen.« Das Wort »Nachmittagsprogramm« klang aus seinem Mund, als würde er »Hundekacke am Schuh« oder »Katzenscheiße in der Einkaufstasche« sagen.

Fanni verzichtete darauf, auf die Bemerkung einzugehen. Stattdessen bedankte sie sich bei ihm dafür, dass er für sie gekocht hatte, und wünschte ihm einen schönen Nachmittag.

Nachdem sie ausgestiegen war und versonnen zugesehen hatte, wie er den Wagen wendete und davonfuhr, ging ihr auf, was Hans gemeint hatte, als er sagte, das Nachmittagsprogramm hätte bereits begonnen.

Der Eingangsbereich der Klinik ebenso wie die Zugangswege und auch der Park waren – soweit Fanni sehen konnte – menschenleer.

Kein Wunder! Einerseits befinden sich schon alle in den Behandlungsräumen, Gymnastiksälen und so weiter. Andererseits solltest du dich fragen, weshalb es am frühen Nachmittag plötzlich so dämmrig wird. Die Antwort darauf könnte dir übrigens ein Blick zum Himmel geben!

Graupelschauer, dachte Fanni, als sie zu den schwarzen Wolken hinaufschaute, die offenbar rasant aufgezogen waren. Solch geballte Schwärze mit gelbstichigem Hintergrund bringt einen kräftigen frühwinterlichen Schneesturm.

Sie wollte schon nach drinnen flüchten, doch dann überlegte sie es sich anders. Wetter hin oder her, sie wollte ein paar Schritte laufen, um den Kopf klarzubekommen.

Kluge Entscheidung, vor der Denkarbeit noch ein wenig Luft zu schnappen. Die Gehirnzellen brauchen Sauerstoff, um effizient tätig werden zu können!

»Klugscheißer«, brummte Fanni.

Sie schlang sich den Schal, der lose über der Jacke hing, doppelt um den Hals, stellte den Kragen auf und zog sich die Mütze, die sie stets in einer der Taschen stecken hatte, über die Ohren. Dann stiefelte sie resolut in den Park hinein.

Auf dem Teich hatte sich über Nacht eine dünne Eisschicht gebildet, von der Nebelschwaden aufstiegen, die ein stürmischer Windstoß wie Tücher hin- und herwehen ließ. Die nächste scharfe Böe brachte die ersten Graupel mit, vermischte sie mit den Nebelfetzen zu einem trüben Gebräu.

Fanni blieb am Ufer stehen und starrte auf die verzerrten Spiegelungen im Eis.

Ringsherum knackte und knarzte es in den Bäumen. Von irgendwoher war ein Knistern und Prasseln zu vernehmen.

Das sind die abgestorbenen Äste, die der Sturm aus den Baumkronen bläst und dann einfach fallen lässt, dachte Fanni.

Als die Böe kurz abflaute, glaubte sie, hinter sich Schritte zu hören, kümmerte sich jedoch nicht darum.

Beim nächsten Windstoß begann sie zu frösteln und fühlte auf einmal, wie kalt ihre Füße geworden waren.

Jetzt aber marsch, marsch in die gute Stube!

Marsch, marsch, äffte Fanni ihre Gedankenstimme nach und wollte sich vom Wasser abwenden, um zum Klinikgebäude zurückzugehen.

Im selben Augenblick spürte sie einen kraftvollen Stoß. Vom Schwung ihrer eigenen Drehung profitierend, beförderte er sie aufs Eis, das mit einem vielstimmigen Knirschen brach.

Bevor sich Fanni darüber klar wurde, dass sie mitten in den Teich gefallen war, hatte sich ihre Kleidung bereits mit Wasser vollgesogen und zog sie hinunter.

Verdammt! Tu doch was! Mach Schwimmbewegungen, damit du an die Oberfläche gelangst!

Fanni fing an, mit den Beinen zu strampeln und mit den Armen zu rudern.

So tief, ging es ihr trotz aufkeimender Panik durch den Sinn, kann das Gewässer doch gar nicht sein. Wenn ich mit den Füßen auf den Grund trete, brauche ich mich ja nur aufzurichten, um mit dem Kopf aus dem Wasser zu kommen.

Tatsächlich fühlte sie schlammigen Boden, als sie die Füße sinken ließ. Aber sooft sie auch versuchte, darauf Halt zu finden, gab er nach.

Ihre Bewegungen wurden langsamer. Die inzwischen schier zentnerschwere Kleidung drückte sie unnachgiebig unter Wasser. Die Kälte begann sie zu lähmen. Ihre Sinne schwanden.

9

»Wie haben Sie es bloß angestellt, in den Teich zu fallen? In diesem Eistümpel hätten Sie doch erfrieren können – ertrinken!« Offenbar konnte sich Schwester Rosa zwischen den beiden Todesarten nicht recht entscheiden.

Fanni lag, ringsum von Wärmeflaschen umgeben, in ihrem Zimmer im Bett. Schwester Rosas Kopf schwebte über ihrem Gesicht.

Und sie sieht doch aus wie Gollum! Schau dir bloß das verschlagene Grinsen an!

Gollum ist eine hässliche Kreatur, widersprach Fanni ihrer Gedankenstimme, Schwester Rosa könnte als hübsch durchgehen, wenn sie nicht so hervorquellende Augäpfel und einen etwas kleineren Mund hätte.

Eben!

Fanni gab auf und ließ zu, dass die bleierne Müdigkeit, die wie eine Decke über ihr lag, sie wieder übermannte.

Doch erneut wurde sie von Schwester Rosas Stimme aus ihrem Dämmerzustand gerissen.

»Ich mag gar nicht dran denken, wie es hätte kommen können, wenn Alexander Sie nicht herausgefischt hätte«, brabbelte sie. »Und jetzt weicht er nicht mehr von Ihrer Seite, als müsste er Sie bewachen.«

Fanni öffnete die Augen und sah Alexander in der Louisquinze-Imitation sitzen. Er grinste und winkte ihr zu.

Das Eiswasser muss dir ins Hirn gedrungen sein, du delirierst!

Schwester Rosa neigte sich ganz nah an ihr Ohr. »Er lässt sich einfach nicht wegschicken, obwohl ich ihm schon zigmal erklärt habe, dass Sie Ihr Bad im Teich gut überstanden haben und dass Ihnen jetzt nichts mehr passieren kann. Der Schreck und der Kraftakt, Sie herauszuziehen, sind für den armen Kerl wohl zu viel gewesen. Ich werde Professor Hornschuh bitten müssen, ihn zu sedieren, damit wir ihn auf sein Zimmer bringen können.«

Fanni ließ den Kopf von einer Seite zur anderen rollen und krächzte einen Laut, der sich wie »Nein« anhörte.

»Sie wollen, dass Milchbart hierbleibt?«, fragte Schwester Rosa überrascht.

Fanni klappte zweimal die Augen auf und zu.

Um Himmels willen, tu doch nicht so, als wärst du querschnittsgelähmt! Außerdem bist du schon so gut wie wieder aufgewärmt, und damit ist alles paletti!

Fanni war zu schwach, um sich gegen die Gedankenstimme aufzulehnen. Sie fühlte sich, als hätte sie einen Eisblock verschluckt, der sämtliche Körperfunktionen zum Erliegen brachte. Sie konnte vor Müdigkeit kaum denken, geschweige denn sich bewegen.

Unvermittelt schlief sie ein.

Als sie wieder erwachte – Fanni hatte keine Ahnung, wie viel Zeit inzwischen vergangen war –, herrschte draußen eine schwammige Dunkelheit, die das Licht der Parklaternen kaum zu durchdringen vermochte. Ihr Zimmer wurde jedoch von der kleinen Lampe auf dem Schreibtisch schwach erhellt.

Schwester Rosa war verschwunden.

Hier drin ist es so still wie in einem ausgeplünderten Pharaonengrab!

Fannis Blick glitt langsam durch den Raum, streifte Nachttisch und Kleiderschrank, Tür und Fenster – und blieb an der Louis-quinze-Imitation hängen. Darin saß Alexander. Er hatte den Korbstuhl davorgestellt und die Beine draufgelegt.

Fanni versuchte, ihn schärfer zu fokussieren.

Er ist eingeschlafen!

Ja, er schläft, bestätigte sie und machte ebenfalls die Augen wieder zu.

Als sie das nächste Mal erwachte, glaubte sie, Sprudel neben Alexander sitzen zu sehen. Es schien ihr so, als würden sich die beiden die Hände schütteln.

Kein Zweifel, kam sie dem Kommentar ihrer Gedankenstimme zuvor, ich deliriere, träume, phantasiere. Erneut schloss sie die Augen.

Was Sprudel wohl heute so gemacht hat?, ging es ihr durch den Kopf, bevor sie abermals wegdämmerte.

Am Vormittag – ungefähr zum selben Zeitpunkt, zu dem Fanni von Hans Rot in der Parkklinik abgeholt worden war – hatte sich Sprudel in seinen Wagen gesetzt und auf den Weg nach Bogen gemacht. Er wollte versuchen, an eine andere Kollegin Marita Bogners, Frau Aicha, heranzukommen, und hoffte, dieses Mal mehr Glück zu haben als mit Frau Becker.

Wenig später stellte er den Wagen vor der psychotherapeutischen Praxis Dr. Böhm ab und ging auf das fünfstöckige Terrassenhaus zu, dessen Hausnummer der Adresse entsprach, die er sich aus dem Telefonbuch herausgesucht hatte. Den Messingschildern nach befand sich Dr. Böhms Praxis im dritten Stock.

Klein, aber fein, dachte Sprudel, als er in den Empfangsbereich der Praxis trat.

Aufgeblasen, revidierte er sein Urteil, nachdem er die aufgebrezelte Dame am Tresen um einen Termin bei Frau Aicha gebeten hatte. Sie musterte ihn, als habe sie einen jener hässlichen Klingonen aus »Raumschiff Enterprise« vor sich, und beschied ihm, für Therapiestunden bei Frau Aicha seien zurzeit keine Termine zu vergeben.

»Wie lange denn nicht?«, erkundigte sich Sprudel.

»Sehr lange«, lautete die Antwort, verbunden mit einem Blick, der deutlich sagte: »Verschwinde, abstoßender Klingone, du nervst.«

»Soso«, machte Sprudel und sah sich mit gespielter Gleichgültigkeit im Raum um. Die hochnäsige Abfuhr ärgerte ihn. Musste er sich von diesem Dolly-Buster-Verschnitt tatsächlich vertreiben lassen wie ein streunender Köter?

Nein, dachte er, ganz so einfach werde ich es der Dame nicht machen. Herausfordernd gemächlich wandte er sich der dem Tresen gegenüberliegenden Wand zu, wo Werbebroschüren und Informationsmaterial aushingen.

Während Sprudel ein Faltblatt studierte, dessen Überschrift ihm versicherte, nichts sei leichter, als das Rauchen aufzugeben, hörte er die Empfangsdame telefonieren.

»Aber natürlich können Sie heute Nachmittag kommen, Herr Echmann«, flötete sie. »Dr. Böhm wird selbstverständlich Zeit für Sie haben.«

Sprudel steckte das Faltblatt zurück. Er wollte soeben nach einem anderen greifen, als er bemerkte, dass sich irgendwo in der Praxis eine Tür geöffnet hatte und Schritte sich näherten. Kurz darauf traten zwei Personen in den Eingangsbereich. Sprudel kannte sie beide von den Fotos im Foyer der Parkklinik. Frau Aicha war ihm zudem aus seinen Recherchen im Internet vertraut.

Frau Aicha und Bertie Seibold gaben sich soeben die Hand. »Kopf hoch, Bertie«, sagte Frau Aicha und nickte ihm aufmunternd zu, dann wandte sie sich ab und eilte davon.

Trotz des Zuspruches wirkte Seibold deutlich verstimmt, als er sich auf den Ausgang zubewegte.

»Aber Herr Seibold«, rief ihm die Empfangsdame nach, »Sie müssen mir ja noch sagen, ob und wann Sie wiederkommen wollen.«

Während sich Seibold umdrehte und auf den Tresen zuging, entschied Sprudel, dass es für ihn jetzt an der Zeit war, sang- und klanglos zu verschwinden. Wozu sich noch länger vor der Nase dieser Scharteke herumdrücken und es auf eine Konfrontation mit ihr ankommen lassen?, sagte er sich anerkennenswert vernünftig.

Er verließ das Terrassenhaus und machte sich auf den Weg zu seinem Wagen. Doch je weiter er sich von der Böhm'schen Praxis entfernte, desto langsamer wurden seine Schritte.

Was, fragte er sich, hat Seibold mit der Therapeutin besprochen? Warum sah er so verdrossen aus, als er wegging? Sind Therapiesitzungen nicht dazu da, den Patienten ihre Last zu erleichtern? Aber Seibold scheint nicht nur bedrückt, sondern auch deutlich verärgert.

Was er jetzt wohl vorhat?, dachte Sprudel und beschloss spontan, genau das herauszufinden. Eilends kehrte er zum Terrassenhaus zurück.

Seibold hatte das Gebäude bereits verlassen und sich in Richtung Stadtzentrum gewandt. Obwohl Sprudel vorsichtshalber großen Abstand zu ihm hielt, hatte er keine Mühe, ihn im Auge zu behalten, denn an diesem nasskalten Novembervormittag waren die Straßen nur wenig belebt. Seibold wirkte nach wie vor mürrisch, ließ die Schultern hängen und hielt den Kopf gesenkt. Dennoch schritt er kräftig aus, als wolle er rechtzeitig zu einer Verabredung erscheinen.

Er näherte sich dem Stadtplatz, bog jedoch kurz davor in eine Seitenstraße ab. Sprudel beeilte sich, aufzuholen, was ihm gerade noch rechtzeitig gelang, um mitzubekommen, dass Seibold ein recht einladend aussehendes Café betrat.

Auf Sprudels Gesicht breitete sich ein Lächeln aus. Seibold hätte ihm keinen größeren Gefallen tun können, als ihn hierherzuführen, wo es Kaffee und eine gut bestückte Kuchentheke gab.

Er sah auf seine Armbanduhr, ließ einige Minuten verstreichen, bevor er selbst die Schwingtür des Cafés öffnete und eintrat.

Zu diesem Zeitpunkt – fürs Frühstück zu spät und fürs Mittagessen zu früh – waren nur wenige Tische besetzt.

Dennoch musste Sprudel sich suchend umschauen, bis er Seibold an einem Ecktisch sitzen sah, der weit vom Eingang entfernt unter einem mit bunten Glasschmetterlingen behängten Weidenzweig stand.

Mit dem Vorsatz, sich am Nebentisch niederzulassen, steuerte Sprudel – nach einem Schlenker an der Kuchentheke vorbei – auf die Schmetterlinge zu.

Wenn ich es geschickt anfange, dachte er dabei, und es mir gelingt, Bertie Seibold in ein Gespräch zu verwickeln, ihm Vertrauen einzuflößen, dann verrät er mir vielleicht, was ihn wurmt. Schließlich kennt er mich nicht, kann zwischen der Parkklinik und mir keinen Bezug herstellen; und gibt es nicht dieses Phänomen, dass man einem Fremden manchmal mehr anvertraut als Menschen, die einem nahestehen?

Als Sprudel näher kam, bemerkte er, dass Seibold nicht allein war. Ihm gegenüber – vom breiten Rücken eines übergewichtigen Herrn bisher verdeckt – saß die Frau, der man in der Parkklinik am häufigsten über den Weg lief.

Fraglos würde Schwester Rosa, bekäme sie ihn zu Gesicht, ihn als denjenigen erkennen, den man beinahe täglich mit Fanni Rot zusammen sah.

Hastig schlug er einen Haken und verzog sich an einen kleinen Tisch, der gut zur Hälfte von einem Mauervorsprung verdeckt wurde. Nachdem er Platz genommen hatte, rückte er seinen Stuhl so zurecht, dass er Seibold im Blickfeld hatte. Probehalber beugte er sich ein Stück nach links und stellte erfreut fest, dass er auf diese Weise Schwester Rosa von schräg hinten ins Visier nehmen konnte, die gerade beschwörend auf Seibold einredete.

Während Sprudel einen Kaffee und ein Nusshörnchen bestellte, beobachtete er dessen Reaktionen, als würde er sich einen Stummfilm ansehen.

Bertie Seibold nickte mal zustimmend, mal schüttelte er den Kopf. Verbale Antworten gab er, wenn überhaupt, nur sehr kurze.

Im Laufe des recht einseitigen Gesprächs schien es Sprudel, als ob Seibolds Haltung von Minute zu Minute ablehnender würde.

Plötzlich stellte Seibold seine Teetasse, die er gerade an den Mund geführt hatte, mit einem Klirren auf den Unterteller zurück, stand auf und ging in Richtung Toilette.

Sprudel neigte sich vorsichtig zur Seite, um einen Blick auf Schwester Rosa werfen zu können. Sie wischte sich soeben die Stirn, als wäre ihr heiß und schummrig geworden. Daraufhin ergriff sie Seibolds Teekännchen, schenkte seine Tasse voll. Dann – Sprudel glaubte seinen Augen nicht trauen zu können – hielt sie auf einmal ein Medizinfläschchen in der Hand, aus dem sie einige Tropfen in Seibolds Tee fallen ließ.

Kurz danach kehrte Seibold zurück. Er setzte sich und trank die Tasse leer.

Sprudel hatte sich indessen wieder zurückgelehnt und versuchte sich einzureden, Schwester Rosa habe Seibold lediglich wohlmeinend ein leichtes Stärkungs- oder Beruhigungsmittel verabreicht.

Es muss wohl ein starkes Beruhigungsmittel gewesen sein,

revidierte er sich wenig später, als er beobachtete, wie Seibold den Kopf auf den angewinkelten Arm stützte und die Augen schloss.

Im nächsten Augenblick trat das hübsche junge Mädchen, das die Gäste im Café bediente, an Seibolds Tisch und zückte ihren Rechnungsblock. Schwester Rosa musste ihr ein Zeichen gegeben haben.

Sprudel rechnete damit, dass sie und Seibold das Café nun gleich verlassen würden. Deshalb signalisierte auch er, dass er bezahlen wolle, nachdem das Mädchen kassiert, sich vom Ecktisch abgewandt und sich umgesehen hatte, ob weitere Gäste nach ihr verlangten.

Während er sein Portemonnaie wieder einsteckte, den letzten Schluck Kaffee trank und nach seiner Jacke griff, konnte er beobachten, wie sich die beiden, untergehakt, als wolle einer den anderen stützen, auf den Ausgang zubewegten.

Sprudel musste nicht einmal besonderes scharf hinschauen, um festzustellen, wie schleppend Seibolds Schritte waren, wie schwer er an Rosas Arm hing.

Beunruhigt folgte er ihnen hinaus, sah sie die Straße kreuzen und wandte ihnen vorsichtshalber den Rücken zu, indem er so tat, als begutachte er das Warenangebot der zum Café gehörigen Konditorei. Zum Glück spiegelte sich in der blanken Schaufensterscheibe ganz deutlich, was vis-à-vis geschah. Schwester Rosa und Bertie Seibold waren an einer Parkbucht stehen geblieben. An einem Kleinwagen flackerten die Blinklichter auf, als er entriegelt wurde. Schwester Rosa half Seibold auf den Beifahrersitz, setzte sich ans Steuer und fuhr davon.

Das war's, dachte Sprudel, als ihm einfiel, wo sein eigener Wagen stand. Ende der Observierung. Beschatter abgehängt. Zielperson von fragwürdigem Individuum gekidnappt.

Sprudel kam gegen ein Uhr mittags nach Birkenweiler zurück. Er hatte gehofft, sein Anrufbeantworter würde eine Nachricht von Fanni abspielen, fand sich jedoch enttäuscht. Umgehend versuchte er, sie auf dem Handy zu erreichen, wo er mit der Ansage »Der Teilnehmer ist momentan nicht erreichbar … is not available … ist nicht erreichbar …« abgespeist wurde.

Demnach hatte Fanni ihr Mobiltelefon also abgestellt, obwohl es anders vereinbart gewesen war. Einerseits sah ihr das ähnlich. Andererseits war es nicht Fannis Art, einmal getroffene Absprachen einfach außer Kraft zu setzen. Sie konnte sich allerdings entschlossen haben, ein wenig zu mogeln, das Wörtchen »tagsüber« durch »täglich ein Stündchen« zu ersetzen.

Sprudel kannte Fannis Unwillen darüber, zu jedem beliebigen Zeitpunkt dem Klingeln eines Handys ausgeliefert zu sein.

»Dieses Ständig-erreichbar-sein-Müssen erinnert mich ein bisschen zu sehr an George Orwells Überwachungsstaat«, hatte sie einmal zu ihm gesagt. »Big Brother is watching you! Auf diesen Handyterror heutzutage gemünzt, könnte man fast sagen: Big brother is calling you!«

Sprudel hatte damals lachend geantwortet, dass ja niemand gezwungen sei, störende Anrufe entgegenzunehmen.

»Störend«, hatte Fanni gerufen. »Genau das ist der Punkt. Wenn der Anruf stört, dann stört er. Egal, ob ich ihn entgegennehme oder nicht.«

»Verstehe«, hatte Sprudel erwidert. Er verstand sie wirklich. Mit dem eingeschalteten Handy in der Hosentasche fühlte sich Fanni wie an ein Seil geknüpft, an dem jeder nach Lust und Laune ziehen durfte. Sie sah sich als Spielball ihrer Umwelt.

Vor ein paar Jahren hatte sie ihm einmal erzählt, dass ihr Mann sie als Soziopathin bezeichnet hatte. Das, dachte Sprudel, war falsch, gemein und ungerecht. Dennoch musste er zugeben, dass Sozialkompetenz nicht unbedingt eine von Fannis Stärken war.

Sosehr Sprudel sie auch liebte, so deutlich war er sich ihrer Schwächen immer bewusst gewesen, die sie ihm jedoch – wie konnte so etwas bloß sein? – nur umso liebenswerter machten.

»Sie wird sich melden«, sagte er jetzt laut und verordnete sich Geduld, was darauf hinauslief, dass er unruhig vor dem Telefon auf und ab marschierte. Während er vergeblich auf Fannis Anruf wartete, kam ihm Seibold wieder in den Sinn. Was, wenn der Mann in Gefahr schwebte? Was, wenn ihm Schwester Rosa ein Mittel verabreicht hatte, das ihn einschlafen und nie wieder aufwachen ließ? Was, wenn es ein weiteres Mordopfer gab, weil der ehemalige Kriminalkommissar Sprudel weder in dem Moment, als die Tat verübt wurde, noch irgendwann später das Geringste unternommen hatte?

Mit einem Aufstöhnen griff Sprudel zum Hörer, rief in der Parkklinik an und verlangte, mit Seibold verbunden zu werden.

Erwartungsgemäß erhielt er die Auskunft, Herr Seibold sei nicht im Hause. Da gab er vor, Seibold dringend Unterlagen zukommen lassen zu müssen, und bat um dessen Privatadresse. Erstaunlicherweise zögerte der Pförtner nicht, sie ihm zu geben.

Die Anschrift führte Sprudel in einen Stadtteil von Deggendorf, der sich Mietraching nannte. Der Block, in dem Seibold wohnte, befand sich gegenüber einer Gastwirtschaft.

Sprudel musste eine Weile suchen, bis er unter den vielen gleichartigen jenes Metallplättchen ausfindig gemacht hatte, in das »Seibold/Bogner« eingestanzt war. Endlich glitt sein Zeigefinger darüber hinweg und legte sich auf den Klingelknopf, der daneben angebracht war.

Angespannt wartete er auf das Summen des Türöffners, das jedoch ausblieb. Nach einigen Sekunden drückte er erneut auf den Knopf, klingelte wieder und wieder.

Irgendwann musste er einsehen, dass niemand öffnen würde, weswegen es wohl an der Zeit war, die Polizei über seine Beobachtung im Café zu informieren.

Er wollte sich gerade abwenden, um zu seinem Wagen zurückzukehren, da ging die Eingangstür auf, und ein älterer Mann mit Dackel kam heraus.

Sprudel nutzte seine Chance und schlüpfte hinein.

Eilends lief er die Treppen zum dritten Stockwerk hinauf, wo sich Seibolds Wohnung befinden musste, wenn die Anordnung der Namensschilder mit der Lage der Wohnungen übereinstimmte.

Er fand die gesuchten Namen an der dritten Tür, klingelte, klopfte und horchte. Nach einiger Zeit glaubte er ein Scharren und Rascheln zu hören.

Da rief er laut: »Herr Seibold! Sind Sie in Ordnung? Geht

es Ihnen gut? Mein Name ist Sprudel, ich wollte nach Ihnen sehen. Würden Sie mir bitte aufmachen.«

Weil er nicht wirklich damit gerechnet hatte, fuhr Sprudel zusammen, als tatsächlich die Tür aufging. Im nächsten Augenblick sah er sich einem schwankenden Seibold gegenüber, der sich am Türrahmen festhielt und sich sichtlich bemühte, seinen Besucher zu fokussieren.

Sprudel fasste sich rasch, hakte Seibold unter und führte ihn zu einer gepolsterten Sitzbank, die in der Diele stand. »Ich rufe einen Arzt.«

Seibold, der sich auf dem Bänkchen niedergelassen hatte und den Kopf an die Wand lehnte, winkte ab. »Nicht nötig. Ob mit oder ohne Arzt …« Seine Stimme versandete.

»Nein«, sagte der Arzt zwanzig Minuten später. »Es besteht keine Gefahr und deshalb auch keine Veranlassung, Herrn Seibold ins Krankenhaus einzuweisen. Mit dem Tranquilizer, den er offenbar eingenommen hat, scheint er es zwar etwas zu gut gemeint zu haben, das ist aber auch alles. Er wird sich gründlich ausschlafen müssen. Wenn möglich, sollte man sich ein bisschen um ihn kümmern.«

Sprudel versprach, dafür Sorge zu tragen, woraufhin sich der Arzt freundlich verabschiedete.

Nachdem er fort war, brachte Sprudel den halb wachen Seibold ins Schlafzimmer, half ihm ins Bett, setzte sich daneben auf einen Stuhl und holte sein Handy hervor, um die Polizei darüber zu informieren, was geschehen war. Er tippte zwei Ziffern ein, dann löschte er sie wieder. War es nicht gescheiter, Schwester Rosa erst einmal zur Rede zu stellen, bevor er sie bei der Polizei anzeigte? Es zog ihn ohnehin mit aller Macht in die Parkklinik, denn unter Fannis Handynummer vernahm er zum x-ten Mal dieselbe Ansage: »… nicht erreichbar … not available …«

Hastig machte sich Sprudel auf die Suche nach der Küche, füllte ein Glas mit Wasser, eilte zu Seibold zurück und stellte es auf den Nachttisch. Er vergewisserte sich, dass Seibold fest schlief, und verließ fluchtartig die Wohnung.

Gegen fünf Uhr traf er bei der Klinik ein. Es war bereits dunkel, selbst das künstliche Licht der Laternen schien von vorüberziehenden Nebelschwaden restlos aufgesogen zu werden. Der steife Wind machte die schon den ganzen Tag herrschende Kälte noch spürbarer.

In der Pförtnerloge fand offenbar gerade Schichtwechsel statt, was Sprudel sehr zupasskam, denn er wollte als Erstes nach Fanni sehen. Schwester Rosa konnte noch ein wenig warten.

Gesenkten Hauptes eilte er an den beiden Männern vorbei, die sich gemeinsam über einen Computerausdruck beugten, und lief, ohne zu zögern, die Treppe zu den Patientenzimmern hinauf.

Im Flur der ersten Etage musste er jedoch stehen bleiben, weil er keine Ahnung hatte, wohin er sich nun wenden sollte. Fanni hatte ihn nie mit nach oben genommen, und bisher hatte es keinen Grund gegeben, sich nach ihrer Zimmernummer zu erkundigen. Im Krankenhaus, ja, da hatte er zusammen mit Leni tagtäglich an Fannis Bett gesessen. Aber hier in der Klinik waren Besucher in den Patientenzimmern nicht erwünscht – Ehegatten selbstverständlich ausgenommen.

Sprudel gestand sich gerade ein, dass er zur Pförtnerloge zurückkehren musste, als er vom anderen Ende des Flurs jemanden auf sich zukommen sah.

In der Hoffnung, hinlänglich überzeugend zu wirken, presste er die rechte Hand gegen die Stirn und begann zu murmeln: »Was war es bloß? War es hundert? Nein, hundertzehn oder doch …?« Wie er so planlos einen Schritt hierhin und einen dorthin machte und vor sich hin brummte, kam er sich vor wie King Lear in Shakespeares gleichnamiger Tragödie.

Sobald sich die Person, die den Flur heruntergekommen war, mit ihm auf gleicher Höhe befand (es handelte sich um eine junge Frau, die, wie er überrascht registrierte, Fannis Ohrringe trug), rief er mit halb unterdrückter Stimme: »Fanni, Fanni, was sagt man dazu? Jetzt hab ich glatt deine Zimmernummer vergessen. War es nun die Hundertzehn oder doch …«

»Hundertdrei«, sagte die junge Frau in geschäftsmäßigem Ton, ohne stehen zu bleiben.

Daraufhin wandte sich Sprudel mit einem hörbaren Aufatmen nach links und klopfte an die entsprechende Tür. Weil auf sein Klopfen keine Antwort kam, drehte er am Knauf und drückte gleichzeitig dagegen. Erstaunlicherweise öffnete sie sich.

Es bedurfte einiger Sekunden, bis er in dem schwach erleuchteten Zimmer mehr als grobe Umrisse erkennen konnte. Dann sah er Alexander in der Louis-quinze-Imitation sitzen.

10

Als Fanni das nächste Mal erwachte, musste sie dringend pinkeln. Sie öffnete die Augen und stellte fest, dass es im Zimmer dunkler war als zuvor. Sämtliche Lampen waren ausgeschaltet. Auch draußen vor dem Fenster schien es nichts als Dunkelheit zu geben.

Sie verschluckt das Licht der Parklaternen wie ein schwarzes Loch im Weltall Materie!

Fanni wollte den Arm ausstrecken, um nach dem Schalter der Nachttischlampe zu tasten, ließ es jedoch bleiben, weil ihr im selben Augenblick einfiel, dass sie das Kabel am Morgen aus der Steckdose gezogen und durch das Ladegerät ihres Handys ersetzt hatte.

Biete aufgeladenes – allerdings ausgeschaltetes – Handy gegen Leitstrahl, der den Weg ins Badezimmer weisen kann!

Nicht nötig, fuhr Fanni ihrer Gedankenstimme über den Mund. Die vorhandene Lichtquelle dürfte reichen.

Soeben war ihr nämlich aufgefallen, dass vom Flur ein schmaler Lichtstreifen unter der Zimmertür durchsickerte. Zudem begannen sich ihre Augen den Lichtverhältnissen anzupassen, sodass sie meinte, ohne weitere Beleuchtung auszukommen.

Fanni schwang die Beine aus dem Bett. Kaum saß sie aufrecht, merkte sie, wie ihr schwindelig wurde.

Wenn du nicht Gefahr laufen willst, umzukippen, wirst du auf allen vieren ins Bad kriechen müssen!

Das werden wir ja sehen, begehrte Fanni auf und stemmte sich von der Bettkante hoch.

Im selben Moment spürte sie die Hände auf ihrem Körper.

Sie fühlten sich so vertraut und so verlässlich an, dass sie sich ihnen vollkommen hingab.

Fanni schloss einfach die Augen, überließ sich jenen Händen und einer ausgeprägten Empfindung der Geborgenheit, die sie in ihr erweckten.

Die bewährten Hände führten sie und halfen ihr, sich auf die Toilette zu setzen.

Während Fanni pinkelte, wurde sie fest in behaglichen Armen gehalten. Sie neigte den Kopf und legte ihn an eine faltige Wange, die sich warm und nass anfühlte. Über das Plätschern in der Kloschüssel hinweg glaubte sie ein Flüstern zu hören: »Herrgott im Himmel, gibt mir meine Fanni zurück.«

Sobald sie fertig war, wurde sie trocken getupft, aufgerichtet und zum Bett zurückgebracht.

Als Sprudel die Zudecke über sie breitete, schlief sie bereits wieder.

Fanni wachte auf und fühlte sich regelrecht munter. Im Zimmer war es hell, draußen schien die Sonne.

»Aufstehen«, sagte sie laut.

Fragt sich, wie sich das auswirken wird!

Lass uns einfach die Probe aufs Exempel machen, dachte Fanni und schlug die Bettdecke zurück.

Aber auch als sie aufrecht stand, spürte sie kein Unwohlsein; auf dem Weg ins Badezimmer wurde ihr weder schwindelig noch übel.

»Na also, klappt doch«, verkündete sie.

Als sie sich auf die Toilette setzte, musste sie lächeln. Da hatte sie doch heute Nacht tatsächlich geträumt, dass Sprudel sie in den Armen hielt, während sie gepinkelt hatte.

Bist du sicher, dass das ein Traum war?

Fanni zuckte zusammen. Er hat mich sogar abgetupft – da unten.

Na und, schon vergessen, was dir Leni berichtet hat? Du und Sprudel, ihr habt ein gutes Jahr lang als Paar zusammengelebt!

Trotzdem.

Fanni stieg die Röte ins Gesicht.

Ihre Wangen brannten noch, als sie nach dem Duschen und Zähneputzen wieder in ihr Zimmer trat.

Mitten im Raum stand Schwester Rosa.

Sie musterte Fanni eine Weile prüfend, dann klatschte sie in die Hände. »Wir haben uns ja ganz prima erholt. Sogar ein bisschen Farbe haben wir bekommen. Da können wir doch auf der Stelle zum Frühstücken runtergehen.«

»Klar können wir das«, erwiderte Fanni. »Wir sind sozusagen schon unterwegs.« Sie griff nach ihrer grauen Hose, die über der Lehne der Louis-quinze-Imitation hing. Die braune, die sie gestern bei ihrem unfreiwilligen Bad im Teich getragen hatte, war nirgends zu sehen.

»Ich habe Ihre durchnässte Kleidung zur Wäscherei bringen lassen«, sagte Schwester Rosa.

»Danke«, erwiderte Fanni aufrichtig.

Und wer hat deine graue Hose aus dem Schrank geholt?

Als Fanni hineinschlüpfte, klopfte es an der Tür. Sie beeilte sich, den Hosenbund zu schließen, bevor sie sich mit einem »Ja bitte« meldete.

Sprudel trat ins Zimmer. Er sah müde und besorgt aus, schien jedoch frisch rasiert –

Mhm, wie gut sein Rasierwasser riecht! Davidoff? Lagerfeld?

– und er trug ein frisch gebügeltes Hemd. Offenbar kam er von zu Hause.

Er schaute Fanni prüfend an, dann breitete sich ein Lächeln auf seinem Gesicht aus. »Du siehst erholt aus.« Sprudels Lächeln war so zärtlich und so liebevoll, dass es Fanni schier schmerzte.

Es erlosch, als er Schwester Rosa bemerkte, die sich am Fenster zu schaffen gemacht hatte. »Warum haben Sie Herrn Seibold gestern Mittag K.-o.-Tropfen in den Tee getan?«, fragte er so scharf, dass Fanni zusammenzuckte.

Schwester Rosa wich einen Schritt zurück und klammerte sich an der Fensterbank fest.

»Warum?«, fragte Sprudel drohend. »Ich werde Sie anzeigen.«

Schwester Rosa war blass geworden und hob abwehrend die Hände. »Bitte, nein, tun Sie das nicht. Es würde mich den Arbeitsplatz kosten.«

»Warum?«, wiederholte Sprudel erbarmungslos.

Fanni hatte sich auf die Bettkante gesetzt und beobachtete die Szene verblüfft.

Gollum sieht aus, als hätte man ihm die Daumenschrauben angesetzt, ihn aufs Rad gebunden …

Schsch!

Schwester Rosa hatte sich in den Sessel sinken lassen. »Ich musste es tun, um ihn vor sich selbst zu schützen. Bertie hatte sich in eine Art Weltuntergangsstimmung hineinmanövriert. Er haderte sogar mit dem Professor, den er immer zutiefst verehrt hat, weil der ihm eine Gesprächstherapie bei Frau Aicha verordnet hatte. Er will Bertie damit ja nur helfen, Maritas Tod zu verarbeiten. Aber die Therapiesitzung mit Frau Aicha schien alles nur noch schlimmer gemacht zu haben. Bertie war auf einmal von einer kalten Wut erfüllt. ›Der Aicha dreh ich den Hals um‹, hat er gesagt.« Der Blick, mit dem die Schwester Sprudel bedachte, war beinahe flehend. »Da musste ich doch etwas tun, um ihn ruhigzustellen. Zum Glück hatte ich ein Fläschchen Valocordin in der Tasche.«

»Sie hätten ihn nicht allein lassen dürfen«, sagte Sprudel.

»Ich weiß«, gab Schwester Rosa zu. »Aber mein Dienst in der Klinik hat angefangen. Das war ja auch der Grund dafür, dass ich Bertie sediert habe. Ich musste irgendwie dafür sorgen, dass er in einen anderen Zustand kommt. Inzwischen geht es ihm besser, glauben Sie mir. Ich habe heute früh schon nach ihm gesehen.«

Sprudel nickte. »Ich auch. Er scheint so weit in Ordnung zu sein.«

»Sehen Sie«, erwiderte Schwester Rosa eifrig, »sich treiben lassen können hat ihm geholfen. Was ich getan habe, war richtig.«

»Es stand Ihnen nicht zu«, sagte Sprudel, aber Fanni merkte ihm an, dass er nicht länger darauf herumreiten wollte.

Schwester Rosa verzog sich eilfertig.

Sprudel schloss die Tür hinter ihr und ging dann auf Fanni zu. Er stand ihr ein paar Augenblicke lang schweigend gegenüber, bis sie sagte: »Wir sollten irgendwo hingehen, wo wir uns ungestört unterhalten können – in jeder Hinsicht ungestört.«

Den Gedanken, der daraufhin in Sprudels Hirn aufblitzte, konnte sie förmlich sehen. Doch er zögerte mit der Antwort. Erst nach einer ausgedehnten Pause sagte er, wobei er nachgerade verlegen wirkte: »Würdest du mit mir nach Birkenweiler fahren?«

Fanni nickte ihr Einverständnis und griff nach ihrer Jacke. Auf Sprudels Gesicht erschien ein begeistertes Lächeln.

Hand in Hand liefen sie die Treppe hinunter, wie Kinder, die sich heimlich aus dem Staub machen.

Unten angekommen, hielt Fanni plötzlich inne. »Sekunde. Gib mir einen kleinen Moment Zeit. Ich muss noch etwas aus dem Kellergeschoss holen, bevor wir gehen.«

»Da komme ich mit«, bestimmte Sprudel und packte ihre Hand fester.

Sie durchquerten das Foyer und hielten auf die – verglichen mit den breiten Treppenfluchten ins Obergeschoss – recht schmale Stiege nach unten zu. In die erste Stufe war ein Messingtäfelchen mit der Aufschrift »Nur für Personal« eingelassen. Fanni ignorierte es und begann gemeinsam mit Sprudel hinunterzusteigen. Sie kamen nicht weit.

»Frau Rot!« Das war die Stimme des Professors. »Sie haben sich im Weg geirrt. Die Treppe führt zum Heizraum und zum Wäschekeller.«

Fanni drehte sich um.

Das Lächeln des Professors wirkte aufgesetzt, als er sagte: »Würden Sie bitte zurückkommen.«

Hornschuh wartete, bis Fanni und Sprudel wieder oben angekommen waren, nickte ihnen zu und entfernte sich. Am Eingang zum Speiseraum blieb er jedoch stehen und tat, als würde er den Terminplan studieren.

Fanni und Sprudel machten sich davon.

Sobald sie Sprudels Haus in Birkenweiler betreten hatte (inzwischen schien es ja offiziell Leni zu gehören), registrierte Fanni, wie Sprudels Anspannung wuchs. Begierig folgte sein Blick jeder ihrer Bewegungen, als erwarte er …

… den Durchbruch! Die Rückkehr der Erinnerung!

Fanni schaute sich um. Was sie sah, gefiel ihr ausnehmend gut. Die Einrichtung war eine Mischung aus modernen und sehr alten Möbeln; auf den Fußbodendielen lagen schwere Teppiche; sämtliche Polster auf den Sitzgelegenheiten leuchteten in frischen und dennoch warmen Farben.

»Wie schön«, sagte Fanni aus ehrlichem Herzen, hätte aber schwören können, noch nie hier gewesen zu sein.

Sprudel führte sie in einen luftigen, jedoch wohlig warm beheizten Wintergarten, rückte einen mit zwei Kissen bequem ausgepolsterten Korbsessel zurecht und bat sie, Platz zu nehmen.

»Ich mache uns eine Tasse Tee«, kündigte er an, bevor er sie allein ließ.

So fremd ihr die Umgebung auch schien, als sie sich zurücklehnte, fühlte Fanni einen tiefen Frieden über sich kommen.

Ist es nicht, als wärst du endlich zu Hause angelangt?

Bereits nach wenigen Minuten kehrte Sprudel mit einem Tablett zurück, auf dem eine hübsche Porzellankanne, zwei dazu passende Tassen und ein Teller mit Gebäck standen. Dafür war Fanni sehr dankbar, denn ihr Magen begann allmählich zu knurren.

Als sie sich erheben wollte, um einzuschenken, hielt Sprudel sie mit den Worten »Lass mich nur machen« zurück.

»Alexander geht davon aus, dass du nicht einfach so in den Teich gestürzt bist«, sagte Sprudel, nachdem beide einige Schlucke Tee getrunken hatten.

»Womit er recht hat«, antwortete Fanni. »Ich wollte mich gerade umwenden, als ich von hinten geschubst wurde. Die Drehbewegung hat mich daran gehindert, den Stoß abzufangen.« Sie schwieg einen Moment, dann fügte sie hinzu: »Scheint so, als ob ich jemanden ziemlich verärgert hätte.«

Sprudel wirkte besorgt. »Wodurch bloß?«, murmelte er.

Fanni gewahrte, dass er die Frage sich selbst gestellt hatte und von ihr gar keine Antwort darauf erwartete. Trotzdem würde sie ihm eine geben müssen.

Verlegen rutschte sie auf ihrem Sitz hin und her. »Ich dachte, keiner hätte was gemerkt, aber vielleicht ja doch.«

Sprudel runzelte die Stirn. »Was wovon gemerkt?«

Um Zeit zu gewinnen, trank Fanni von ihrem Tee, knabberte

an einem Keks, rückte mehrmals die Tasse zurecht, spielte mit dem Löffelchen herum.

Wird's dann bald?

Schließlich begann sie zögernd von ihrem Einbruch in Frau Bogners Behandlungsraum zu berichten.

»Du hast das polizeiliche Siegel …«, rief Sprudel erschrocken, klemmte eine seiner Wangenfalten zwischen Daumen und Zeigefinger und zerrte daran.

»Aber es ist nicht umsonst gewesen«, sagte Fanni hastig, weil sie nicht hören wollte, was einem dafür blühen konnte. »Ich habe sogar die Tatwaffe entdeckt.« Rasch erzählte sie, wie sie bei der Durchsuchung von Marita Bogners Behandlungsraum vorgegangen war.

Sprudel unterbrach sie kein weiteres Mal.

Erst als Fanni ihren Bericht beendet hatte, resümierte er knapp: »Die Tatwaffe – falls sie es ist und falls sie nicht inzwischen entsorgt wurde – liegt also in einem Kellerraum, in dem normalerweise die Schmutzwäsche landet, und ist aller Wahrscheinlichkeit nach durch einen Schacht aus Frau Bogners Zimmer dorthingekommen.«

»Vorhin wollte ich sie holen«, gestand Fanni ein. »Heute Nachmittag werde ich einen neuerlichen Versuch machen.«

»Aber nicht allein!« Sprudel schrie es fast.

Er sollte mal seinen Blutdruck kontrollieren lassen, nach all den Aufregungen!

»Gut«, fügte sich Fanni. »Wir machen das zusammen. Aber jetzt sollten wir die Zeit und das Ungestörtsein nutzen und an unserem Hypothesengebäude weiterbauen. Ich bin gespannt, wohin das führt.«

Sie wollte schon mit dem Aufzählen der einzelnen Punkte beginnen, da sagte Sprudel:

»Was hat es eigentlich mit diesem Stick auf sich?«

»Stick?«, wiederholte Fanni verdattert.

Sprudel griff sich an den Kopf. »Ich habe ja ganz vergessen, Jonas Böckl zu erwähnen. Als ich heute Morgen in die Klinik zurückkam, haben sich unsere Wege gekreuzt. Jonas war offenbar in Eile, denn er hat mir einen USB-Stick in die Hand gedrückt, mit besten Grüßen an Fanni Rot und der lakonischen Anweisung: ›In die Buchse stecken. Datei öffnen‹.«

»Dann sollten wir das tun«, erwiderte Fanni.

Während Sprudels Laptop hochfuhr, ergänzte sie ihren vorherigen Bericht, in dem sie den USB-Stick und die Rolle, die Jonas in dem Zusammenhang spielte, schlicht vergessen hatte.

Diesmal öffnete sich die Datei beim ersten Mausklick. Auf dem Bildschirm erschienen Zahlenkolonnen.

Nachdem beide eine Zeit lang draufgestarrt hatten, sagte Sprudel: »Es könnte sich um Kontobewegungen handeln. Einzahlungen …«, er deutete auf ein Plus vor einzelnen Beträgen, »… und Auszahlungen, gekennzeichnet durch ein Minus.«

Was Sprudel sagte, hörte sich logisch an.

Aber ohne weitere Aufschlüsselung ist die gesamte Tabelle nutzlos, dachte Fanni. Wen oder was betrifft sie, woher kommen die Einzahlungen, wer hat die Auszahlungen erhalten?

Buchhaltung, Fanni, Buchhaltung, klingelt's da nicht?

Bei Sprudel schien es bereits geklingelt zu haben. »Ob die Datei auf dem Stick wohl aus Bertie Seibolds Buchhaltung stammt?«

Fanni entfernte den Stick aus der Anschlussbuchse und ließ ihn in ihre Hosentasche gleiten. »Gut möglich, aber warum wurde er versteckt?«

Das riecht nach betrügerischen Machenschaften!

Ja, dachte Fanni. Aber wer hat wen betrogen?

Darüber schien Sprudel bereits nachgedacht zu haben. »Für mich stellt sich die Sache so dar: Mit den Finanzen der Parkklinik liegt irgendetwas im Argen. Seibold musste, vermutlich auf Hornschuhs Geheiß hin, das Ganze mehr oder weniger schönen. Aber um sich abzusichern, hat er alles dokumentiert.«

Schau an, der Sprudel!

Fanni war beeindruckt. »Klingt logisch. Allerdings kommt es mir komisch vor, dass Seibold seinen Nachweis im Behandlungszimmer seiner Frau deponiert hat.«

»Das hat er wahrscheinlich gar nicht«, erwiderte Sprudel. »Marita Bogner muss sich eine Kopie verschafft haben.«

Fanni nickte. »Sie hat von Seibold erfahren, was lief, hat sich den Beweis besorgt und Hornschuh damit unter Druck gesetzt.«

Sprudel stand auf und griff nach der Teekanne; während er nachschenkte, sagte er zögerlich: »Das würde einiges erklären.«

»Es würde alles erklären«, erwiderte Fanni. »Den Streit, den Mord, den Anschlag auf mich.«

Hornschuh also!

»Demnach müsste der Professor Marita Bogners Mörder sein«, sagte Sprudel. »Was wir aber nicht beweisen können.«

»Wir können es nicht einmal ernsthaft behaupten«, entgegnete Fanni, »weil wir noch immer keinen Schimmer haben, wie er in Frau Bogners Zimmer hinein- und wieder hinausgelangt sein könnte.«

11

Der Vormittag mit Sprudel verging wie im Flug. Gegen halb zwölf bat Fanni ihn, sie zur Parkklinik zurückzubringen, weil beim Mittagessen nur fehlen durfte, wer sich ausdrücklich und frühzeitig abgemeldet hatte.

»Aber wenn es dir recht ist, werde ich fragen, ob kurzfristig noch ein Gast eingeplant werden kann«, sagte sie beim Aufbruch.

Unterwegs diskutierten sie über die Beweisbarkeit ihrer Theorie, der quasi das Standbein fehlte.

»Wir müssen tatsächlich versuchen, die Tatwaffe zu sichern«, sagte Sprudel. »Hornschuh hat bestimmt keine Handschuhe getragen. Fingerabdrücke würden auf einem dünnen Draht oder einer Schnur zwar sowieso nicht nachweisbar sein, aber Gewebespuren für eine DNS-Analyse könnte man womöglich finden.«

»Wir sollten es gleich nach dem Essen wagen«, stimmte ihm Fanni zu. »Die Gelegenheit ist günstig, weil das Personal, der Professor und mit etwas Glück auch Schwester Rosa im Speisesaal oder in der Küche beschäftigt sind.«

Zwanzig Minuten später saßen die beiden mit Alexander, mit Michaela Kofler und mit Irma Braun gemeinsam an einem Tisch im Speisesaal.

Fanni registrierte belustigt, dass die zwei jungen Frauen sichtlich um Alexander bemüht waren. Irma fragte ihn nach seiner Lieblingsband und wollte wissen, ob auch er ein Fan dieser Hobbit-Geschichten von Tolkien sei. Alexander ließ sich von ihr in eine Diskussion über Fantasy-Romane verwickeln, sorgte jedoch dafür, dass Michaela in das Gespräch einbezogen wurde, und hielt auffällig oft Blickkontakt mit ihr.

Zwischen Milchbart und Kleptomanski scheint sich ja richtig was angebahnt zu haben!

Umso besser, dachte Fanni, dass Irma und Michaela lieber mit

Milchbart kokettieren und ihnen nicht daran gelegen ist, sich mit uns über den Mord an Marita Bogner zu unterhalten. Es brannte ihr jedoch auf den Nägeln, ein Gespräch mit Alexander zu führen, bei dem sie seine beiden Verehrerinnen allerdings nicht dabeihaben wollte. Sie hatte da ein paar Fragen, die er ihr beantworten sollte.

»Wollen wir nicht nach Deggendorf fahren?«, hörte Fanni die goldhaarige Irma Braun sagen. »Im Lichtspielhaus läuft um achtzehn Uhr der ›Hobbit‹, vorher könnten wir noch ein wenig bummeln oder Kaffee trinken gehen.«

Hat sich das Mädel etwa ernsthaft in den Milchbart verschaut?, ging es Fanni durch den Kopf. Versucht sie, ihn Michaela auszuspannen?

Warum denn nicht? Alexander sieht gut aus, nicht alle Frauen stehen auf Dreitagebart! Außerdem scheint er sein Trauma mittlerweile überwunden zu haben!

Stimmt, dachte Fanni. Er hat heute gar nicht gefragt, ob er mich angrapschen darf.

»Wir könnten den Ausflug als Test benutzen«, sagte Irma gerade, »um zu sehen, welche Fortschritte wir inzwischen gemacht haben.«

Michaela pflichtete ihr bei. Offenbar ging sie ganz automatisch davon aus, mit von der Partie zu sein.

»Du willst doch nicht kneifen, Alexander«, stichelte Irma.

Fanni warf ihm einen prüfenden Blick zu und erkannte, dass er nach Ausflüchten suchte.

Dieser Milchbart hält sich auffällig bedeckt! Sollte man nicht meinen, ein Kerl müsse vor lauter Begeisterung ausflippen, wenn ihn zwei hübsche Mädels anbaggern?

Während Irma vom Deggendorfer Lichtspielhaus schwärmte, »schickes Kino – versprochen«, wurde der Nachtisch aufgetragen. Es gab Obstsalat, den Fanni und Sprudel unkultiviert schnell vertilgten. Kaum waren ihre Schälchen leer, entschuldigten sie sich und standen auf.

Fanni wurde den Eindruck nicht los, dass es ihnen Alexander am liebsten gleichgetan hätte.

Sie eilten ins Foyer, das sich erwartungsgemäß als leer erwies, und hielten zielstrebig auf die Treppe zu, die ins Untergeschoss führte, wo die Patienten nichts zu suchen hatten. Unbehelligt stiegen sie hinunter und erreichten einen schmalen Flur, von dem links und rechts Türen abzweigten.

Es bedurfte keiner Worte.

Fanni wandte sich der einen Seite des Ganges zu, Sprudel der anderen. Resolut begannen sie, die Türen der Reihe nach zu öffnen.

Fanni hatte bereits einen Blick in den Raum mit den Heizkesseln geworfen, hatte hinter der nächsten Tür Regale mit Werkzeugen stehen sehen und hinter der übernächsten Schneeschaufeln, Besen und einen Dampfdruckreiniger, als sie Sprudel leise rufen hörte. Rasch lief sie zu einer offen stehenden Tür auf der gegenüberliegenden Seite.

Was für einen Unterschied es doch macht, aus welcher Perspektive man etwas betrachtet!

Vom gebräuchlichen Eingang aus gesehen, wirkte der Kellerraum ganz anders als aus dem Blickwinkel, den Fanni tags zuvor gehabt hatte. Dennoch gab es keinen Zweifel. Sie befanden sich in jenem Raum, den Fanni vor Augen gehabt hatte, als sie in dem Schacht steckte, der aus Frau Bogners Zimmer führte. Wie gestern lagen mehrere Wäschehaufen auf dem Boden.

Während Sprudel sich noch suchend umschaute, ging Fanni bereits auf eine Nische zu, die durch einen kleinen Mauervorsprung gebildet wurde. Dort hob sie den Blick, der geradewegs in eine Öffnung in der Wand fiel.

Das muss die Richtige sein, und direkt darunter muss das Knäuel liegen!

Fanni bückte sich, um es aufzuheben. Doch ihre Hand, bereit, zuzugreifen, stockte auf halbem Weg. Das Nest aus Staubflusen, in dem die mutmaßliche Tatwaffe gestern früh gelegen hatte, war leer.

»Der Mörder scheint uns zuvorgekommen zu sein«, sagte Sprudel mit deprimierter Stimme. Er war neben Fanni getreten und hatte offenbar erraten, weshalb sie mitten in der Bewegung innegehalten hatte.

Fanni starrte die Staubflusen an, als könnte sie sie dazu zwingen, die vermutliche Tatwaffe wieder erscheinen zu lassen. Sprudel nahm sie bei der Hand.

»Es lässt sich nichts daran ändern, das Ding ist weg.«

Bekümmert stiegen Fanni und Sprudel die Treppe wieder hinauf, ließen sich im Foyer auf ein Sofa fallen und wussten nicht weiter.

Fannis Blick irrte über die Stilmöbel, die Dekoration, die Personen, die an ihr vorübergingen.

Das Foyer füllte sich allmählich. Besucher kamen von draußen herein, begrüßten diejenigen, denen ihr Besuch galt, belegten dort und da eine der Sitzgruppen.

»Fanni?«

Sie schreckte hoch.

Vor ihr stand Hans Rot und schaute sichtlich konsterniert auf sie hinunter.

Fanni hatte ihn komplett vergessen, hatte einfach nicht daran gedacht, Kontakt mit ihm aufzunehmen. Deshalb war er jetzt hergekommen.

Typisch für ihn, dachte Fanni. Er setzt seine Nachmittagsbesuche bei mir nahtlos fort, als wäre kein Mord geschehen; kein Verdacht auf mich gefallen, der mich zum Handeln zwingt; kein einziger Termin verlegt worden.

Vielleicht solltest du die Herren miteinander bekannt machen!

Fanni unterdrückte einen Seufzer. Dann stellte sie Sprudel und Hans, die sich nie persönlich kennengelernt hatten, einander vor.

Sprudel hatte sich erhoben, um Fannis Ehemann die Hand zu schütteln. Anschließend bot er ihm zuvorkommend seinen Platz neben Fanni auf dem Sofa an und rückte für sich selbst einen Stuhl an den Designer-Glastisch, der davorstand.

Als sich die beiden setzten, hatte Fanni wieder freie Sicht und konnte beobachten, wie Alexander, Michaela und Irma am Eingang miteinander diskutierten. Dann sah sie Michaela mit den Schultern zucken und gemeinsam mit Irma die Klinik verlassen. Alexander winkte ihnen nach.

Er hat sich tatsächlich abgeseilt!

Was er vermutlich gleich bereuen wird, dachte Fanni, denn die Gesellschaft junger Damen wäre unserer sicherlich vorzuziehen. Und die Fragen, die ich ihm zu stellen habe, werden ihm vielleicht auch nicht gefallen. Aber die Sache mit dem Talisman bedarf der Klärung. Es muss doch eine Bedeutung haben, dass er sich auf Hornschuhs Schwelle fand. Sie erhob sich und schnitt Alexander den Weg zur Treppe ab.

»Gestern habe ich schon versucht, dich abzufangen.«

Alexander grinste. »Gar nicht so einfach, wie?«

Fanni führte ihn zu ihrem Tisch.

Aber da sitzt doch auch Hans Rot!

Umso besser, dachte Fanni. Dann erfährt er gleich, was alles gespielt wird.

Sie stellte Alexander vor.

Der streckte Hans Rot die Hand hin. »Alexander Pauß. Ihre Frau und ich sind die Hauptverdächtigen im Mordfall Bogner.«

Hans warf Fanni einen unwilligen Blick zu und stand auf, um Alexander zu begrüßen.

Sprudel hatte sich ebenfalls wieder erhoben, hatte einen weiter entfernt stehenden Stuhl herangezogen und ihn an die Schmalseite des Tisches gestellt.

Alexander bedankte sich höflich, bevor er sich darauf niederließ.

Fanni hatte sich wieder neben Hans aufs Sofa gesetzt. Nun schaute sie hilfesuchend zu Sprudel. Als sie Ermutigung und Einverständnis in seinem Blick las, begann sie zu sprechen. »Dein Talisman hat sich gefunden, Alexander.«

»Ich weiß«, antwortete er. »Michaela hat ihn mir bereits zurückgegeben. Tut mir leid, dass Sie Ihre Ohrringe dafür eingebüßt haben, Frau Rot.«

Fanni sah ihn scharf an. »Er war aber nicht in Frau Bogners Behandlungsraum.«

»Auch das weiß ich inzwischen. Offensichtlich habe ich ihn woanders verloren.«

»Am Eingang zu Hornschuhs Büro«, sagte Fanni, und es klang wie ein Vorwurf.

Alexander zog eine Augenbraue hoch. »Ich habe mich halt geirrt.«

Daraufhin wusste Fanni nicht recht weiter, doch Sprudel sprang ein. »Aber warum haben Sie den Talisman nicht viel früher vermisst, wenn er schon lange weg war?«

Alexander wirkte verwirrt. »Lange? Ich bin doch von Seibolds Büro direkt zu Frau Bogner gegangen.«

Fanni brauchte eine Weile, bis ihr klar wurde, was er eben gesagt hatte. »Du warst vor deiner Therapiesitzung in Seibolds Büro?«

»Von acht Uhr vierzig bis acht Uhr fünfundfünfzig, um genau zu sein«, antwortete Alexander. »Ich habe ihn sprechen wollen, aber er war nicht an seinem Schreibtisch. Seine Aktenmappe lag auf der Ablage, und seine Jacke hing über der Stuhllehne. Deswegen habe ich angenommen, dass er nur kurz aus dem Zimmer gegangen ist, und habe gewartet. Als er kurz vor neun noch nicht zurück war, habe ich es aufgegeben.«

»Was wolltest du denn von Seibold?«, fragte Fanni.

Alexander sah sie mit einer Spur Belustigung in den Augen an. »Ihn um Hilfe bitten.« Das Erstaunen, das ihm entgegenschlug, schien ihn zu amüsieren. Er genoss es einige Augenblicke lang, dann sagte er: »Also schön, legen wir die Karten auf den Tisch. Die Sache ist ja so gut wie erledigt.« Er machte eine kleine Verbeugung in Fannis Richtung. »Es tut mir leid, dass ich Ihnen dieses Theater vorgespielt habe. Aber es war nötig, um Hornschuh auf die Schliche zu kommen.«

Theater? Schliche?

»Du leidest gar nicht an einer Zwangsneurose«, japste Fanni.

Alexander schmunzelte. »Ein bisschen leidet wohl jeder an so etwas. Aber stimmt, ich muss niemanden angrapschen.« Er angelte eine Visitenkarte aus seiner Brusttasche und legte sie auf den Tisch.

Fanni griff danach und betrachtete sie. »Privatdetektei Pauß« stand auf dem Kärtchen. »24 Stunden erreichbar, stets einsatzbereit, rechtssichere Beweisführung«. Sie gab das Kärtchen an Hans weiter.

»Um es kurz zu machen«, sagte Alexander, »die Ehefrau

eines sehr angesehenen, sehr wohlhabenden Mannes hält sich in regelmäßigen Abständen hier in der Klinik auf, um ihre Sexsucht therapieren zu lassen. Allerdings …«

Von Hans Rot kam ein Lacher.

Alexander unterbrach den angefangenen Satz und erklärte: »Hypersexualität gilt als eigenständiges Krankheitsbild, sobald alle Anzeichen von Sucht festzustellen sind: Besessenheit, Machtlosigkeit und die Benutzung von Sex als Schmerzmittel.« Er vergewisserte sich, dass rundum verständnisinnig genickt wurde, ehe er zum Angelpunkt seines Berichts zurückkehrte: »Die Dame gilt als geheilt, kommt aber wie gesagt turnusmäßig in die Parkklinik, um nicht rückfällig zu werden. Dabei ist sie es längst. Weil aber Hornschuh mehr Geld verbrät, als er zur Verfügung hat, hat er sich von ihr breitschlagen lassen, ihr hier quasi einen Ort für das Ausleben ihrer Sucht zu bieten. Dafür musste die Dame allerdings bezahlen – und nicht zu knapp. Ihr Mann hat Verdacht geschöpft, als auffällig viele Spendengelder von den Konten flossen und … Na, jedenfalls schöpfte er Verdacht. Er hat mich mit Ermittlungen beauftragt, die sich als Patient getarnt am einfachsten durchführen ließen.«

»Gauner«, sagte Fanni. »Lügner.«

Alexander sah sie ernst an. »Was ich Ihnen erzählt habe, Frau Rot, war nicht komplett aus der Luft gegriffen – ich habe die Wahrheit nur ein bisschen verdreht und gewisse Tatsachen ein bisschen übertrieben.«

»Die Grapsch-Nummer war aber schon starker Tobak«, beschwerte sich Fanni.

Alexander grinste. »Alle sind darauf hereingefallen.«

Fanni schnitt ihm eine Grimasse.

»Ich habe in den drei Wochen, die ich in der Parkklinik zugebracht habe, genug dokumentiert, um beweisen zu können, was die Dame hier treibt«, sprach Alexander weiter, unterbrach sich jedoch, als er Fanni nun ihrerseits grinsen sah.

»Hübsche Fotos«, feixte sie.

Jetzt war es an Alexander, ein verdattertes Gesicht zu machen.

»Warum hast du deine Beweisunterlagen im Duschraum der Schwesternumkleide vergraben?«, fragte Fanni.

Alexander wurde bleich und schnappte nach Luft.

»Keine Angst«, beruhigte sie ihn. »Ich habe alles wieder zurückgelegt.«

Alexander brauchte eine Weile, bevor er antworten konnte. »Ich habe das Versteck für sicher gehalten. Und an dem Tag, als die Polizei mein Zimmer durchsucht hat, habe ich mir dazu gratuliert, es ausfindig gemacht und benutzt zu haben.«

»Zu Recht«, meinte Fanni mit einem eher undurchsichtigen Lächeln und bat ihn, mit seinem Bericht fortzufahren.

»Ich hätte gern genaue Angaben über die Höhe der sogenannten Spendengelder gehabt, die von den Kübler-Konten hierhergeflossen sind. Man möchte doch im Schlussbericht für den Klienten mit exakten Zahlen aufwarten. Und danach wollte ich Seibold fragen«, sagte Alexander.

»Den du aber nicht angetroffen hast«, erwiderte Fanni nachdenklich.

Ist dir eigentlich klar, dass die Auflistung dieser »Spendengelder« in deiner Hosentasche steckt?

Fanni tat den Hinweis auf den USB-Stick mit einer unwilligen Geste ab. Die Übergabe an Alexander konnte auf später vertagt werden.

»Und Hornschuh war wohl auch nicht da?«, fuhr sie fort.

»Doch«, antwortete Alexander. »Aber das hat mich nicht gestört. Die Tür zu seinem Büro war geschlossen, und er hatte offensichtlich einen Besucher. Stimmen waren zu hören und mehrmals ein Handyklingelton.« Er summte »We All Live In A Yellow Submarine«.

Fannis Augen weiteten sich.

Tillman!

»Hornschuh hatte Tillman Bogner zu Besuch«, rief sie.

Alexander grinste anzüglich. »Wundert Sie das?«

»Ich verstehe nicht …«

Solltest du aber! Tillman Bogner und Hornschuh! Geben sie nicht ein hübsches Paar ab?

Fanni griff sich an die Stirn. Natürlich. In diesem Kontext ergab auch Maritas Ausspruch »Das Schwein mach ich fertig« richtigen Sinn. Vermutlich hatte es sie völlig kaltgelassen, wie

Hornschuh die sexsüchtige Dame schröpfte, aber mit jener Datei aus der Buchhaltung hätte sie ihn ins Gefängnis bringen und Tillman von ihm befreien können.

Was nur bestätigt, dass Hornschuh ein sattes Motiv hatte, die Bogner um die Ecke zu bringen!

»Hornschuh muss der Täter sein«, sagte Fanni. »Wenn ich nur wüsste, wie und wann er in Frau Bogners Zimmer gelangt ist.«

Alexanders Gesichtsausdruck deutete Mitleid an.

Auch er schließt nicht mehr aus, dass du Marita erwürgt und es verdrängt hast!

»Bis kurz vor neun war der Professor jedenfalls in seinem Büro«, sagte Alexander. »Und als ich um neun in Maritas Zimmer kam, hat sie noch gelebt. Auch kurz vor zehn, als ich mich von ihr verabschiedet habe, war sie noch am Leben. Dann sind Sie gekommen, Frau Rot.«

»Und du bist – kurz vor neun – von Hornschuhs Vorzimmer aus direkt zu Frau Bogners Behandlungsraum gegangen?«, fragte Fanni.

»Mit einem kleinen Umweg über die Toilette«, antwortete Alexander.

Fanni runzelte die Stirn. »Dann hätte er also Zeit gehabt, vor dir dort zu sein?«

»Theoretisch schon …«, begann Alexander.

Fanni ließ ihn nicht ausreden. »Aber im Zimmer hätte er sich dann verstecken müssen, und mir will einfach nicht dämmern, wo er das getan haben könnte.«

Sie kniff die Augen zu und legte die Hände darüber, um sich zum x-ten Mal den Raum, in dem Frau Bogner ermordet worden war, in allen Einzelheiten vorzustellen: den Schrank, den Schreibtisch, den Wandschirm …

Der Wandschirm!

Fanni ließ die Hände sinken und riss die Augen auf. »Hornschuh hat sich hinter dem Wandschirm versteckt.«

Das Keuchen, das darauf folgte, kam von Sprudel.

Sie schaute ihn fast flehend an. »So könnte es doch gewesen sein: Kurz vor neun huschte Hornschuh in Frau Bogners Zimmer, kam aber nicht dazu, sein mörderisches Vorhaben in die Tat umzusetzen, weil Alexander schon im Anmarsch war. Also sagt Hornschuh zu Marita Bogner, er wolle bei der Therapiesitzung mithören, und verschwindet hinter dem Wandschirm. Nach der Sitzung kommt er hervor, begeht die Tat und verbirgt sich wieder, wobei ihm der Wäscheschacht die Möglichkeit bietet, sich der Tatwaffe zu entledigen. Dann muss er nur noch abwarten, bis er auf den Plan treten kann, ohne aufzufallen.«

Erleichtert sah sie Sprudel nicken.

»So war es definitiv nicht.« Hornschuhs Stimme ließ Fanni zusammenfahren. Ihre Hände suchten ganz automatisch nach etwas, an dem sie sich festhalten konnten. Die Linke bekam den Autoschlüssel zu fassen, den Hans Rot neben sich auf das Sofa gelegt hatte, und umklammerte ihn.

Hornschuh war hinter der Säule hervorgetreten, die es ihm ermöglicht hatte, ungesehen zu lauschen.

»So war es nicht, Frau Rot«, wiederholte er. »Auch wenn Sie es sich noch so sehr wünschen. Tillman und ich haben uns bis kurz nach zehn in meinem Büro aufgehalten, und Seibold hat bei der Polizei bestätigt, dass ich es im fraglichen Zeitraum nicht verlassen habe. Er saß ja die ganze Zeit im Vorzimmer. Es tut mir leid für Sie, Frau Rot«, fügte er nach einer kurzen Pause hinzu, »aber aufgrund der Spurenlage sind *Sie* als Täterin überführt. Man hat bereits Haftbefehl gegen Sie erlassen. Zwei Polizeibeamte sind unterwegs, um Sie abzuholen.« Er hinderte Sprudel daran, aufzuspringen. »Daran können weder Sie noch ich etwas ändern.«

Hans Rots Autoschlüssel schnitt in Fannis Handfläche. Sie steckte ihn in die Hosentasche und straffte sich. »Dürfte ich wohl noch zur Toilette gehen, bevor …« Ihre Stimme versandete.

»Aber natürlich dürfen Sie das«, antwortete der Professor zuvorkommend. »Wir warten hier auf Sie.«

Fanni erhob sich und ging gemessenen Schrittes auf die Besuchertoilette im Foyer zu. Nachdem sich die äußere Tür hinter ihr geschlossen hatte, rannte sie zur Stirnseite des Waschraumes, wo sich ein kleines, nicht vergittertes Fenster befand, das auf den Parkplatz zeigte. Sie öffnete es hastig und stieg hinaus. Als sie am Wagenschlüssel den Türentriegler betätigte, begannen ein Stück weiter rechts Lichter zu blinken. Sie hetzte darauf zu.

Was hast du denn eigentlich vor? Willst du dir mit der Polizei ein Rennen liefern? Ausgerechnet du? Als Autofahrerin bist du in etwa so versiert wie ein Maulesel beim Springturnier!

Ich muss zu Seibold, dachte Fanni. Er ist der Einzige, der meine Theorie untermauern kann. Falls er erst in sein Zimmer zurückkam, nachdem Hornschuh schon weg war, könnte er unwissentlich eine falsche Aussage gemacht haben. Und wenn er noch mal darüber nachdenkt, kommt ihm vielleicht zu Bewusstsein, dass es im Büro nebenan verdächtig still war und dass Hornschuh es durchaus verlassen haben konnte.

Fanni steuerte den Wagen aus dem Parkplatz und bog in die Straße nach Deggendorf ein.

Glücklicherweise hatte Sprudel die Adresse Seibolds erwähnt, als er am Vormittag von seinen gestrigen Erlebnissen erzählt hatte. Er hatte Fanni den Wohnblock sogar beschrieben.

Man wird dich zur Fahndung ausrufen!

Nicht nötig, dachte Fanni. Sobald ich mit Seibold gesprochen habe, werde ich mich stellen. So oder so. Denn falls ich Hornschuh nicht nachweisen kann, dass er zur fraglichen Zeit in Maritas Zimmer gewesen sein könnte, gibt es keine Rettung mehr.

Fanni parkte Hans Rots Wagen am Straßenrand, ohne das Verbotsschild dort zu registrieren, und lief auf das Haus zu, von dem Sprudel gesprochen hatte. Irgendjemand hatte die Eingangstür nicht richtig geschlossen, sodass Fanni sie aufdrücken konnte. Sie ignorierte den Fahrstuhl und stieg die Treppen hinauf.

Seibold öffnete, kaum dass Fanni den Finger vom Klingelknopf genommen hatte. »Frau Rot?« Er wirkte misstrauisch.

Fanni lächelte so liebenswürdig sie es vermochte. »Wie geht es Ihnen, Herr Seibold? Herr Sprudel hat mir erzählt, was geschehen ist, deshalb wollte ich nach Ihnen sehen.«

Seibold nickte geradezu unwirsch. »Ich bin wieder völlig in Ordnung. Danke der Nachfrage.« Er machte Anstalten, die Tür zu schließen.

Hastig sagte Fanni: »Ich würde Ihnen gern ein bisschen Gesellschaft leisten.«

Sichtlich widerstrebend ließ Seibold sie eintreten, führte sie ins Wohnzimmer und dort an einen Esstisch mit vier Stühlen, der vor dem Fenster stand.

Was für ein ordentlicher Mensch!

Der gesamte Raum wirkte, als sei eben erst penibel aufgeräumt und sauber gemacht worden. Fanni wagte kaum, sich auf das akkurat ausgerichtete Stuhlkissen zu setzen.

Seibold ließ sich ihr gegenüber nieder und sah sie verdrießlich an.

»Sie müssen sich schrecklich fühlen«, sagte Fanni. Als keine Antwort kam, fuhr sie fort: »Der Professor wird sich dafür verantworten müssen, die Einkünfte der Klinik in derart krimineller Weise aufgebessert zu haben. Dass Ihre Frau ihn mit ihrem Wissen davon unter Druck gesetzt hat, gibt ihm ein starkes Motiv für den Mord.«

Seibold, der zuvor den Kopf und die Schultern hatte hängen lassen, saß auf einmal kerzengerade da. »Wie kommen Sie dazu, den Professor zu beschuldigen?«

»Wo war er denn zur Tatzeit?«, fragte Fanni dagegen.

»In seinem Büro«, antwortete Seibold, ohne zu zögern. »Ich hatte ihn den ganzen Morgen im Blick.«

»Ihn und Tillman, nehme ich an«, sagte Fanni deprimiert.

»Wieso Tillman?«

Er weiß nicht, dass der Junge da war! Er hat ihn weder kommen noch gehen sehen!

Was bedeutet, dass Seibold sein Zimmer nicht nur kurzzeitig verlassen hat, dachte Fanni. Wann ist er gegangen? Wann kam er zurück?

Während sie diese Überlegungen anstellte, hatte Seibold sie genau beobachtet. Nun verengten sich seine Augen, und er spannte die Muskeln an, als wollte er aufspringen.

So verhält sich ein Tier, das gleich angreifen wird!

Fanni öffnete den Mund, um etwas zu sagen, blieb jedoch stumm. Sie starrte Seibold fassungslos an.

»Was denn?«, rief er. »Glauben Sie etwa, mir den Mord anhängen zu können? Sie haben nichts gegen mich in der Hand. Genauso wenig wie diese Aicha, die nicht aufgehört hat, mich mit allen möglichen Fragen irrezumachen.«

»Es gibt mindestens drei Personen, die – wenn sie genau nachdenken – bezeugen können, wann Sie am Morgen des Mordes *nicht* in Ihrem Büro waren«, konterte Fanni. Alexanders, Tillmans und Hornschuhs Aussagen zusammengenommen, dürfte sich die Zeitspanne zwischen halb neun und halb elf ergeben – grob gerechnet. »Alexander hat Sie um neun nicht angetroffen. Tillman wird ein wenig früher gekommen sein und hat Sie sicherlich ebenso wenig an Ihrem Schreibtisch sitzen sehen – sonst wüssten Sie, dass er da war. Und als er ging, waren Sie immer noch nicht dort.«

Ihr Blick wurde hart. »*Sie* waren es!« Ohne auf Seibolds Reaktion darauf zu achten, fuhr sie fort: »Sie haben sich – bevor Ihre Frau in der Klinik eintraf – mit einem Nachschlüssel Einlass in ihr Zimmer verschafft und haben dort hinter dem Wandschirm verborgen auf sie gewartet. Leider erschien Marita so knapp vor Alexander, dass Sie nichts mehr unternehmen konnten. Ihre Chance kam jedoch, als Alexanders Sitzung beendet war. Sie haben Marita erwürgt und sich dann wieder verborgen, bis Sie sich im Trubel nach dem Auffinden der Leiche gefahrlos zeigen oder schnell davonmachen konnten. Warum haben Sie das getan, Herr Seibold? Warum musste Ihre Frau sterben?«

Seibold atmete tief ein und schien dabei zu wachsen. »Weil sie im Begriff war, alles zu zerstören. Das Leben des Professors, Tillmans Leben; unser aller Leben letztendlich.« Seine Stimme wurde bösartig. »Marita war zu einer Heimsuchung geworden. Man musste sie beseitigen. So, wie Sie eine Heimsuchung sind, die man schleunigst beseitigen muss.«

Bei den letzten Worten war Seibold aufgesprungen und hatte Fannis Stuhl einen Tritt versetzt. Er kippte zur Seite, und in der nächsten Sekunde schlug Fanni am Boden auf. Bevor sie eine Bewegung machen konnte, kniete Seibold neben ihr und drehte ihr die Arme auf den Rücken. Sie spürte, wie ihre Handgelenke mit ihrem Schal, der lose um ihre Schultern gehangen hatte, zusammengebunden wurden. Sie begann zu strampeln und sich zu winden, was ihr einen Fausthieb an der linken Schläfe einbrachte.

Eine Welle von Übelkeit ließ sie erschlaffen. Wie im Dämmer nahm sie wahr, dass Seibold sich erhob und das Zimmer verließ.

Er ist weg! Mach, dass du auf die Beine kommst!

Ächzend versuchte Fanni, sich aufzurichten.

Sie war auf den Knien, als Seibold zurückkam. Er hatte eine Rolle Klebeband dabei.

Eine Minute später waren Fannis Handgelenke wie auch ihre Fußknöchel so fest aneinandergepresst und zusammengekleistert, dass ihnen nicht der kleinste Spielraum blieb.

»Sprudel weiß, wo ich bin«, keuchte Fanni, als Seibold ein weiteres Stück Klebeband abriss.

»Das macht aber nichts«, antwortete Seibold kalt. »Sie haben mich besucht, wir haben uns unterhalten, und dann sind Sie wieder gegangen. Leider hatten Sie auf dem Heimweg einen tragischen Unfall – oder war es Selbstmord? Ja, Selbstmord war es. Sie sind während unseres Gesprächs schon so deprimiert gewesen. Vermutlich weil Sie begriffen hatten, dass Sie mit dem Mord an meiner Frau nicht davonkommen würden.« Sein Mund verzog sich zu einem diabolischen Grinsen. »Sie sind doch die Hauptverdächtige in dem Fall oder etwa nicht?« Er hielt das Stück Klebeband an beiden Enden und zog es straff. »Sie werden Ihren Wagen geradewegs in die Donau steuern, meine Liebe.«

»Welchen Wagen?«, fragte Fanni und bemühte sich, ihrer Stimme einen festen Ton zu geben.

Seibold ließ ein raues Lachen hören. »Den, der dort unten im Halteverbot steht. Ich habe Sie nämlich ankommen sehen. Wissen Sie, manchmal schaue ich stundenlang aus dem Fenster.«

Fanni räusperte sich, um den Kloß aus ihrem Hals zu bekommen. »Sie werden mich nicht hinunterschaffen können.«

Erneut lachte Seibold. »Marita hat da neulich eine sehr praktische Anschaffung gemacht.« Damit klebte er den Bandstreifen quer über Fannis Mund und verließ abermals das Zimmer.

Diesmal kehrte er mit einem Hartschalenkoffer zurück.

Meine Fresse, das Ding ist gut achtzig Zentimeter breit und sechzig hoch! Da passt du glatt hinein, Fanni!

Seibold legte den Koffer auf den Boden und klappte ihn auf. Dann begann er an Fanni zu ziehen und zu zerren, bis er sie trotz ihrer verzweifelten Versuche der Gegenwehr in Embryostellung in der einen Schalenhälfte untergebracht hatte. Im nächsten Augenblick klappte er die andere Hälfte darüber und klickte die Verschlüsse zu.

Fanni rang verzweifelt nach Luft.

Ruhig, du musst ganz ruhig atmen, dann besteht keine Erstickungsgefahr. Seit wann sind ganz normale Reisekoffer luftdicht?

Der Koffer wurde aufgestellt und kippte in die Schräge, als Seibold den Bügel an der Schmalseite ergriff, um ihn vorwärtszurollen. Das bewirkte, dass Fanni nun mit dem Kopf nach unten hing. Ihre Stirn schlug schmerzhaft an eine Metallschiene, als der Koffer den Flur entlangholperte.

Du musst bei Bewusstsein bleiben, Fanni. Deine einzige Chance zu entfliehen wird kommen, wenn Seibold dich hinters Steuer manövriert. Bevor er den Wagen in die Donau schickt, wird er die Fesseln lösen müssen, um einen Selbstmord vortäuschen zu können!

Das Rumpeln und Holpern hörte auf. Alles war still.

Worauf wartet er?

Fanni lauschte und vernahm gedämpft das Schellen der Türglocke, das offenbar schon zuvor zu hören gewesen war und Seibolds Vorhaben unterbrochen hatte.

Plötzlich nahm der Koffer seine Fahrt wieder auf, schlingerte in rasantem Tempo um etliche Kurven, polterte über zwei Absätze, sodass Fanni speiübel wurde –

Außerdem wird es ein paar ganz hässliche Beulen geben!

– und fiel nach einem letzten heftigen Stoß um, wobei Fannis Hinterkopf hart aufschlug.

12

Fanni fühlte sich geradezu wohlig. Sie lag auf einer weichen Unterlage, eine flauschige Decke deckte sie zu. Zwar schmerzte ihr Kopf, aber nicht so sehr, dass ihr Wohlgefühl ernstlich davon beeinträchtigt worden wäre.

Störender war da das etwas zu grelle Licht, das durch ihre geschlossenen Lider drang.

Sie öffnete die Augen und blinzelte verwirrt.

Bist du in einem Panoptikum gelandet?

Man könnte es meinen, dachte Fanni.

Über ihrem Kopf schwebte ein Gesicht, das gleich darauf verschwand, um einem anderen Platz zu machen, das ebenfalls verschwand, wonach ein drittes erschien.

»Fanni!«

»Fanni!«

»Frau Rot!«

Drei verschiedene Stimmen. Drei verschiedene Gesichter.

Das erste Gesicht tauchte wieder auf, der Mund öffnete sich, und eine strenge Stimme sagte: »Fanni, sag, dass du weißt, wer ich bin!«

Hans Rot ist ja wohl schwer zu verkennen!

»Hans«, krächzte Fanni, denn ihre Kehle fühlte sich wund an.

»Herrgott noch mal«, sagte Hans Rot. »Er hatte dich in einem Koffer verstaut.«

Fanni fuhr hoch. »Seibold war es. Er ist Maritas Mörder. Er hat sie umgebracht, weil er keinen anderen Ausweg sah. Maritas Verhalten muss ihn in den Wahnsinn getrieben haben. Seibold glaubte, Hornschuh vor ihr beschützen zu müssen. Und Tillman. Und die gesamte Klinik. Seibold war im Behandlungsraum. Die ganze Zeit. Deshalb hat Alexander ihn nicht in seinem Zimmer angetroffen. Deshalb wusste Seibold nicht, dass Tillman beim Professor war …« Sie sprudelte Sätze und Satzfragmente hervor, bis Sprudel ihr die Hand auf den Arm legte.

Fanni starrte ihn an.

Das zweite Gesicht gehörte Sprudel! Und wo ist das dritte?

Fanni schaute sich um und entdeckte Milchbart, der ihr aufmunternd zulächelte.

Ihr Blick kehrte zuerst zu Sprudel, dann zu Hans Rot zurück. »Woher habt ihr gewusst, wo ich zu finden bin?«

»*Er* hat es sich gedacht«, antwortete ihr Mann griesgrämig.

Die Erbitterung darüber, dass deine Rettung Sprudel zu verdanken ist, scheint seine Begeisterung schwer zu dämpfen!

Sprudel hatte sich neben sie gesetzt und ihre Hand in die seine genommen. »Als du nicht mehr von der Toilette zurückgekommen bist, ist mir aufgegangen, dass du dich verdrückt hast, um mit Seibold zu reden. Ihm musste doch klar sein, dass Hornschuh sein Büro verlassen haben konnte, während er selbst gerade nicht im Zimmer war.« Sprudel strich mit den Fingerspitzen über ihren Handrücken. »Was ich mir nicht erklären konnte, war, wie du nach Mietraching kommen wolltest. Diese Frage hat sich allerdings von selbst beantwortet, als dein Mann seinen Autoschlüssel vermisst hat, den er neben sich aufs Sofa gelegt hatte.«

»Daraufhin seid ihr mir in deinem Wagen gefolgt«, sagte Fanni.

Weil Hans Rot Angst um sein Auto hatte!

»Wie hätten wir dich alleinlassen können?«, erwiderte Sprudel.

»Sie sollten mal darüber nachdenken, sich ein, zwei Bodyguards zuzulegen, Frau Rot«, meldete sich Alexander, der an einer Kredenz lehnte. »Den einen Tag muss man Sie aus dem Teich fischen –«

Du hast dich noch nicht einmal bei ihm dafür bedankt!

»– den andern aus einem Koffer befreien, in dem Sie – mit einem Stein beschwert – vermutlich in der Donau gelandet wären.«

Was die Donau betrifft, hat er recht!

Hans Rot hatte sich inzwischen ebenfalls neben Fanni gesetzt, sodass sie von ihm und Sprudel quasi eingerahmt war. »Offenbar ist, kurz nachdem wir weg waren, die Polizei in die

Klinik gekommen, um dich abzuholen, und Hornschuh hat ihnen gesagt, dass du abgehauen bist und wohin. Das war zwar gemein, aber letztendlich ein Segen.«

»Ha«, rief Alexander. »Wir hätten den Seibold auch ohne die Polizisten überwältigen und in Schach halten können. Er hat uns ja ganz brav die Tür geöffnet. Hat wohl gemeint, wir würden uns abwimmeln lassen, wenn er behauptet, Fanni Rot wäre schon gegangen.« Er schnaubte. »Als ob wir taub wären und vor allem dämlich …«

Sprudel schmunzelte. »Auf jeden Fall hätten wir ihn überwältigen und in Schach halten können. Aber um ihn abzuführen, hätten wir dann doch die Polizei holen müssen.«

Die Tür zu Seibolds Wohnzimmer, in dem man Fanni aufs Sofa gebettet hatte, öffnete sich, und ein junger Polizeibeamter trat ein. »Der Doktor ist jetzt da, um sich Frau Rot anzusehen, bevor sie zum Verhör gebracht wird.«

13

»Guten Morgen, Sprudel.« Fanni legte die Arme um seinen Hals und drückte ihm einen Kuss auf die Wange, was Schwester Rosa mit einem ärgerlichen Blick kommentierte.

Gollum macht den ganzen Morgen schon so eine Leichenbittermiene!

Kein Wunder, dachte Fanni.

Was tags zuvor geschehen war, hatte sich wie ein Lauffeuer in der Klinik und im ganzen Landkreis verbreitet. Bertie Seibold war des Mordes an seiner Frau beschuldigt und verhaftet worden. Hornschuh war seines Postens enthoben und ebenfalls unter Anklage, obwohl niemand so genau wusste, weshalb.

Und auch einige andere, allen voran Gollum, werden um ihren Posten in der Parkklinik fürchten müssen!

Ja, dachte Fanni. Man wird eine Untersuchung durchführen und herausfinden, wer in das betrügerische Spiel verwickelt war, das der Professor und die sexsüchtige Dame auf Kosten von deren Ehemann trieben.

»Wollen wir ein Stück laufen?«, fragte Sprudel.

»Laufen und das bisschen Novembersonne genießen«, stimmte ihm Fanni zu.

Am Vortag, nach dem Verhör bei der Kriminalpolizei, war Fanni in die Parkklinik zurückgebracht worden.

Noch war nichts erwiesen, denn Seibold schwieg verstockt. Aber die Tatsache, dass er Fanni gefesselt und in einem Koffer verstaut hatte, sprach für sich.

Hans Rot hatte durchzusetzen versucht, dass Fanni in seine Obhut entlassen wurde, doch die Entscheidung lag nun einmal bei ihr, und sie war standhaft geblieben.

Zu Hans Rot zurückzukehren hieße ja, Sprudel aufzugeben! Diesen sympathischen, liebenswürdigen, wohlmeinenden, umgänglichen, gutmütigen, höflichen, kultivierten, charmanten, sanftmütigen, attraktiven, einnehmenden, fluffigen …

Fluffig?

Es war ihr kein bisschen schwergefallen, standhaft zu bleiben, denn trotz –

Womöglich sogar wegen –

– der Bredouille, in die sie hier geraten war, war ihr die Parkklinik irgendwie ans Herz gewachsen: die Stilmöbel, wenn auch Imitationen und vermutlich mit ergaunertem Geld bezahlt; die hübschen Dekorationen; die geradezu gourmethaften Mahlzeiten –

– das Yoga, das Qigong, die Dehnungsübungen –

– der weitläufige Park mit dem tiefen Teich.

In dem Seibold dich ersäufen wollte!

Ja, dachte Fanni, er muss mich gestoßen haben. Vielleicht kam er zufällig vorbei, vielleicht hat er mir aufgelauert. Jedenfalls wollte er mich aus dem Weg haben, weil ich zu viele Fragen stellte. Zudem musste ihm klar gewesen sein, dass ich nicht aufgeben würde. Schließlich stand ich fälschlich unter Verdacht. Mein Tod aber hätte allen Ermittlungen ein Ende gemacht.

Gut zu wissen, dass dir jetzt keine Gefahr mehr droht!

Weshalb ich entschlossen bin, die restliche Zeit meines Aufenthalts hier zu genießen, teilte Fanni ihrer Gedankenstimme mit.

Für diesen Tag hatte sie allerdings sämtliche Termine gestrichen. Als Sprudel am Morgen anrief, um sich nach ihrem Befinden zu erkundigen, hatte sie ihn spontan gebeten, den Vormittag mit ihr zu verbringen. Dass am Nachmittag Hans Rot erscheinen würde, war abzusehen.

Man hat halt seine Gewohnheiten!

Fanni und Sprudel hatten wieder den Weg nach Wimpassing eingeschlagen und bogen soeben zum alten Forsthaus ab.

Sie setzten sich auf den umgestürzten Baumstamm neben die Katze aus Drahtgeflecht, hielten ihre Gesichter in die Sonne und ließen sich von dem bisschen Wärme umhüllen, das sie zu dieser Jahreszeit spendete.

Nach einigen Minuten empfand Fanni eine leichte Unruhe, merkte aber dann, dass sie von Sprudel ausging.

Er räusperte sich, verlagerte das Gewicht, räusperte sich erneut.

»Fanni«, sagte er dann, und seine Stimme klang rau. »Leni wird das Anwesen in Birkenweiler kaum nutzen, zumindest in nächster Zeit nicht. Sie würde es dir sicherlich überlassen. Wir müssen ja nicht beide dort wohnen, wenn du …« Sprudel unterbrach sich, weil Tillman Bogner soeben aus der Haustür trat und auf sie zukam. Er trug eine gut sitzende Jeans und ein schickes Hemd.

Diesel-Jeans und Tommy-Hilfiger-Hemd! Darauf wird er künftig verzichten müssen, wenn der Professor in den Knast geht!

Es sei denn, teilte Fanni ihrer Gedankenstimme mit, seine Objekte finden genügend Absatz.

Ich würde es ihm wünschen, dachte sie, als Trostpflaster sozusagen. Wie immer er auch zu seiner Mutter stand, er hat sie verloren. Ermordet von Seibold, der ihm ein väterlicher Freund war. Und um alles noch viel schlimmer zu machen, wird man seinen Gönner und Partner unter eine hässliche Anklage stellen.

Tillman hatte eine Aktentasche dabei und hielt einen Schlüsselbund in der Hand. Er war offenbar auf dem Weg zu einem Termin. Die Haustür hatte er allerdings offen stehen lassen.

»Mir scheint, Sie haben vergessen, abzuschließen«, sagte Sprudel.

»Wozu sollte ich die Tür verriegeln?«, erwiderte Tillman. »Drinnen gibt es kaum mehr zu holen als hier draußen.« Er warf einen versonnenen Blick auf den als Lakai aufgeputzten Ast, der den Eingang bewachte. »Sollte tatsächlich jemand vorhaben, mich auszurauben, können ihn die paar morschen Haustürbretter sowieso nicht aufhalten.«

Fanni und Sprudel hatten sich vom Baumstamm erhoben und begleiteten Tillman über die Lichtung zum Feldweg nach Wimpassig, wo ein klappriger Fiat geparkt war.

»Auf dem Land«, sagte Tillman, »standen früher sämtliche Haustüren jahraus, jahrein offen. Das war nur deshalb möglich, weil sich die Menschen gegenseitig vertraut haben.«

»Haben die Leute damals nicht eher auf die Furcht ihrer

Mitmenschen vor dem Strafgericht Gottes vertraut?«, entgegnete Fanni.

Tillman schmunzelte. »Mag sein. Man war ja tief gläubig, gottesfürchtig und dem Klerus hörig.«

»In manchen Familien ist bis heute eine bigotte Frömmelei und eine ebenso blinde wie ungesunde Ehrfurcht vor dem Klerus erhalten geblieben«, sagte Fanni.

»So war es auch in der Familie meiner Mutter«, gestand Tillman ein. »Die Regeln waren streng – sehr streng.«

»Zu streng anscheinend, als dass Vernunftgründe etwas ausrichten hätten können«, präzisierte Fanni.

»Ganz genau.« Tillman nickte. »Je mehr sich gegen das Althergebrachte sagen ließ, desto sturer wurde es verteidigt. ›Gott schreibt auch auf krummen Zeilen gerade‹, hat mein Großvater immer gesagt, und ich habe nie so recht verstanden, wie er das gemeint hat. Inzwischen denke ich, er wollte damit ausdrücken, dass man ›krumme Zeilen‹ am besten gar nicht zur Kenntnis nimmt. Sollen die sich doch winden und wellen, Hauptsache, der Schriftzug darauf verläuft geradlinig.«

Wer weiß, ob Tillman dem Seibold nicht von Herzen dankbar dafür ist, dass er ihn von einer Mutter befreit hat, die ihn ein Leben lang als biologische Minderwertigkeit betrachtet hat. Vielleicht kann er sich jetzt erst als Mensch fühlen!

»Kann ich Sie irgendwohin mitnehmen?« Tillman zeigte auf den Fiat, der umso weniger vertrauenerweckend wirkte, je näher sie ihm kamen.

In diesem Vehikel?

Fanni deutete ein Kopfschütteln an. »Wir wollen noch ein Stückchen laufen, vielleicht sogar bis nach Wimpassing.«

Tillman rollte mit den Augen.

Er scheint den Ort ja nicht gerade für das erstrebenswerte Ziel einer Wanderung zu halten!

Kurz bevor sie bei seinem Wagen ankamen, sagte Tillman: »Es tut mir leid, dass Ihnen so übel mitgespielt wurde, Frau Rot. Bertie Seibold war im Grunde seines Herzens ein guter Mensch. Er wollte mir helfen, er wollte den Professor schützen, er wollte die Parkklinik vor Schaden bewahren. Als er merkte, dass das alles unmöglich zu bewerkstelligen war, muss er den Verstand verloren haben.«

»Sie sind also bereits genauestens informiert«, erwiderte Fanni.

Tillman lachte freudlos. »Was glauben Sie, wie lange man mich gestern noch verhört hat?«

Er schloss gerade die Wagentür auf, als Fanni sagte: »Werden Sie hier wohnen bleiben?«

Tillman zuckte die Schultern. »Wenn man mich lässt.«

Doch dann drehte er sich um und schaute wehmütig über die Lichtung auf das alte Forsthaus.

»Warum sollte Sie wer auch immer die Nachfolge des Professors antreten wird vertreiben wollen?«, sagte Sprudel. »Ihre Objekte sind eine Bereicherung für die Parkklinik. Haben Sie eigentlich schon einmal an eine richtige Ausstellung gedacht? Das alte Forsthaus und seine Umgebung würden sich wunderbar dafür eignen.«

Tillman erwiderte, dass er durchaus daran gedacht und bereits geplant habe, das gesamte Grundstück von März bis Mai in eine Ausstellung zu verwandeln.

»Anfang März ist es nicht mehr so kalt, obwohl meist noch Schnee liegt«, erklärte er. »Das Glitzern des Schnees in der Sonne verzaubert die Landschaft, man glaubt sich in einem Märchen. Einen passenderen Hintergrund für Minka, den kleinen Prinz und Cinderella kann ich mir nicht vorstellen.«

Er gibt seinen Figuren Namen!

Warum nicht, dachte Fanni. Sie sind seine Mitbewohner, seine Familie, wenn man so will.

Die einzige, die er noch hat!

Als Fanni und Sprudel zwei Stunden später zur Klinik zurückkehrten, trafen sie im Foyer auf Alexander.

»Was machst du denn noch hier?«, fragte Fanni.

»Abgesehen davon, dass ich meine Sachen noch packen musste«, antwortete er, »hatte ich eine Menge Abbitte zu leisten. Es hat mich einige Schachteln Konfekt gekostet, aber die Schwestern haben mir verziehen. Michaela auch.«

»Aber sie hat den Talisman dafür verlangt«, platzte Fanni heraus.

»Plus eine Einladung ins Kino«, sagte Alexander.

Fanni wollte sich schon von ihm verabschieden, als ihr noch etwas einfiel. »Bist du tatsächlich wegen des Talismans in Marita Bogners Zimmer zurückgekommen?«

Alexander nickte. »Ich hätte schwören können, dass er auf ihrem Schreibtisch liegen würde, weil ich gewöhnlich während unserer Sitzungen damit herumgespielt habe. Aber wie wir inzwischen wissen, hatte ich ihn vorher schon verloren. Statt des Talismans habe ich im Behandlungszimmer eine leblose Marita Bogner und eine ziemlich verwirrte Fanni Rot vorgefunden.«

»Aber warum in Gottes Namen hast du die Tote umarmt?«, fragte Fanni.

Alexander machte eine verlegene Geste. »Ich musste doch irgendwie feststellen, ob sie nicht doch noch atmet, und dazu musste ich den Finger an ihren Hals legen. Das hätte ich natürlich einfach so tun können, aber dann wäre meine Tarnung womöglich aufgeflogen.«

»Man muss es dir wirklich lassen«, sagte Fanni darauf. »Du hast deine Rolle hervorragend gespielt.«

Alexander breitete die Arme aus und grinste. »Darf ich dich angrapschen – zum Abschied?«

»Mit Vergnügen«, antwortete Fanni und lachte, als er sie kräftig an sich drückte.

Jutta Mehler
SAURE MILCH
Broschur, 208 Seiten
ISBN 978-3-89705-688-6

»Jutta Mehler hat einen Volltreffer gelandet. Aus dem Leben gegriffen, bisweilen schreiend komisch sind ihre Beobachtungen und Detailschilderungen.« Deggendorfer Zeitung

»Ein ebenso spannend wie durchaus humorvoll geschriebener Krimi.« Bayern im Buch

Jutta Mehler
MILCHSCHAUM
Broschur, 208 Seiten
ISBN 978-3-89705-803-3

»Eigenwillig, mit beachtlicher Menschenkenntnis und bayerischer Bodenhaftung löst die bayerische Miss Marple ihre Fälle im dörflichen Mikrokosmos. Ein großes Lesevergnügen.« Deggendorf Aktuell

»Langsam, aber sicher wird die Bernrieder Romanautorin Jutta Mehler ihrer englischen Kollegin Agatha Christie immer ähnlicher.«
Wochenblatt Zeitung

JUTTA MEHLER
Magermilch
KRIMINALROMAN
emons:

Jutta Mehler
MILCHRAHMSTRUDEL
Broschur, 208 Seiten
ISBN 978-3-89705-963-4

»Ein spannender Krimi mit einer eindrucksvollen Protagonistin, bezauberndem Lokalkolorit, trockenem Humor und nicht nur für Niederbayern lesenswert.« Buchjournal

»Wie stets in den Krimis der niederbayerischen Autorin kreist auch in Fannis fünftem Fall die Handlung um einen sozialen Brennpunkt. Spannend. Sehr gern empfohlen.« ekz

www.emons-verlag.de

JUTTA MEHLER
Eselsmilch
KRIMINALROMAN
emons:

Jutta Mehler
MOLDAUKIND
Gebunden, 304 Seiten
ISBN 978-3-89705-452-3

»Ein äußerst lesenswertes und spannendes Stück Zeitgeschichte.«
Donau-Anzeiger

»Eine eindrucksvolle Familiensaga.« Süddeutsche Zeitung

www.emons-verlag.de

Jutta Mehler
AM SEIDENEN FADEN
Gebunden, 240 Seiten
ISBN 978-3-89705-504-9

»Ein außergewöhnliches, mutmachendes Buch über eine intensive Mutter-Tochter-Geschichte.« Donau-Anzeiger

»Das Schicksal eines todkranken Teenagers, frei von Weinerlichkeit und voller Humor.« Buchmarkt

Jutta Mehler
Schadenfeuer
Roman
emons: